Die gemalte Schuld

Das Buch

Eigentlich sollte jetzt alles gut sein. Um ihren Traum vom Leben als freie Malerin verwirklichen zu können, hat Antonia sogar ihren Mann und die gemeinsamen kleinen Kinder verlassen. Aber bereits der Plan, die neue Existenz in New York aufzubauen, scheitert. Schon bald wohnt sie im Mannheimer Jungbuschviertel. Dort fühlt sich die Bergmannstochter wohler als in der reichen bayrischen Kleinstadt, in der sie mit ihrer Familie lebte. Malen kann sie hier jedoch auch nicht. Sie trödelt nur herum und rutscht fast in die Obdachlosigkeit ab. Davor bewahrt sie die muslimische Studentin Ayshe. Auch Thomas, der sein katholisches Priesteramt aufgegeben hat, weil er nicht mehr zölibatär leben will, steht ihr immer wieder bei. Doch den Kampf gegen ihre inneren Dämonen muss sie ganz alleine führen.

Die Autorin

Margarete Fuß wurde 1956 als Tochter eines Bergarbeiters geboren und wuchs im Ruhrgebiet auf. Diese eigenartige Welt, in der Kohlestaub, aber auch Solidarität und die Sorge der Frauen um ihre Ehemänner allgegenwärtig waren, prägte sie für ihr Leben. Während ihrer langjährigen Tätigkeit als Informatikerin konzentrierte sie sich vor allem auf die menschengerechte Gestaltung von Software. Erst spät entdeckte sie die Freude am Schreiben und nahm sie im Jahre 2009 zum Anlass, aus ihrem bisherigen Beruf auszusteigen. Sie ist verheiratet und hat zwei erwachsene Kinder. Nach »Die Marionetten Eliterias« (BoD, 2016) ist »Die gemalte Schuld« ihr zweiter Roman.

Margarete Fuß

Die gemalte Schuld

Roman

Bibliografische Information der Deutschen Nationalbibliothek: Die Deutsche Nationalbibliothek verzeichnet diese Publikation in der Deutschen Nationalbibliografie; detaillierte bibliografische Daten sind im Internet über http://dnb.dnb.de abrufbar.

© 2021 Margarete Fuß
Lektorat: Sabine Dreyer – www.tat-worte.de
Korrektorat: Sophie Weigand - www.diekorrekturen.org
Umschlaggestaltung: Manu Ancutici – www.ancutici.de
Titelbild Kran: © AdobeStock, stciel
Titelbild Frau: © Victor Tongdee, www.Dreamstime.com
Herstellung und Verlag: BoD – Books on Demand, Norderstedt
ISBN: 978-3-753-49703-7

1

Als Antonia den Laptop aus ihrem prall gefüllten Rucksack zerrte, kam auch eine Babywindel zum Vorschein und fiel auf den Boden. Schnell legte sie den Klapp-Computer in die dunkelgraue Schale, die der Flughafenangestellte für sie bereithielt. Dann hob sie die Pampers auf und stopfte sie durch den noch offenen Reißverschluss zurück. Diesen zu schließen und ihren lilafarbenen Reisebegleiter in der nächsten Box auf dem Transportband zu deponieren, war eine Bewegung.

Nach der Handgepäck- und Körperkontrolle steckte sie den Computer wieder in den Rucksack, nahm aber die Windel heraus. Lange schaute sie auf das gefaltete Teil aus Plastik und Vlies und warf es dann in den nächsten Abfalleimer. Wie gut, dass sie an diese Dinger nun nicht mehr denken musste. Hüpfend setzte sie ihren Weg zum Gate fort, ohne sich um die Leute zu scheren, die sie verwundert ansahen. Fast trotzig streckte sie der uniformierten Frau am Gate-Schalter ihre Bordkarte entgegen und betrat rasch die Gangway.

Das Flugzeug stand lange am Anfang der Startbahn. Antonia wurde schon ungeduldig, doch dann heulten die Motoren auf und das Flugzeug rollte los. Erst ging es nur langsam voran, aber bald wurde sie von der Kraft der Beschleunigung in ihren Sitz gedrückt. Aus dem Fenster sah sie die Flughafengebäude vorbeisausen. Herrlich! Diesen Moment liebte sie am meisten, wenn sie die ganze Leistung der Flugzeugmotoren regelrecht spüren konnte. Ein Rausch der Geschwindigkeit. Und dann, wenn man meinte, das Ruckeln der Räder auf dem Boden nicht mehr aushalten zu können, war es plötzlich ganz ruhig, wenn das Flugzeug abhob. Aber dann wurde es auch langweiliger. Man bewegte sich mit rasender Geschwindigkeit und merkte es überhaupt nicht. Da war das Motorradfahren doch wesentlicher aufregender.

»Sie können Ihre Gurte jetzt lösen«, sagte eine Stewardess.

Antonia lehnte sich zurück und atmete hörbar aus. Geschafft! Sie saß doch tatsächlich im Flugzeug nach New York. Das Rückflugticket hatte sie nur pro forma gekauft, um keine Scherereien mit der amerikanischen Einreisebehörde zu bekommen, und sie besaß nur ein Touristenvisum, aber sie beabsichtigte nicht, zurückzukehren. Sie hatte keine Ahnung, ob sich ihre Wünsche in den USA tatsächlich verwirklichen ließen, doch sie war zuversichtlich. Bob Dylan hatte schließlich auch seinen Weg gemacht – mit nichts in seinem Gepäck als einer Gitarre. Sie hatte zwar keine Gitarre, aber sie hatte Aquarellfarben und konnte sehr gut malen. Dazu kam ihr fester Wille, damit nun endlich ihren Lebensunterhalt zu verdienen und vielleicht sogar ganz groß rauszukommen.

Zuallererst würde sie dorthin gehen, wo John Lennon gewohnt hatte. Wohnte Yoko Ono eigentlich noch in der Stadt?

Plötzlich fuhr es ihr eiskalt den Rücken herunter. Machte sie nicht gerade das, was die Mutter von John Lennon auch getan hatte? Sie hatte ihren Sohn einfach einer anderen Frau gegeben, ihn nicht selbst aufgezogen. Sein ganzes Leben lang hatte John Lennon darunter gelitten. Und Antonia ließ zwei Kinder zurück, hatte weder ihnen noch ihrem Mann gesagt, dass sie sie verlassen würde. Nun ja, Kalle mit seinen zwei Jahren würde es noch gar nicht verstehen und Maja auch nur bedingt. Sie war zwar schon fast vier, aber tagsüber ohnehin nicht mehr zu Hause. Vormittags war sie im Kindergarten und danach bei Gisela. Auch Kalle war inzwischen öfter bei ihrer Schwiegermutter als bei ihr. Wahrscheinlich betrachteten die beiden Gisela nun als ihre Mutter. Sie nahm nicht an, dass sie den Kindern wirklich fehlen würde. Dieser Gedanke ließ sie eine bequemere Sitzhaltung einnehmen und ihre Aufmerksamkeit nach außen richten.

Eine weiße Wolkendecke verhüllte den Blick auf den Atlantik. Wie immer war Antonia fasziniert von dieser riesigen Watte-Landschaft unter sich und dem strahlend blauen Himmel darüber. Zum Glück hatte sie die Sonne im Rücken, sodass sie nicht geblendet wurde.

Ihre Augen wanderten über die unendliche Weite des Himmels, und ein unbeschreibliches Gefühl von Freiheit überflutete sie. Das war es, wonach sie sich so sehr gesehnt hatte. Sie lächelte und blickte weiter verträumt nach draußen.

Erst als ihre Sitznachbarin sie anstieß und auf die Stewardess aufmerksam machte, die Getränke anbot, kam sie wieder in die Realität zurück.

»Einen Ingwertee, bitte«, sagte sie.

»Den haben wir leider nicht. Sie können …«

»Dann bitte einen schwarzen«, unterbrach Antonia die freundliche Frau.

Nachdem sie den Tee ausgetrunken hatte, lehnte sie sich zurück und schloss die Augen. Sie fühlte sich sehr ruhig, und dieses Gefühl verging während des gesamten Fluges nicht. Gelassen nahm sie die Störungen durch die Stewardess oder andere Passagiere hin, schaute immer mal

9

wieder in den blauen Himmel oder ließ den Blick durch das Flugzeuginnere schweifen.

»Fasten your seat belt.« Rot leuchtete die Anzeige über Antonias Sitz. »In fünf Minuten landen wir«, sagte der Pilot. Antonia lächelte. Frei! Endlich frei!

2

Sechs Monate später

Antonia stand am Gepäckband im Frankfurter Flughafen und wartete auf ihren mattgrünen Reiserucksack, den sie in New York gegen den schwarzen Rollkoffer eingetauscht hatte. Sie hatte sich schon dort vorgenommen, einfach nur zu gehen, wenn sie erst wieder in Deutschland wäre. Keinen Bus, keinen Zug und kein Auto wollte sie benutzen. Das wäre alles zu schnell. Selbst ein Fahrrad erschien ihr momentan zu flott für das, was sie sich vorgenommen hatte. Sie wollte ihren Geist besänftigen, zur Ruhe kommen und Antworten finden.

Am meisten bedrückte sie die Frage, warum sie in den letzten Jahren so oft geflohen war. Immer hatte sie sich voller Freude und Hoffnung in eine neue Lebenssituation begeben, alle Brücken hinter sich abgerissen. Egal, ob es der gut bezahlte Job in München, ihr Mutterdasein im Städtchen oder ihr Aufenthalt in den USA war. Irgendwann hielt sie es nicht mehr aus und sie musste weg. Natürlich erhoffte sie sich auch eine Antwort auf die Frage, wie es mit ihr, Stephan und den Kindern weitergehen könne. Ihr Magen zog sich zusammen, als sie an ihre beiden Kleinen dachte.

Ein Mann zwängte sich an ihr vorbei, näher ans Gepäckband heran, und wuchtete einen großen Metallkoffer herunter. Dabei trat er einen Schritt zurück und auf Antonias Fuß. Kurz schaute er in ihr Gesicht, murmelte etwas, was wohl »Sorry« heißen sollte, und ging rasch davon.

Kopfschüttelnd sah sie ihm hinterher und erstarrte dann. Ihr Blick heftete sich auf den kleinen Jungen, der neben dem Mann herging. Er war im Kindergartenalter, hatte dunkelbraune, kurze Haare und trug eine taubenblaue Kapuzenjacke. Seine Beine steckten in einer tannengrünen Hose. Wie fremdgesteuert ging sie langsam hinter ihm her.

»Marcel!«, rief eine Frau, und der Junge drehte sich um. Antonia sah das fremde Gesicht und blieb stehen. Erst jetzt spürte sie das Zittern, das ihren ganzen Körper ergriffen hatte. Ihre Beine schienen sie nicht mehr tragen zu wollen, und sie schaute sich nach einer Sitzgelegenheit um. Als sie keine entdeckte, ging sie zur nächsten Wand und ließ sich daran entlang auf den Boden gleiten. Nun spürte sie ihr Zittern noch deutlicher, und sie presste die Zähne zusammen.

Wie hatte sie nur für einen Moment denken können, dass es Johannes war? Johannes war tot, schon lange war er tot. Sie schloss die Augen und atmete heftig aus. Aber der Junge hatte von hinten wirklich so ausgesehen. Und Johannes hatte die gleiche Jacke und die gleiche Hose angehabt, als er …

Antonia schüttelte heftig den Kopf. Nein, daran wollte sie jetzt bestimmt nicht denken. Sie sprang auf und ging zum Gepäckband zurück.

Darauf kreisten nur noch wenige Koffer, und der Pulk der Wartenden hatte sich gelichtet. Ihr Rucksack war nicht zu sehen. Er würde ja hoffentlich noch kommen? Vielleicht war es ihre Strafe, wenn er verloren ging, dachte Antonia plötzlich und schalt sich sofort selbst wegen dieses Gedankens. Sie konnte aber nicht verhindern, dass das Bild des Albtraums, der sie in den letzten Wochen häufig heimsuchte, vor ihrem inneren Auge erschien. Sie stand in einem Gerichtssaal, vor ihr, hinter einem erhöhten Pult, drei Richter in schwarzen Roben. Der mittlere stand auf und schaute sie durchdringend an. »Das Urteil lautet auf schuldig«, sagte er mit so dröhnender Stimme, als wenn Gott selbst sprechen würde. Dann zog jemand etwas über ihren Kopf, sodass sie nichts mehr sah und kaum noch Luft bekam. Schweißnass und voll Panik wachte sie jedes Mal auf. Sie wunderte sich über den Vergleich mit Gott, der ihr gleich beim ersten Mal eingefallen war. Lange schon glaubte sie nicht mehr an Gott und war auch aus der Kirche ausgetreten. Aber das reichte wahrscheinlich nicht, um sich von den Schuldgefühlen zu befreien, die die katholische Erziehung in ihr erzeugt hatte.

Ihr Rucksack war immer noch nicht da, und sie war inzwischen die Einzige, die noch wartete. Sie schaute auf die Leuchtanzeige über dem Band, auf der vorhin noch »Ausgabe New York« gestanden hatte, aber jetzt war sie leer. Die Gepäckausgabe war beendet. Antonia spürte, wie ihr Herzschlag sich beschleunigte. Sollte der Rucksack tatsächlich verloren gegangen sein? Sie ging vom Gepäckband weg und schaute sich nach einem Infoschalter oder Ähnlichem um, um ihre Beschwerde loswerden zu können. Sie sah keinen, aber es gab entsprechende Wegweiser. Schnellen Schrittes folgte sie ihnen. Am Sperrgepäckschalter ging sie rechts vorbei und merkte, wie sie immer panischer wurde. Doch dann drehte sie sich um und betrachtete das Wort »Sperrgepäckschalter«. Heftig stieß sie die Luft aus. Was bin ich blöd! Natürlich! Den Rucksack habe ich als Sperrgepäck aufgegeben, also muss ich ihn auch hier bei dem Schalter wieder abholen.

Nach zwei Minuten hatte Antonia ihren mattgrünen Rucksack auf dem Rücken und ging gen Ausgang.

13

Als sie den Bereich verließ, der nur für Fluggäste vorgesehen war, blickte sie als Erstes in die Gesichter von Menschen, die offensichtlich auf einen Ankommenden warteten. Keiner sah sie direkt an, sondern an ihr vorbei auf die automatische Schiebetür, aus der sie gerade gekommen war. Man hatte wahrscheinlich schnell gecheckt, dass sie nicht die erwartete Person war und die Aufmerksamkeit bei der Tür belassen.

Das Gesicht einer Frau, die ungefähr in ihrem Alter war, wandelte sich plötzlich von ausdruckslos zu freudig. Sie ging schnell an Antonia vorbei, und Antonia drehte sich um. Die blonde Frau umarmte einen etwa gleichaltrigen Mann und ließ ihn lange nicht los. Dann fuhr sie ihm mit einer Hand über die schwarzen Haare und ging einen Schritt zurück, um ihm anschließend sofort einen Kuss auf den Mund zu geben. »Wie schön, dass du wieder da bist«, sagte sie.

Antonia ging schnell weiter. Auf sie wartete niemand. Es wusste ja auch keiner, dass sie hier war. Mit einem Mal wurde ihr bewusst, wie allein sie war, wie grenzenlos allein. Das machte ihr Angst, aber die Angst war in New York heftiger gewesen. Hier waren ihr die Menschen vertrauter, auch wenn sie sie noch nie gesehen hatte. Satzfetzen, die an ihr Ohr drangen, waren meistens in deutscher Sprache, und auch die erste Sprache auf den Hinweistafeln war Deutsch. Schon allein das gab ihr ein Gefühl von Nachhausekommen, und sie schalt sich selbst deswegen. Sie wollte keine Heimatgefühle entwickeln, nur weil die Menschen hier ihre Sprache sprachen. Sie wusste doch, dass sie wieder das Gefühl haben würde, nicht dazuzugehören, wenn sie länger mit ihnen zusammen war.

Sie ging ziellos über die großen Freiflächen, auf

Rolltreppen, durch Gänge, an denen Geschäfte lagen. Sie nahm weder die vielen Menschen wahr, die hier unterwegs waren, noch die bunten Auslagen in den Schaufenstern. Dafür war in ihrem Kopf gerade kein Platz. Sie überlegte, was sie als Nächstes tun könnte. Doch plötzlich wurde sie in die Realität zurückversetzt. Ihr rechter Fuß war auf etwas Weiches getreten, und sie schaute nach unten. Ein kleines Stück weißer Baumwolle, aus dem schmale Bänder hervorlugten, lag auf dem Boden.

Antonia erkannte sofort, um was es sich handelte, und ihr stockte der Atem. Eine solche Mütze hatten ihre Kinder in den ersten Monaten ihres Lebens getragen. Immer, wenn sie sie stillte, sah sie auf ein solches Stoffteil hinunter. Säuglinge würden viel von ihrer Körperwärme über den Kopf abgeben, hatte man ihr gesagt, und deshalb müsse der besonders geschützt werden.

Fast zwanghaft nahm sie die Babymütze auf und schaute sich nach Eltern um, die sie verloren haben könnten. Gleichzeitig steckte sie das Teil in ihre Jackentasche und vergewisserte sich, dass kein Band heraushing. Vor dem übernächsten Laden sah sie ein Paar mit Kinderwagen und ging mit ausdrucksloser Miene an ihm vorbei. Rasch eilte sie weiter durch den riesigen Flughafenbereich, bis sie schließlich ein Café sah, in das sie sich setzen wollte. Einen Ingwertee hatte man hier leider auch nicht, also nahm sie einen Kamillentee. Daran schlürfend sah sie auf die Menschen, die an ihr vorbei hasteten, nahm sie aber nicht wahr. Was sollte sie nun tun? Sollte sie einfach loslaufen und schauen, wo sie ankommen würde, oder sich erst einmal ein Ziel suchen?

Sie lehnte sich zurück und spürte plötzlich, wie müde sie war. Mit den Händen strich sie über ihre braunroten, naturkrausen Haare und nahm sie im Nacken zu einem kurzen Zopf zusammen. Bald entließ sie die Haare aber wieder in die Freiheit und zog die Babymütze aus der Jackentasche. Sie betrachtete sie kurz und knüllte sie in der Hand zusammen. Dann legte sie die Faust auf ihren Bauch und schloss die Augen. Ein Gefühl von Wärme, aber auch großer Sehnsucht durchströmte sie.

Schnell wurde ihr bewusst, dass sie heute nichts mehr unternehmen würde. Sie brauchte nur eine Unterkunft und musste sich ausschlafen. Morgen würde sie dann weitersehen.

Der See, der vor Antonia lag, strahlte eine himmlische Ruhe aus. An seinen Ufern sah sie vorwiegend Wald, aber auch größere sandige Abschnitte, die im Sommer wahrscheinlich als Strand benutzt wurden. Dann war hier bestimmt mehr Trubel. Jetzt aber, an einem Wochentag Mitte April, war nichts los, und das war ihr nur recht. Sie suchte sich eine Bank am Ufer, stellte den Rucksack darauf ab und setzte sich daneben.

Ihre Füße schmerzten, obwohl sie wahrscheinlich noch keine zwei Stunden gelaufen war. Sie waren es nicht gewohnt, solange benutzt zu werden und dabei nicht nur Antonias Gewicht, sondern auch ihren Rucksack zu tragen. Sie streckte die Beine aus und sog das Bild des ruhigen Wassers in sich ein. Wie lange war es her, dass sie alleine in der Natur gewesen war und dazu noch an einem See? Er erinnerte sie an die Seen in Schweden, die sie früher so oft mit dem Motorrad besucht hatte, obwohl er nicht deren Ursprünglichkeit besaß. Aber dafür war sie hier umweltfreundlicher unterwegs und störte die Ruhe der Natur nicht durch Motorengeräusche. Plötzlich wurde Antonia ein kontinuierliches Rauschen bewusst, das in ihre Ohren drang. Da hatte sie sich bezüglich der Ruhe wohl etwas vorgemacht. Sie nahm an, dass das Geräusch von der nahen Autobahn kam. Ob es in Deutschland überhaupt so ruhige Plätze gab wie in Schweden? Vielleicht würde sie bei ihrer Wanderung ja welche entdecken.

Sie wollte nach Heidelberg gehen. Dazu hatte sie sich entschlossen, als sie gestern in einem Buchladen im Flughafen eine Landkarte studiert hatte. Das war der einzige Ort in der nicht allzu weiten Umgebung von Frankfurt, mit dem sie etwas verband. Heidelberg kannte schließlich jeder in Deutschland, auch wenn er noch nie dort gewesen war. Der Schlager »Ich hab mein Herz in Heidelberg verloren« ging ihr durch den Kopf, als sie den Namen las. Es muss dort wohl ganz nett sein, hatte sie gedacht, und als sie später auf der Wanderkarte sah, dass sie auf dem Weg dorthin durch ein großes Waldgebiet würde laufen können, war ihre Entscheidung gefallen. Sie wollte möglichst viel durch die Natur wandern, wenn das aufgrund der dichten Bebauung in Deutschland auch nicht überall möglich war. Und sie wollte in kleineren Pensionen übernachten, nicht in so einem Moloch von Hotel wie dem, wo sie die letzte Nacht verbracht hatte. Aber in der Nähe des Flughafens gab es nichts anderes, und sie hatte unbedingt erst eine Nacht schlafen müssen, bevor sie aufbrechen konnte.

Eine Ente schwamm auf sie zu. »Ich hab nichts für dich«, sagte Antonia. »Und außerdem ist es verboten, dich zu füttern. Das steht auf dem Schild dahinten.« Sie wies mit der Hand vage in die Richtung.

Sie selbst könnte aber mal etwas essen. Sie holte das Käse-Baguette, das sie noch im Flughafen gekauft hatte, aus ihrem Rucksack und biss kräftig hinein. Selbst dieses Baguette war besser als alle Brote, die sie in New York gegessen hatte.

Das laute Motorengeräusch eines Flugzeugs übertönte das Rauschen der Autobahn, und Antonia schaute nach oben. So nah am Flughafen konnte man die Details der Maschine gut erkennen. Sie flog nicht sehr hoch.

Merkwürdig, dass sie jetzt hier in der Nähe von Frankfurt saß. Noch vor einer Woche war dieser Ort nicht mehr als ein Name gewesen, mit dem sie den größten Bankenstandort Deutschlands verband und in dem sie manchmal auf einer Zugreise gen Süden umsteigen musste.

Na ja, vielleicht sollte sie diese Gegend mal kennenlernen. Vom Ruhrpott aus war sie eigentlich immer nur Richtung Norden unterwegs gewesen. Schon als Kind verbrachte sie den Urlaub mit den Eltern an der holländischen Nordseeküste. Es war ja nicht weit von Bottrop aus, und Zeltplätze gab es dort genug. Und als sie in München und später im Städtchen, das im Umland der Großstadt lag, lebte, führten sie die Ausflüge in die nähere Umgebung oder in die Alpen.

Antonia spürte einen Stich in der Magengegend, als sie an die Orte dachte, die ihr für lange Zeit Heimat gewesen waren und wo jetzt noch die Menschen lebten, die ihr am nächsten standen. Alle hatte sie ohne ein Wort verlassen.

Wie es ihrem Vater jetzt wohl ging? Sie sehnte sich nach ihm. Nein, nicht wirklich. Sie sehnte sich nach dem Mann, der er gewesen war, bevor man ihm eröffnet hatte, dass auch er in Frührente gehen müsse. Wie hatte er gekämpft! Kindheit und Arbeitskampf waren für Antonia synonyme Begriffe. Das Zechensterben im Ruhrgebiet hatte immer wie ein Damoklesschwert über der Familie gehangen, und ihr Vater kämpfte um jeden Arbeitsplatz. Er dachte, er könne das Ende des Kohlenzeitalters aufhalten, wollte nicht wahrhaben, dass er zu einer aussterbenden Art gehörte. Aber wie sollte er auch? Er war mit ganzem Stolz Bergmann gewesen, wie schon sein Vater, sein Großvater, sein Urgroßvater. Für ihn hatte es nie eine andere Welt gegeben, und er wollte auch keine andere. Aber am Ende dieses Jahres war auch das Zeitalter der Steinkohle zu Ende. Dann würde die letzte Zeche schließen. »Prosper-Haniel«, wie sie heute hieß und wo er immer gearbeitet hatte.

Sie stand auf und ging näher ans Wasser heran. Eine Gruppe von Enten nahm das wohl zum Anlass, auf sie zuzuschwimmen. Gedankenverloren betrachtete sie die Wasservögel und ließ ihren Blick dann über das gegenüberliegende Ufer schweifen. Ohne weiter nachzudenken, holte sie ihren Block und die Aquarellstifte aus dem Rucksack, setzte sich wieder hin und begann zu malen.

Antonia hatte sich ausweglos verirrt, fand den Weg, den sie eigentlich nehmen wollte, nicht wieder, und die Sonne stand schon tief. Bald würde es dunkel sein. Sie sah zwar andere Wegmarkierungen an Bäumen, aber nicht die Nummer neun, der sie bis hierher gefolgt war. Sie setzte sich auf einen am Wegrand liegenden Baumstamm und klappte die Wanderkarte auseinander. Bald fand sie die Wege, deren Markierungen sie soeben gesehen hatte, und etwas abseits auch die Nummer neun, aber ihr wurde auch dadurch nicht klar, wie sie wieder dorthin kam und wo sie falsch abgebogen war. Sie müsste den Weg wieder zurückgehen und hoffen, dass sie die Wegmarkierung finden würde, aber dazu fehlte ihr die Zeit – jedenfalls dann, wenn sie nicht im Dunkeln weitergehen wollte.

Sie dachte daran, dass sie mit einem Smartphone wahrscheinlich nicht in dieser ausweglosen Lage wäre. Von einer Navigations-App hätte sie sich schon frühzeitig den Weg zum nächsten Ort zeigen lassen können. Aber sie wollte so ein Ding nicht, weil sie sich dadurch irgendwie entmündigt vorkam. Ihr altes Nokia-Handy reichte ihr völlig aus. Damit konnte sie telefonieren oder mal eine SMS verschicken, und mehr wollte sie nicht. Für alles und jedes sofort Hilfe in einem Mobiltelefon zu suchen, anstatt erst einmal den eigenen Verstand einzuschalten, das war nicht ihr Ding. Und diese Messenger-Apps und sogenannten sozialen Medien fehlten ihr überhaupt nicht. »Das Smartphone nimmt dem Leben die Abenteuer«, hatte sie oft gesagt. Und nun war sie also mitten in einem Abenteuer und musste überlegen, was zu tun war.

Es wäre wohl das Beste, die Nacht hier im Wald zu verbringen und erst im Hellen weiterzugehen. Sie schaute sich um. Der Waldboden rings um den Weg war licht und mit moderndem Laub bedeckt. Es gab kaum Unterholz. Eigentlich ideal, und allzu kalt würde es sicher auch nicht werden. Am Tag hatte sie sehr geschwitzt und sich gewundert, wie warm es im April schon war. Es war ein richtiger Sommertag gewesen. Selbst in Shorts und T-Shirt war es teilweise zu warm. Ob es hier in der Gegend immer schon so früh sommerliche Temperaturen gab?

Antonia rollte ihre blaue Iso-Matte auf dem Waldboden aus und legte den gelben Schlafsack darüber. Jetzt ärgerte sie sich, dass sie einen so auffälligen gekauft hatte. Dadurch würde sie jedem vorbeikommenden Spaziergänger auch hier, etwas entfernt vom Weg, auffallen, und sie wollte keine Störung und keine Gesellschaft.

Dann muss ich mich eben tarnen, dachte sie und streute

Blätter des Waldbodens über den Schlafsack, bis er nicht mehr zu sehen war. Anschließend kroch sie hinein, und dabei fielen die meisten Blätter wieder hinunter. Mist! Sie nahm sie wieder auf und streute sie über sich. So gut wie auf dem leeren Schlafsack blieben sie nicht liegen, aber es war besser als nichts. Sie legte sich hin und atmete wohlig aus. Die Baumwipfel über ihr waren noch gut zu erkennen, und sie genoss die Ruhe des Waldes. Ab und zu war ein Vogelzwitschern zu hören, aber das war jetzt viel seltener als am Tag und würde wahrscheinlich auch bald enden. Sie nahm jedenfalls an, dass die Vögel im Dunkeln ruhig waren.

Sie verschränkte die Arme hinter dem Kopf und beobachtete, wie die grün-braune Farbe der Baumwipfel immer mehr ins Schwarze überging, je dunkler es wurde. Sie hörte ein leises Rascheln und schreckte hoch. Ihr Herz klopfte bis zum Hals. Was war das? Sie schaute sich um, konnte aber nichts erkennen. Und wenn es wieder ein Wildschwein war? So eines, wie es sie heute beim Spazierengehen fast umgerannt hatte? Fraßen Wildschweine auch Menschen? Jetzt hielt sie es in ihrem Schlafsack nicht mehr aus. Sie stand vorsichtig auf und versuchte, im Halbdunkel etwas zu erkennen. Vergeblich. Sie lauschte. Da war wieder dieses Rascheln. Gar nicht weit entfernt. Sie klatschte in die Hände, und ein Tier sprang davon. Was es genau war, konnte sie nicht erkennen. Sie nahm aber aufgrund der Bewegungsart an, dass es ein Hase war.

Warum nur hatte sie plötzlich solche Angst im Wald? Sie hatte doch früher so oft allein in Schweden im Wald übernachtet, und dort gab es auch Tiere, die ihr vielleicht hätten gefährlich werden können. Eine Weile stand sie lautlos da und achtete auf jedes Geräusch. Ein solch verdächtiges Rascheln wie vorhin vernahm sie nicht mehr, und so kroch sie schließlich wieder in ihren Schlafsack. Auch im Liegen spitzte sie noch die Ohren, aber bald übermannte sie die Müdigkeit und sie schlief ein.

Nachdem sie aus einem unruhigen Schlaf erwacht war und die Sonne ihr Licht spendete, nahm sie ihre Wanderung wieder auf. Den Weg, den sie abends für die Suche nach einem Schlafplatz verlassen hatte, fand sie nicht wieder. Und so ging sie noch lange mitten durch den Wald, mit nichts anderem im Blickfeld als Bäume und Unterholz.

Irgendwann wurde es ihr zu warm in der langen Hose und dem Pullover, die sie in der morgendlichen Kühle angezogen hatte. Sie nahm den Rucksack herunter und tauschte die warme Kleidung gegen Shorts und T-Shirt aus. Dann reckte sie sich und fühlte sich plötzlich ohne den schweren Rucksack so befreit, dass sie einen Sprint einlegte. Doch der währte nicht lange. Sie rutschte an einer matschigen Stelle aus und fiel mitten in den Schlamm.

So ein Mist, dachte sie und richtete sich mühsam wieder auf. Erde und halbvermoderte Blätter klebten an ihr, und sie entdeckte an ihrer rechten Hand eine blutende Wunde. Schnell ging sie zurück zu ihrem Rucksack und holte ein Papiertaschentuch heraus, mit dem sie das Blut abtupfte. Die Verletzung war nicht sehr groß, blutete aber weiter. Antonia atmete heftig aus und setzte sich den Rucksack auf den Rücken. Beim Weitergehen presste sie das Taschentuch auf die Wunde.

Schließlich lag der Wald hinter ihr, und sie blickte in ein weites Tal, an dessen Berghängen nur vereinzelt Bäume auf grünen Wiesen standen. Weit unten lag ein Dorf. Mit den aus dieser Perspektive kleinen Häusern, die sich um eine Kirche versammelten, hätte es der Landschaft einer

Spielzeugeisenbahn entsprungen sein können.

Antonias Magen knurrte, und sie setzte sich auf eine einladende Bank am Wegesrand, auf der sie die Landschaftseindrücke würde genießen können. Sie lüftete das weiße Papiertuch an ihrer Hand und schaute sich die kleine Verletzung an. Die Blutung schien gestillt, und so warf sie das verschmierte Tuch in den Mülleimer neben der Bank.

Eigentlich müsste ich mich mal waschen, dachte sie beim Blick auf den Matsch und die Blätter, die immer noch an ihr klebten. Aber hier gab es kein Wasser, und jetzt hatte sie vor allem Hunger. Also holte sie aus ihrem Rucksack die angebrochene Tüte mit Studentenfutter und die Wasserflasche. Was würde sie jetzt für eine Flasche Milch geben! Das war das Blöde am Herumwandern, dass man keine leicht verderblichen Lebensmittel mitnehmen konnte. Jedenfalls nicht bei dieser Wärme. Sie hatte ja schon einiges im April erlebt, aber so warm wie jetzt und hier hatte sie diesen launischen Monat noch nie erlebt. Jedenfalls kam es ihr schon merkwürdig vor, dass sie am Vormittag, nur mit T-Shirt und Shorts bekleidet, schwitzte.

Nachdem sie die ganze Tüte leergefuttert hatte, holte sie ihr Handtuch aus dem Rucksack, faltete es ein paar Mal und platzierte es ans Ende der Sitzfläche der Bank. Sie legte sich auf die braunen Holzlatten und bettete ihren Kopf auf das provisorische Kissen. Dann schloss sie die Augen, lauschte dem Gezwitscher der Vögel und rückte ein wenig hin und her, um die optimale Liegeposition zu finden.

Als sie aufwachte, war etwas anders. Das spürte sie sofort, aber sie konnte nicht sagen, was es war. Dann bemerkte sie, dass die Wärme der Sonne auf ihrem Gesicht verschwunden war, aber die Beine sich noch gut gewärmt anfühlten. Sie schlug die Augen auf und sah aus den Augenwinkeln eine schwarz gekleidete Gestalt. Erschrocken setzte sie sich auf, und ihr wurde bewusst, dass ein Priester neben ihr stand. Den Ausschnitt des schwarzen Hemdes füllte ein weißer Stehkragen aus, den sie bisher nur bei Geistlichen gesehen hatte. Der Mann lächelte sie freundlich an. Feine graue Strähnen zogen sich durch seine dichten schwarzen Haare.

»Ich konnte doch nicht zulassen, dass Sie einen Sonnenbrand bekommen«, sagte er.

Sofort regte sich in Antonia der Trotz. »Warum konnten Sie das nicht zulassen? Vielleicht wollte ich ja einen Sonnenbrand bekommen?«

»Entschuldigung, wenn ich Ihnen zu nahe getreten bin.« Der Mann in Priesterkleidung ging einen Schritt zurück.

Antonia verschränkte die Arme vor der Brust und schloss die Augen. Was wollte dieser blöde Pope von ihr? Sie hatte keine Lust auf Menschen, auf Popen schon gar nicht!

»Sie bluten ja«, sagte der Schwarzgekleidete, und Antonia öffnete unwillkürlich die Augen. Er wies auf den Handrücken ihrer rechten Hand, wo die Schürfwunde wieder aufgegangen war. Dann vergrub er seine Hand in der Tasche seiner weiten Hose und zog schließlich an einem weißen Stück Stoff.

Ohne den Kopf zu wenden, beobachtete Antonia die Aktivitäten der rechten Hand des Pfarrers genau. Das weiße Taschentuch war sorgfältig gefaltet und sah sauber aus. Das konnte sie schon erkennen, als es noch halb in der Tasche verborgen war. Doch als die Hand weiter an dem Stoff zog, wurde daneben etwas anderes sichtbar.

Rosafarben war es, und es dehnte sich beim Herausziehen wie ein breites Gummiband. Als die Hand des Priesters das Taschentuch endlich vollständig befreit hatte, fiel das Gummiteil, dessen Transparenz erst jetzt sichtbar wurde, auf den Boden.

Antonia richtete sich ruckartig auf und heftete ihren Blick fest auf das längliche, einem Luftballon ähnelnde Teil. Dann wandte sie ihr Gesicht der vor ihr stehenden schwarzen Gestalt zu und ließ ihre Augen langsam daran hoch wandern, bis sie auf das auseinandergefaltete Taschentuch in der Hand des Priesters stießen.

»Hier, nehmen Sie«, sagte er.

Antonia ignorierte das weiße Tuch, hob mit spitzen Fingern das unbenutzte, aber auseinandergerollte Kondom auf und streckte es dem Mann entgegen.

»Sie haben da etwas verloren«, sagte sie.

Irritiert schaute der Pope auf das vor seiner Nase baumelnde rosa Gummi-Teil. Dann fing er an zu lachen.

»Ach das.« Er setzte sich auf die Bank. »Das habe ich einem Schüler abgenommen.«

Antonia schaute ihn prüfend an. Täuschte sie sich oder war seine Gesichtshaut jetzt röter als zuvor? War ihm die Angelegenheit peinlich oder log er?

»So, so, einem Schüler abgenommen«, sagte sie und überließ das Kondom der Hand des Priesters, der es schnell wieder in seiner Hosentasche verschwinden ließ. Dann richtete sie ihren Blick auf das Dorf im Tal.

»Ja, der Schüler hat im Unterricht damit gespielt, und das konnte ich ihm nicht durchgehen lassen.«

»Warum rechtfertigen Sie sich? Es kann Ihnen doch eigentlich egal sein, was ich über diesen Präser in Ihrer Tasche denke.«

»Ja, eigentlich.« Der Priester schaute ins Tal.

Lange Zeit sagte niemand etwas.

»Wahrscheinlich denken Sie jetzt, dass ich Sex habe und deswegen das Teil in meiner Tasche ist. Das denken doch alle sofort, wenn ein katholischer Priester irgendetwas tut, was im Entferntesten mit Sex zu tun hat.«

»Na und? Haben Sie Sex?« Antonia verstand sich selber nicht. Was, um Himmels willen, ging es sie an, ob dieser Mensch Sex hatte oder nicht? Sie hatte, weiß Gott, andere Sorgen.

»Sie sind sehr direkt«, sagte der Schwarzgekleidete.

»Liegt wohl an meiner Situation. Ich habe nicht mehr viel zu verlieren, muss mich an keine gesellschaftliche Konvention halten – bin fast ein Outlaw.«

»Das dachte ich mir schon, als ich Sie so sah, voller Dreck und auf einer Bank schlafend.«

Antonia warf dem Priester ein verzerrtes Lächeln zu. »Und da wurde natürlich sofort Ihr seelsorgerisches Herz geweckt und Sie dachten, dass Sie meine arme Seele retten müssten.«

Der Pfarrer zuckte die Schultern. »Ich weiß nicht, was ich gedacht habe.« Dann unterbrach er sich selbst. »Ach doch! Ich sah, dass Ihr Gesicht schon leicht rot ist, und da wollte ich Sie tatsächlich vor einem Sonnenbrand bewahren.«

»Ich habe Sie nicht darum gebeten!«, sagte Antonia heftig.

»War es denn so schlimm?«

»Darum geht es nicht. Sie haben meine schlafende Situation ausgenutzt, um sich mir zu nähern.«

»Also hören Sie mal!«, sagte der Pfarrer empört. »Ich habe mich tatsächlich nur neben Sie gestellt, sonst gar nichts!«

»Viel Abstand war da nicht zwischen Ihnen und mir!«

»Ich habe Sie in keiner Weise berührt. Wirklich nur da gestanden.«

Antonia verzog den Mund. »Das reicht ja schon.« Dann schaute sie auf ihre dreckigen Arme und Beine. »Zum Anfassen lade ich wohl nicht gerade ein, sonst wäre es vielleicht mehr geworden.«

Der Pfarrer sah Antonia direkt an. »Was hat Sie nur so verletzt, dass Sie so misstrauisch sind?«

Antonia schüttelte den Kopf und drehte sich so, dass sie dem Pfarrer den Rücken zuwandte. »Hauen Sie ab! Ich habe Sie weder gebeten, mich vor einem Sonnenbrand zu schützen, noch mir therapeutische Ratschläge zu geben.«

Der Priester blieb sitzen und schwieg.

Ein Eichhörnchen kletterte den Baumstamm hinab, der genau in Antonias Sichtfeld lag. Sie mochte diese kleinen braunen Tiere mit ihren langen Schwänzen und bewunderte ihre Art, sich nach allen Richtungen hin frei bewegen zu können. Dieses saß kopfüber an dem Baumstamm und schien unschlüssig zu sein, in welche Richtung es weiter klettern sollte.

»Entschuldigung«, sagte der Pfarrer, und das Eichhörnchen verschwand schnell wieder in der Baumkrone.

»Sie haben es verscheucht!«, rief Antonia ärgerlich.

»Was?«

»Das Eichhörnchen!«

»Tut mir leid!«

Antonia stieß heftig den Atem aus. »Können Sie eigentlich noch irgendetwas anderes, außer sich zu entschuldigen und sich ungefragt in das Leben anderer Leute zu drängen?«

»Nein!«

Antonia drehte sich abrupt zu ihm hin und nickte anerkennend. »Das war das Beste, was ich bisher aus Ihrem Mund gehört habe.«

»Als Pfarrer habe ich nie etwas anderes gelernt, als anderen Menschen zu helfen.«

»Vielleicht sollten Sie das aber, anstatt mir Ihre Hilfe aufzudrängen«, sagte Antonia.

Der Schwarzgekleidete schaute auf seine gefalteten Hände im Schoß. »Eine gute Idee!«, sagte er.

Antonia streckte sich. Sie wollte dieses Gespräch beenden, doch der Spott in seiner Stimme ließ sie aufhorchen.

»Hält Sie etwas davon ab, neue Dinge zu lernen?«

»Ich weiß nicht, was!«

»Dabei wird Ihnen doch wohl Ihr Gott helfen können, oder?«

»Ich weiß nicht, ob er mir noch hilft!« Der Priester sprach so leise, dass er kaum zu verstehen war.

»Was soll das denn heißen? Predigt ihr Popen nicht immer, dass wir Menschen alle in Gottes Hand sind?«

»Ja, aber für unsere Sünden müssen wir büßen – vor allem, wenn es so schwerwiegende sind.«

»Ach, und Sie haben schwer gesündigt?« Jetzt war Antonias Interesse geweckt.

Das »Ja!« aus dem Munde des Pfarrers war kaum zu verstehen.

»Haben Sie jemanden umgebracht?«

»Ich habe eine Frau geliebt.«

Antonia verdrehte die Augen. »Nie werde ich die Logik der Kirche verstehen. Liebe ist doch was Schönes.«

»Ich hatte Sex mit ihr!«

»Sex ist doch auch was Schönes!« Dann grinste Antonia,

als sie an das Kondom in der Tasche des Pfarrers dachte. »Jaja, das Kondom!«, sagte sie.

»Das habe ich wirklich einem Jungen abgenommen – vor einer Woche, als meine Gemeinde noch zu mir stand.«

»Und dann haben sie rausgekriegt, dass Sie Sex haben.«

»Hatten! Ich hatte Sex mit einer Frau – aber das ist schon drei Jahre vorbei!«

»Jaja. Der liebe Gott vergisst nichts«, sagte Antonia vor sich hin. Plötzlich hob sie den Kopf. »Aber er verzeiht doch! Warum beichten Sie das nicht einfach, tun Buße, und alles ist wieder gut?«

Der Pfarrer seufzte. »Ja, *Gott* wird mir wohl verzeihen, wenn ich Buße tue. Und sogar die Kirche kommt mir entgegen. Sie bieten mir die Versetzung in eine andere Gemeinde an.«

Antonia grinste. »Und wenn Sie da nicht über Ihre Verfehlung sprechen und wieder schön enthaltsam sind, kann alles so sein wie vorher.« Ihr Grinsen wurde heftiger, während sie zu ihrem Sitznachbarn schaute. »Aber Sie wollen nicht weg von hier!«

»Nein, das ist es nicht«, sagte der Pfarrer leise.

»Was ist es dann?«

»Ich käme mir so verlogen vor, unter diesen Bedingungen eine neue Gemeinde zu übernehmen …«

Antonia hob die Brauen. Das waren ja richtig sympathische Charakterzüge, die sie da vernahm.

»Aber das ist es nicht nur …«, sagte der Pfarrer.

»Sondern?«

»Ich will nicht mehr ohne Sex leben!«

Antonia wanderte auf einem Weg, der rechts von ihr den Blick auf die Rheinebene freigab. Sie genoss die Aussicht, nachdem sie den ganzen Vormittag auf Wegen gegangen war, die mitten durch den Wald führten. Dabei hatte sie mit Beklemmung an ihre unfreiwillige Übernachtung im Unterholz vor zwei Tagen denken müssen und freute sich deshalb umso mehr, dass ihr dieser Pfad am Berggrat nun Orientierung vermittelte.

In der Ferne fielen ihr besonders ein Fernsehturm, einige Hochhäuser und die rauchenden Schlote auf. Ein See lag in der näheren Umgebung. Am Horizont sah sie die Bergkuppen der Pfalz. Sie blieb stehen und betrachtete die eindrucksvolle Aussicht in aller Ruhe. Dann breitete sie die Arme aus und schloss die Augen. Ach, wie herrlich es hier war. Sie empfand ein unbändiges Gefühl von Freiheit, wie sie es schon lange nicht mehr erlebt hatte.

Das Geräusch von Schritten ließ sie die Arme senken und die Augen öffnen.

»Guten Tag«, sagte eine Männerstimme.

Sie drehte sich um. »Guten Tag.«

»Ein wunderbarer Tag heute, nicht wahr?«, sagte der Mann, der im Rentenalter sein musste.

»Ja, wirklich sehr schön!«

»Sie machen wohl eine längere Wanderung.« Der Grauhaarige wies auf ihren Rucksack.

»Ja.«

»Woher kommen Sie denn?«

»Aus Frankfurt.«

»Dann sind Sie ja schon ein paar Tage unterwegs.«

»Ja.« Antonia war überhaupt nicht nach Reden zumute, und sie überlegte, wie sie den Mann loswerden konnte.

»Und wo soll's hingehen?«

Sie seufzte innerlich. »Nach Heidelberg.«

»Ah, Heidelberg! Da haben Sie sich wirklich ein

schönes Ziel ausgesucht.« Der Mann stellte sich direkt vor Antonia. »Da bin ich aufgewachsen, und auch jetzt bin ich noch oft da. Wohne jetzt in Hemsbach. Mit Kindern wollten wir doch lieber in einem kleineren Ort leben. Waren Sie schon unten in Hemsbach?«

»Nein.«

»Na ja, das lohnt sich vielleicht für Touristen auch nicht gerade zum Anschauen, aber Weinheim sollten Sie sehen. Das ist wirklich ein wunderbarer Ort, schöne Altstadt mit malerischem Marktplatz.«

»Ja, das werde ich mir überlegen, aber jetzt muss ich wirklich weiter.«

»Wo soll's heute noch hingehen?«

»Ich hab noch einiges vor mir. Also dann: Auf Wiedersehen.« Schnell drehte sich Antonia um und ging weiter.

So was Blödes, dass dieser Typ sie stören musste. Sie wäre so gerne noch länger an dieser Stelle geblieben. Und gerade entdeckte sie auch noch eine Bank, auf der sie die tolle Aussicht malen könnte. Aber wenn sie sich jetzt dort hinsetzte, würde der Typ sie bestimmt noch sehen und eventuell zurückkommen. Nur gut, dass er wenigstens nicht in dieselbe Richtung ging wie sie.

Bäume versperrten die Aussicht in die Rheinebene, als Antonia ihr übliches Wandertempo wieder eingeschlagen hatte. Ob sie wohl noch einmal so eine schöne Aussicht erleben würde? Bestimmt!, versuchte sie sich zu trösten. Doch dann blieb sie abrupt stehen.

Wieso lasse ich mir von so einem unsensiblen, aufdringlichen Zeitgenossen die Chance auf ein tolles Bild nehmen?

Sie drehte sich um und saß bald mit dem Malblock auf ihren Beinen und einem Stift in der Hand auf der so gut gelegenen Bank. Der Rentner war nicht mehr zu sehen.

Als sie die Schatten der Schornsteine schraffierte, musste sie an andere Schornsteine denken, an die, die sie in ihrer Kindheit und Jugend begleitet hatten. Die Schlote der Kokerei Prosper gehörten zu ihrer Heimat, genauso wie die Fördertürme der Zechen, die mit Kohle beladenen Schiffe auf dem Rhein-Herne-Kanal und die stinkende Emscher. Aber auch die Männer, die schwarzen Kohlestaub in den Augenwinkeln hatten, wenn sie von der Schicht kamen.

Antonia kämpfte plötzlich mit den Tränen. Die halb fertige Skizze verschwamm vor ihren Augen. Sie dachte daran, wie sie als Kind immer zu ihrem Vater gerannt war, sobald er die Wohnungstür geöffnet hatte. Warum machte sie diese Erinnerung denn jetzt so traurig?

Oft hatte sie ihn gefragt, warum er den Dreck in den Augen nicht auch wegduschen würde, so wie all den anderen Kohlestaub auch. »Der geht nicht weg«, hatte ihr der Vater nur kurz gesagt. Aber warum, das hatte er nicht erklärt. Erst viel später, als sie als Erwachsene mal unter Tage war und sich die Kohle mit der speziellen Bergmannsseife abschrubben musste, hatte sie verstanden. Und ihn dann sogar dafür bewundert, wie sauber er immer nach Hause gekommen war, obwohl es so mühsam war, den Kohlestaub von der Haut und aus allen Poren des Körpers zu entfernen. Direkt nach der Ausfahrt ging ihr Vater in die Waschkaue, um sich zu reinigen. Die schmutzige Bergmannskleidung ließ er dort. Sie wurde zentral gewaschen.

Waschkaue, dachte Antonia versonnen. Auch so ein Begriff, der zu ihrer Heimat gehörte und für viele andere Menschen wahrscheinlich ein Fremdwort war.

Sie seufzte. Nie hatte sie ihren Vater bei der Arbeit

gesehen. Er hatte viel davon erzählt, aber mitnehmen wollte er sie nicht. Selbst dann nicht, als es Frauen erlaubt wurde, in die Grube einzufahren. »Frauen unter Tage bringen Unglück!« Dieser Vorstellung konnte er sich nicht entziehen. Seine Arbeit war so gefährlich, dass man kein Unheil heraufbeschwören sollte. Er nahm zu seinem Schutz auch immer eine kleine geschnitzte Figur der heiligen Barbara mit, wenn er zur Zeche fuhr.

Ja, er war ganz schön abergläubisch, dachte Antonia. Aber das Zechensterben konnte er damit auch nicht aufhalten.

Plötzlich dachte sie, dass sie in diesem Jahr unbedingt noch mal nach Bottrop musste, um die Zeche ihres Vaters zu sehen, bevor sie endgültig geschlossen wurde. Und sie würde auch ihn so gern besuchen. Aber konnte sie ihm noch unter die Augen treten? Nachdem sie einfach so weggegangen war? Was würde er dazu sagen, dass sie ihren Mann und ihre Kinder verlassen hatte?

Nachdem Antonia die Nacht in einer kleinen Pension in Weinheim verbracht hatte, stieg sie nun wieder hoch zum Wald. Die Wirtin hatte ihr gesagt, dass es einfacher sei, durch die Weinberge und parallel zur Bundesstraße zu gehen, um nach Heidelberg zu kommen. Aber Antonia wollte ja nicht nur ankommen, sie wollte eine Wanderung machen, die ihr zusagte, und die Aussicht, wieder so wunderschöne Ausblicke ins Rheintal zu haben, beflügelte sie.

Der Weg war das Ziel! Das war ihr Motto. Sie wollte schließlich Klarheit gewinnen, wie es mit ihr weitergehen würde. Ob und wie sie wieder Kontakt zu ihren Kindern und ihrem Mann aufnehmen konnte. Ob sie wirklich dazu geeignet war, das Leben einer freischaffenden Künstlerin zu führen und was sie eigentlich davon abhielt, das zu tun.

War sie bezüglich dieser Fragen bisher weitergekommen? Nein! Sie hatte allerdings ein paar kleinere Aquarelle gemalt und Skizzen für größere.

Über die Frage, wie es mit ihren Kindern weitergehen sollte, hatte sie kaum nachgedacht. Sie vermisste sie sehr, und sie spielten eine große Rolle in ihren Tagträumereien, mehr noch hatte sie aber an ihre eigene Kindheit im Ruhrgebiet gedacht. Und auch das machte sie traurig. Es war, als wenn mit der Schließung der letzten Zeche die Welt ihrer Kindheit endgültig unterging. Dabei war sie doch schon viel früher untergegangen – nämlich als ihr Vater in den Vorruhestand gehen und damit akzeptieren musste, dass sein Kampf endgültig verloren war, dass alles, wofür er und seine ganze Familie gelebt hatten, nun nur noch Geschichte sein würde.

Plötzlich durchzuckte Antonia ein anderer Gedanke. Vielleicht hatte ihr Vater sich nur deshalb an seinen Beruf geklammert, um diese andere, viel größere Trauer nicht empfinden zu müssen. Die, die sie verursacht hatte.

Ihr wurde schwindelig, und sie hielt sich an einem Baum fest. Erst jetzt spürte sie, wie rasch ihr Atem ging, und sie blickte sich um. Das letzte Stück war ganz schön steil gewesen. Kein Wunder, dass sie fast das Gleichgewicht verloren hätte. Wo war sie überhaupt? Der breite weiche Weg war von Bäumen gesäumt, und es gab keine Hinweise, die ihr zur Orientierung dienen könnten.

Als sie wieder zu Atem gekommen war, ging sie weiter und hielt nach den Nummern der Wanderwege Ausschau, denen sie heute folgen wollte. Schon bald wurde sie fündig und war froh, intuitiv richtig gegangen zu sein. Es ging weiter bergauf, aber nicht so steil wie zu Anfang. Bald lichtete sich der Weg auf der rechten Seite und gab den Blick auf die Rheinebene frei. Wieder überfiel sie dieses unbändige Gefühl von Freiheit angesichts der unendlich scheinenden Weite, und sie versuchte, die Landschaftspunkte wiederzuentdecken, die sie gestern gesehen hatte. Wieder waren der Fernsehturm, die Hochhäuser und die Schornsteine bestimmende Merkmale. Aber der See, den sie gestern gesehen hatte, war nicht mehr zu erblicken. Sie sah zwar auch jetzt in der Nähe eine Wasseroberfläche aufblinken, aber die sah anders aus. Direkt vor ihr am Rand des Berges waren Dörfer mit Kirchtürmen zu sehen, und etwas weiter entfernt fiel ihr ein Ort mit besonderen Kirchtürmen auf, es waren zwei gleiche direkt nebeneinander. Sie erinnerten sie an die Frauenkirche, waren aber spitzer als die Türme des Münchner Doms.

Doch ihr Blick verweilte nicht lange bei den Türmen. Es waren die hohen Schornsteine dahinter, die sie magisch anzogen. Inzwischen wusste sie, dass sie zum Mannheimer Großkraftwerk gehörten und nicht zu einer Kokerei, aber trotzdem empfand sie bei ihrem Anblick ein Gefühl von Vertrautheit und Zu-Hause-Sein. Es war, als wenn ihr die Schornsteine ein Stück Kindheit zurückgeben würden.

Ihre Augen wanderten weiter nach rechts, sahen Hochhäuser und weitere Schornsteine und Industrieanlagen. Sie nahm an, dass die auch zu Mannheim gehörten. Und dann wusste sie plötzlich, wohin sie gehen musste. Was sollte sie in Heidelberg? In diesem Touristenmagnet, der auch für sie nichts anderes war. Hier vor ihr lag der Ort, der ihr etwas sagen konnte.

3

Dieses Chaos, dachte Antonia. Ihre ganze Wohnung sah aus wie ein einziger Müllhaufen. Wann hatte sie eigentlich das letzte Mal aufgeräumt? Sie konnte sich nicht erinnern. Hatte sie überhaupt mal aufgeräumt, seit sie vor mehr als einem Monat in diesen renovierungsbedürftigen Altbau eingezogen war?

Überall lagen Kleidungsstücke herum. Nie hatte sie ihre wenigen Besitztümer in den Schrank geräumt, den sie in der möblierten Wohnung vorgefunden hatte. Aufgeschlagene Zeitschriften waren auf dem Boden, den Stühlen und dem Tisch verteilt. Dazwischen standen Gläser und Flaschen, leere, halb volle, volle – alles war dabei. Kopfschüttelnd nahm sie eine leere Pizzabox vom Bett und legte sie auf den Stapel der anderen Pizzaschachteln neben der Tür. Noch war der Stapel so niedrig, dass sie sich dafür bücken musste. Wie lange es wohl dauern wird, bis er an die Decke reicht?

Sie trat einen Schritt zurück. Eigentlich war der kleine Turm schon jetzt ein interessantes Stillleben. Ob sie ihn malen sollte? Dieser Gedanke ließ sie urplötzlich todmüde werden und sie wandte sich ab.

In meinem Rucksack sind die Malutensilien, dachte sie. Warum gehe ich nicht einfach hin, hole sie heraus und male?

Weil ich eben keine richtige Malerin bin, entgegnete eine andere Stimme in ihr sofort, und sie ging in den Flur. Ich bin nichts anderes als eine gescheiterte Hausfrau und Mutter, die ihre Familie verlassen hat, um einem Traum nachzujagen, den sie nie realisieren kann. Bald würde ihr Geld aufgebraucht sein, und sie müsste sich zu den Obdachlosen gesellen. Wenn nicht irgendein Wunder geschah.

An der Schwelle zu ihrer kleinen Küche blieb sie stehen.

Macht es überhaupt noch einen Unterschied, ob ich hier oder auf der Straße lebe?, dachte sie bei dem Anblick, der sich ihr bot. Es gab kein Stückchen freie Fläche. Alles war bedeckt mit schmutzigen Tellern, Tassen, zerknautschten Getränkepackungen und halb geleerten Milchflaschen, deren Inhalt sich in verschiedenen Stadien des Zersetzungsprozesses befand.

Antonia kämpfte sich zum Kühlschrank vor und holte eine Flasche mit frischer Milch heraus. Zum Alkoholiker würde sie auch auf der Straße nicht werden. Sie grinste. Dafür trank sie viel zu gerne Milch. Aber wie würde sie die draußen kühlen können? Rotwein hielt sich ungekühlt eben länger als Milch. Andererseits ... Sie legte die Stirn in Falten und schaute auf die Milchflasche neben der Spüle, deren grün-gelber Inhalt besonders eklig aussah. Hier vergaß sie ja auch oft, die Flaschen in den Kühlschrank zu stellen.

Sie ging zurück in den Wohn-Schlafraum. Neben Küche und Bad das einzige Zimmer ihrer Behausung. Wild entschlossen fegte sie mit der freien Hand alle Zeitschriften von ihrem Lieblingsstuhl und setzte sich. Dann nahm sie einen großen Schluck aus der Milchflasche. Aaah, tat das gut! Mit dem Handrücken wischte sie den weißen Milchbart von der Oberlippe. Sie seufzte. Was war nur mit ihr geschehen? War es diese Stadt, die sie so verändert hatte?

Noch vor einigen Jahren war sie ein Musterbeispiel deutscher Hausfrauendisziplin gewesen. Wie hatte sie sich nach ihrer Hochzeit vor fünf Jahren und dem Umzug ins eigene, von den Schwiegereltern geschenkte Haus in ihre neue Aufgabe gestürzt. Obwohl sie da schon im fünften Monat schwanger gewesen war, hatte sie sich um die meisten Einrichtungsdinge gekümmert. Stephan hatte nur bei den großen Möbel-Neuanschaffungen mitgeredet, ansonsten ließ er ihr freie Hand. Gardinen, Teppiche, Lampen, Bilder ... all das hatte sie ausgesucht und sich um die Koordinierung der Handwerker gekümmert. Wegen ihrer Schwangerschaft machte sie die körperlich anstrengenden Tätigkeiten nicht selbst, und Stephan hatte kein handwerkliches Händchen. Es war ihm sehr recht, dass Antonia sich um die Innenausstattung kümmerte. Er meinte, dass sie viel besser wisse als er, wie man eine Wohnung ansprechend und geschmackvoll einrichte. Ihren Sinn für Ästhetik habe sie schließlich schon als Grafikdesignerin bewiesen. Er war dann tatsächlich auch mit allem zufrieden, und ihr machte die Aufgabe riesigen Spaß. Dass sie nach der Fertigstellung dann alles in Ordnung und sauber hielt, war für sie selbstverständlich. Sie hatte nach der Kündigung ihres Vollzeitjobs ja mehr Zeit als genug gehabt und war sogar froh gewesen, dass durch die Hausarbeit keine Langeweile aufgekommen war.

Sie seufzte. Damals war das aber auch keine Arbeit für sie gewesen. Es war eine Beschäftigung in der Zeit, wenn Stephan arbeiten musste. Und wenn sie zusammen waren, war es immer noch so schön wie in München, als sie jeder noch eine eigene Wohnung hatten. Sie diskutierten, träumten zusammen beim Blick in den Sternenhimmel, Stephan spielte Gitarre, und selbst den Sex genossen sie fast bis zur Geburt. Zum Glück machte ihr die Schwangerschaft keine Probleme, außer dass sie immer unbeweglicher wurde. Nur die gemeinsamen Motorradtouren stellten sie ein. Das war ihnen dann doch zu gefährlich erschienen.

Antonia schaute verträumt aus dem Fenster. Die Motorradtouren mit Stephan. Wie hatte sie die immer geliebt. Er war der erste Mensch gewesen, mit dem sie ihre Lieblingsorte in der Natur geteilt hatte. Diese Erinnerungen hatten jedoch überhaupt nichts mit den darauffolgenden Jahren zu tun. Ihr Magen krampfte sich zusammen, als sie daran dachte, wie Stephan sich nach der Geburt immer weiter aus ihrem Leben und in die Arbeit verzog. Wie sie ihre Kinder, die sie doch so liebte, immer mehr ihrer Schwiegermutter überlassen hatte. Ihr Blick wanderte zum Bett, wo neben dem Kopfkissen die weiße Babymütze lag.

Sie sprang auf und öffnete das Fenster. Das Motorengeräusch eines Autos drang herein, Schritte auf dem Asphalt, ein Mann rief etwas, das sie nicht verstand. Sie schaute nach unten und sah zwei Frauen rasch die Straße hinuntergehen. Sie trugen Kopftücher und lange Kleider, doch die junge Frau, die sie auf einem Fahrrad überholte, hatte Shorts und ein weißes Top an. Erst jetzt bemerkte sie, wie warm die hereindringende Luft war, obwohl der Vormittag noch nicht weit vorangeschritten war.

Plötzlich hatte sie das Gefühl, jemand drücke ihr den Brustkorb zusammen und nehme ihr die Luft zum Atmen. Sie musste raus, konnte nicht einen Moment länger hierbleiben. Schnell zog sie das weite blaue Shirt aus, das sie zum Schlafen getragen hatte, putzte sich die Zähne und spritzte sich Wasser ins Gesicht. Die Jeans-Shorts, die sie gestern getragen hatte, lag vor dem Bett. Daneben ihr rotweiß gestreiftes T-Shirt. Ein kurzer Geruchstest sagte ihr, dass sie das keinesfalls noch einmal anziehen konnte. Ein Top wäre bei der Wärme wahrscheinlich sowieso besser.

Hatte sie denn noch ein sauberes? Sie schaute sich um. Neben ihrem Rucksack entdeckte sie das schwarze, das sie schon seit Jahren besaß. Es war offensichtlich frisch gewaschen.

Sie verließ die Wohnung und das Haus fast so, als wäre sie auf der Flucht. Schnell war sie auf der Jungbuschstraße und ging Richtung Verbindungskanal. Sie hoffte, dort etwas zur Ruhe zu kommen. Schon oft hatte es sie in den letzten Wochen getröstet, auf einer der Bänke zu sitzen und den Kran am gegenüberliegenden Ufer zu beobachten. Auch die in Minutenabständen vorbeifahrenden Züge gaben ihr ein Gefühl von Normalität und Sicherheit. Aber heute konnte sie sich nicht setzen. Sie war zu unruhig. Es war, als wenn jemand sie aufgezogen hätte und sie gezwungen war, ihre Beine zu bewegen.

Sie ging auf die Teufelsbrücke, überlegte kurz, dort weiterzugehen ins angrenzende Industriegebiet, drehte dann aber um und lief Richtung Popakademie. Auf dem Holzsteg am Ufer fehlten einige Latten, und sie dachte, dass das im Dunkeln ganz schön gefährlich sein könnte. Auf Höhe des Studentenwohnheims saß ein junger Mann auf den Holzplanken und beschäftigte sich mit seinem Handy. Sie musste dicht an ihm vorbeigehen, weil der Steg nicht so breit war, aber sie hatte das Gefühl, dass er sie gar nicht wahrnahm.

An der Terrasse des Musikparks endete der Weg neben dem Kanal, und Antonia war immer noch so unruhig, dass sie unbedingt weitergehen musste.

Sie nahm sich kein bestimmtes Ziel vor, ließ ihre Füße einfach laufen. Weg vom Kanal, vorbei an dem Spielplatz, bei dem sie gehofft hatte, eine Skateranlage vorzufinden, und an der Schokoladenfabrik, deren typischer Geruch ihr in die Nase stieg, den sie aber immer noch nicht mit Schokolade in Verbindung bringen konnte. Schließlich war sie am Ufer des Neckars. Dort blieb sie nicht wie sonst stehen, um das schöne Panorama am gegenüberliegenden Ufer zu bewundern, sondern ging weiter. Am Museumsschiff vorbei und unter der Kurpfalzbrücke durch, wo es wie immer nach Urin stank. Als sie schließlich die drei charakteristischen Hochhäuser auf der anderen Flussseite wahrnahm, wunderte sie sich, dass sie noch nicht müde vom Gehen war. Immer noch fühlte sie eine solche Energie in sich, die sie einfach rauslassen musste. Auf dem schmalen Pfad direkt am Ufer überholte sie eine Spaziergängerin mit Hund und dachte, dass sie auf diesem Weg bis Heidelberg laufen würde, wenn dieses energiegeladene Gefühl nicht aufhörte.

Doch dann blieb sie abrupt stehen. Unter der Friedrich-Ebert-Brücke, nur ein paar Meter von ihr entfernt, lag ein schlafender Obdachloser. Ein älterer Mann, ungepflegtes grau-braunes Haar, das verhärmte Gesicht schaute aus einem Schlafsack, der wahrscheinlich mal orangefarben gewesen, nun aber vorwiegend schlammig grau war. Hinter ihm standen zwei prall gefüllte, dreckige Plastiktaschen.

Antonia konnte nicht weitergehen. Das Herz klopfte ihr bis zum Hals. Würde sie bald auch dort liegen? Ein panikartiges Gefühl überflutete ihren ganzen Körper, und sie drehte sich um. Langsam ging sie den Weg zurück, den sie gekommen war. Die Energie, die sie vorhin noch so angetrieben hatte, war verschwunden. Sie fühlte sich schwer wie Blei.

Eine Betontreppe führte hinunter ans Wasser. Sie folgte ihr und setzte sich auf die unterste Stufe. Erst jetzt spürte sie, dass Tränen ihr Gesicht hinunterrannen, und sie schluchzte auf. In der Hosentasche suchte sie ein

41

Taschentuch, fand aber keines und wischte sich das Gesicht mit dem Handrücken ab. Aber es brachte nichts. Sie weinte immer weiter, konnte nicht aufhören. Es war, als wenn eine Schleuse in ihr geöffnet worden wäre, und so gab sie sich dann den Tränen einfach hin.

Eine Hand, die ein Papiertaschentuch hielt, tauchte vor ihren Augen auf.

»Hier, nimm!«, sagte eine Frauenstimme.

Verwundert schaute Antonia hoch. Die Frau, der die Hand gehörte, war jung und trug ein blau-grün gemustertes Kopftuch.

»Nun, nimm schon!« Sie wedelte mit dem Taschentuch vor ihrem Gesicht herum, und Antonia griff zu. Sie wischte sich die Tränen ab und putzte sich die Nase.

»Danke!«

»Schon gut.« Die Frau setzte sich neben Antonia auf die Treppenstufe. »Liebeskummer?«, fragte sie.

Antonia schüttelte den Kopf.

»Ja, es gibt vieles mehr, über das man weinen kann außer Liebeskummer«, sagte die Frau.

Antonia nickte.

Eine Weile sprachen sie beide nicht, schauten auf das Stückchen Erde vor ihnen, auf dem eine leere Burgerpackung und mehrere Pappbecher lagen. Das Wasser des Neckars schwappte heran, erreichte den Müll aber nicht.

Merkwürdig diese Frau, dachte Antonia. Wieso duzt die mich eigentlich? Ich bin doch bestimmt nicht in ihrer Altersklasse. Sie schaute auf das Gesicht neben sich und fühlte sich bestätigt. Die Frau war sicher nicht älter als fünfundzwanzig, schätzte sie, wenn es ihr auch immer noch schwerfiel, das Alter von Frauen zu bestimmen, deren Haare unter einem Kopftuch verborgen waren. Warum blieb sie hier sitzen?

Ein Handy klingelte. Die Frau zog es aus ihrer Hosentasche und stellte den Klingelton aus, hielt es aber in der Hand, las, wischte drüber, las und so weiter.

Ein Polizeiboot fuhr in raschem Tempo an ihnen vorüber und erzeugte Wellen, die die Burgerpackung erreichten, sie aber nicht fortrissen. Das Geräusch des Wassers ließ Antonia für einen kurzen Moment an Meeresrauschen denken, doch schnell war sie sich wieder bewusst, wo sie sich befand.

Sie spürte den Stoff der Jeans, die die Frau neben ihr trug, an ihrem nackten Bein und fragte sich mal wieder, wie die muslimischen Frauen die heißen Sommer in ihrer körperbedeckenden Kleidung nur aushielten. Anderseits war sie jetzt froh, nicht die nackte Haut der Fremden spüren zu müssen. Eigentlich rückte die ihr sowieso schon ziemlich nah auf die Pelle. Dafür, dass sie sich überhaupt nicht kannten, saßen sie viel zu eng zusammen. Aber die Treppe war nicht breit und ließ kaum Platz für zwei Personen.

»Vielleicht ist es doch auch Liebeskummer«, sagte Antonia, ohne den Blick vom Wasser abzuwenden.

»Ach ja?« Ihre Sitznachbarin strich über ihr Handy.

»Dabei weiß ich eigentlich gar nicht, ob ich den Mann, wie er jetzt ist, überhaupt noch liebe.«

»Er hat sich verändert?« Die junge Frau schaute weiter auf das Gerät in ihrer Hand.

Antonia atmete heftig aus. »Ja, sehr. Ich erkannte ihn eigentlich gar nicht mehr wieder.«

»Vergangenheitsform? Das heißt, du bist gegangen?«

»Ja, schon im letzten Herbst.«

»Und jetzt vermisst du ihn?«

»Ja, vielleicht.« Antonia stockte. »Nein, nicht richtig.«
»Mmh.«

»Momentan bin ich eigentlich mehr wegen meiner finanziellen Lage verzweifelt. Mit ihm habe ich eben auch die Sicherheit seines Geldes verlassen, und meine Ersparnisse sind fast aufgebraucht. Wahrscheinlich werde ich am Ende dieses Sommers total mittellos sein und unter einer Brücke schlafen, so wie der da drüben.« Sie wies mit der Hand in Richtung Friedrich-Ebert-Brücke.

»Findest du denn keine Arbeit? Irgendetwas müsste sich doch finden lassen, oder?«

»Ja, schon, aber die Arbeit, die ich mit meiner Ausbildung machen kann, ist einfach nur ätzend. Deswegen habe ich ja geheiratet …, um da rauszukommen.«

»Was hast du denn gelernt?« Die Frau steckte das Handy in die Tasche.

»Ich bin Grafikdesignerin.«

»Das hört sich doch nach einem kreativen Beruf an.«

»Pah!«, spuckte Antonia verächtlich aus. »Ja, kreativ sein, um Werbung zu gestalten, mit der ich Menschen manipuliere.« Sie sprang auf. »Da bin ich nichts anderes als ein Handlanger derjenigen, die ich eigentlich ablehne.«

»Aber muss sich nicht jeder irgendwie anpassen?«

Antonia reckte die Hände in die Höhe und stöhnte auf. »Wie oft ich das schon gehört habe!«

Dann neigte sie sich zu der Frau hinunter und schaute ihr in die Augen. »Ich kann das aber nicht! Mich macht das krank!«

Die junge Frau erwiderte den Blick und nickte leicht. Antonia richtete sich wieder auf.

»Ich will doch nur malen. Malen, was mir gerade in den Sinn kommt. Und wenn die Leute meine Bilder kaufen würden, könnte ich davon leben.«

»Aber das funktioniert nicht?«

»Ich habe immer mal das eine oder andere Bild verkauft, aber das reicht nicht. Und ich glaube nicht, dass ich bis zum Herbst so viele Bilder verkauft habe, dass ich davon leben könnte.«

»Versuch es doch!«

»Ja, das will ich ja auch, aber dann bleibt mir wieder kaum Zeit zum Malen für neue Bilder.«

»Das klingt wie eine Zwickmühle.« Die Frau stand auch auf.

»Das ist es auch. Dabei glaube ich, dass ich einfach nur etwas mehr Zeit benötige. Ich könnte mir auch vorstellen, Malkurse zu geben, um nicht nur vom Verkauf der Bilder abhängig zu sein. Aber das lässt sich auch nicht so schnell organisieren.« Antonia trat einen Schritt näher ans Wasser heran und verschränkte die Arme vor der Brust. »Eigentlich kann ich gerade aber gar nichts machen. Die Angst vor dem drohenden Absturz lähmt mich total.« Ihre Stimme wurde immer leiser. »Ich bin deswegen schon zum Messi geworden«, flüsterte sie.

»Was hast du zum Schluss gesagt?« Ihre Gesprächspartnerin stellte sich näher an sie heran.

»Dass ich ein Messi bin!«, schrie Antonia. »Ein Messi, Messi, Messi! Ein Nichtsnutz, ein Taugenichts!«

Die Frau setzte sich wortlos zurück auf die Treppenstufe und holte ihr Handy heraus.

Antonia blickte sie mit zusammengezogenen Brauen an. Was war denn jetzt los? Erst interessiert sie sich für alles, was ich sage, und jetzt daddelt sie einfach auf dem Handy herum. Die kann mich mal! Sie ging schnurstracks zur Treppe und stürmte hoch. »Schönen Tag noch!«, rief sie mit ironischem Unterton.

»Nun warte doch!«, rief die Frau. »Ich will dir etwas zeigen!«

Antonia verlangsamte den Schritt.

Die Frau kam hinterher. »Hier! Schau mal!« Sie streckte Antonia das Telefon entgegen.

»Grundeinkommen für alle. Jetzt gemeinsam gewinnen«, stand auf dem Display.

»Was ist das?«, fragte Antonia.

»Eine Website, auf der du ein bedingungsloses Grundeinkommen gewinnen kannst.«

»Wie gewinnen? Was muss ich denn dafür tun?«

»Du musst dich einfach nur registrieren, und dann nimmst du an der nächsten Verlosung teil.«

»Ich habe noch nie etwas gewonnen, also warum ausgerechnet jetzt? Dann kann ich auch gleich Lotto spielen.«

»Ich denke, beim Lotto stehen die Chancen schlechter! Leider kann ich dir jetzt nicht mehr erzählen, meine Vorlesung beginnt gleich. Schau doch selbst im Internet nach.« Die Frau zeigte auf die Adresse der Website und ging dann weiter die Treppe hoch.

»Warte!«, rief Antonia. »Gibst du mir noch deine Handy-Nummer?«

Die junge Frau holte einen Schreibblock heraus, schrieb etwas, riss das Blatt ab und streckte es Antonia entgegen. »Hier!« Schnell ging sie weiter. Oben drehte sie sich noch einmal um. »Würde mich übrigens freuen, von dir zu hören.«

»Wie heißt du eigentlich?«, rief Antonia.

»Ayshe!«, sagte die Frau und ging im Laufschritt weg.

Die Taube pickte an einem Stück Keks herum, das auf dem

Pflaster direkt vor dem kleinen, runden Tischchen lag, an dem Antonia saß. Sie selbst biss ein Stück von dem Plätzchen ab, das man ihr zusammen mit der Tasse Ingwertee gebracht hatte. Versonnen beobachtete sie, wie der Vogel das Gebäckstückchen in den Schnabel nahm, etwas weiter auf ihren Stuhl zu hüpfte und es wieder fallen ließ. Sie beugte sich zu dem Tier hinab und klatschte in die Hände. Erschrocken sprang die Taube zurück, flog aber nicht weg. Die Tauben haben nicht wirklich Angst vor Menschen, dachte sie und hob ihren Blick auf den gesamten Marktplatz, wo sich viele dieser Vögel befanden. Die steinerne Figurengruppe des Denkmals mitten auf dem Platz war bedeckt von Vogelkot.

Plötzlich wurde Antonia bewusst, dass etwas anders war als sonst. Nicht das Denkmal, aber der Platz ringsum. Die Menschen liefen nicht einfach zielstrebig darüber hinweg, sondern standen oft in Gruppen zusammen. Kinder spielten. Sie schaute genauer hin und erkannte, dass viele Leute festlich gekleidet waren. Die Frauen trugen buntere Kopftücher als sonst. Ihre langen Kleider waren kunstvoll verziert. Die Männer trugen Anzüge. Kleine Mädchen steckten in bonbonfarbenen Kleidern aus Tüll, deren Rockteile durch Petticoats verstärkt waren. Eines, das ungefähr in Majas Alter war, lief laut rufend auf den Außenbereich des türkischen Restaurants zu, der sich neben dem des Cafés Marché befand, in dem sie saß. Erst da fiel ihr auf, dass dort einige größere Gruppen an den Tischen saßen. Ihre Zusammensetzung ließ darauf schließen, dass es Familien waren. Paare, Kinder, einzelne Erwachsene und ältere Menschen saßen vertraut beieinander. Diese Art des Zusammenseins erinnerte sie an Familienfeste oder Weihnachten.

Genau! Das war's! Wahrscheinlich war für diese Menschen »Weihnachten«! In den Wochen vorher hatte sie doch nie jemanden in dem Restaurant gesehen und sich schon gefragt, ob das immer so war oder ob gerade die muslimische Fastenzeit, der Ramadan, war. Dann handelte es sich wahrscheinlich gerade um das Fest, mit dem der Ramadan beendet wurde. Wie hieß das noch gleich? Antonia überlegte. Zuckerfest! Genau, so hieß es. Jetzt fiel ihr auch wieder ein, dass sie sich auf dem Weg hierher über die bunten Luftballon-Girlanden gewundert hatte, mit denen die türkischen Läden geschmückt waren. Merkwürdig, dass ihr da nicht schon die festlich gekleideten Menschen aufgefallen waren.

Sie nahm den Teebeutel aus der großen gläsernen Tasse und dachte, dass sie wohl noch zu sehr mit ihren eigenen Gedanken beschäftigt gewesen war. Die Erinnerung an den gestrigen ereignisreichen Tag hatte sie voll ausgefüllt. Sie lächelte, als sie an ihre Begegnung mit Ayshe dachte, und fragte sich, ob sie jetzt wohl auch mit ihrer Familie das Zuckerfest feierte.

Doch dann erinnerte sie sich wieder daran, was sie getan hatte, nachdem Ayshe gegangen war. Sie war eilig zurück nach Hause gelaufen und hatte die Website zur Verlosung des bedingungslosen Grundeinkommens genauer unter die Lupe genommen. Das, was sie dort las, sprach sie sehr an. Die Organisatoren dieser Maßnahme sammelten Geld und sobald eine bestimmte Summe vorhanden war, wurde es unter registrierten Teilnehmern verlost. Die Gewinner erhielten ein Jahr lang jeden Monat 1000 Euro, ohne irgendetwas dafür tun zu müssen. Wenn sie dabei gewinnen würde, wäre sie ihre Sorgen ganz schnell los. Natürlich hatte sie sich registriert, aber sie glaubte nicht wirklich daran, zu den glücklichen Gewinnern zu gehören. Es war wohl mehr ein Akt der Verzweiflung, der sie da mitmachen ließ.

Versonnen schaute sie auf das bunte Treiben vor ihr und kam sich fast wie eine Voyeurin vor. Sie genoss es, die gut gelaunten Menschen zu sehen, die sich offensichtlich im Kreise ihrer Familien wohlfühlten. Bisher hatte sie nur von diesem großen Fest der Muslime gehört, aber nicht gewusst, wie es tatsächlich begangen wird. Und nun saß sie mittendrin und saugte die friedliche Stimmung in sich auf.

Sie fühlte sich leicht und sorgenfrei, doch dann musste sie an Weihnachten denken, das Familienfest der Christen, und ihre Schultern sackten ab. Es kam ihr im Vergleich zu diesem offenen Geschehen plötzlich steif vor. Ja, als Kind hatte sie auch sehnsüchtig auf das Christkind gewartet und an Heiligabend staunend vor dem geschmückten und erleuchteten Tannenbaum gestanden. Doch irgendwann war der Zauber verflogen, den dieses Fest auslöste.

Lange schaute sie auf ihr Teeglas.

Irgendwann!

Antonia! Du weißt genau, wann das war, schalt sie sich selbst und sackte noch mehr in sich zusammen.

»Das ist ja eine Überraschung, dass ich Sie hier treffe!« Eine tiefe Stimme unterbrach ihre Gedanken, und sie schaute hoch. Ein dunkelhaariger Mann in rotem T-Shirt und knielanger Hose stand neben ihr.

Sie runzelte die Stirn. »Muss ich Sie kennen?«

Der Mann setzte sich auf einen freien Stuhl an ihrem Tisch und schaute ihr in die Augen. »Na, klingelt's jetzt?«

Antonia schüttelte den Kopf. Der Mann kam ihr zwar bekannt vor, aber sie hatte keine Ahnung, wo sie ihn schon mal gesehen hatte und wer er sein könnte.

»Tut mir leid, aber ich kann Sie nicht einordnen«, sagte sie.

»Na ja, als wir uns das letzte Mal gesehen haben, sah ich auch noch etwas anders aus, aber es ist gar nicht so lange her.«

Antonia verdrehte die Augen. »Nun sagen Sie schon.«

»Sie lagen auf einer Bank im Odenwald, und ich spendete Ihnen Schatten.«

»Ach, Sie sind der Pope«, fuhr es spontan aus ihr heraus. »Sie hatten dieses Kondom in der Tasche, was Ihnen total peinlich war.«

»Das haben *Sie* jetzt gesagt.«

»Sie sehen aber wirklich ganz anders aus, so ohne das dunkle Hemd mit dem weißen Kragen.« Dann schaute sie genauer auf sein Gesicht. Er war ja nicht viel älter als sie selbst, stellte sie überrascht fest. Höchstens vierzig. Irgendwie war er ihr bei ihrem ersten Zusammentreffen älter erschienen, obwohl er jetzt einen Bart trug.

»Und den Bart hatten sie da auch noch nicht, oder?«, fragte sie.

Der Pastor lachte. »Nein, den hatte ich noch nicht.«

»Überhaupt sehen Sie jetzt mehr wie ein Urlauber aus als wie ein Pfarrer.«

»So könnte man es auch sehen, dass ich Urlaub mache – aber mehr notgedrungen und ziemlich aktiv.«

»Also sind Sie jetzt tatsächlich kein Pfarrer mehr?«

»Nein. Die katholische Kirche bezahlt mich nicht mehr. Ich habe mein Priesteramt aufgegeben.«

»Und was machen Sie jetzt?«

»Tja, wenn ich das so genau wüsste. Ich bin auf der Suche nach einer Alternative, habe aber bis jetzt noch nichts gefunden.«

Die Kellnerin trat an den Tisch. »Kann ich Ihnen etwas bringen?«

Der Pfarrer schaute auf. »Einen Latte Macchiato bitte.«

Antonia grinste den Pfarrer an. »Ich kann Ihnen einen guten Tipp geben. Bewerben Sie sich doch um ein Grundeinkommen.«

»Ach, Sie meinen diese Website, wo man ein Grundeinkommen gewinnen kann?«

»Sie kennen die?«

»Ich hatte viel mit Menschen zu tun, die in finanziellen Notsituationen waren – und die erzählen schon mal davon.«

»Und? Haben Sie sich da beworben?«

Der Pfarrer schüttelte den Kopf. »Nein! Ich möchte eigentlich auch lieber arbeiten für mein Geld.«

»Ja, wenn Sie was finden!«, sagte Antonia heftig.

»Es gibt da so eine Idee.« Der Pfarrer rückte seine schwarz geränderte Brille gerade, sagte aber nichts weiter.

»Und? Was ist das für eine Idee?«

»Ich könnte als freiberuflicher Trauerredner arbeiten.«

Antonia verdrehte wieder die Augen. »Na, das ist ja wohl keine hochtrabende Idee. Machen das nicht alle ehemaligen katholischen Pfarrer?«

»Sie sind immer noch sehr direkt!«

»Meinen Sie, ich ändere mich in so kurzer Zeit? Und warum sollte ich auch?«

»Entschuldigung, ich wollte Ihnen nicht zu nahe treten.«

Antonia lachte laut auf. »Und Sie entschuldigen sich immer noch für alles.«

Die Sirene eines Polizeiwagens ertönte, und fast gleichzeitig presste Antonia ihre Hände an die Ohren. Sie blickte starr nach unten und versuchte mühsam, gegen das Zittern anzukommen. Es dauerte eine Weile, bis sie sie sich wieder beruhigt hatte und den Kopf heben konnte. Sie schaute direkt in die blauen Augen des Pfarrers.

»Ist alles in Ordnung?«, fragte er.

Antonia nickte. »Ja, ja, alles in Ordnung!« Sie wich dem prüfenden Blick des Pfarrers aus und nahm einen Schluck aus ihrem Teeglas. »Sie wollen also Trauerredner werden. So auf Beerdigungen sprechen und so?«

»Ja, genau. Vielleicht auch sonst den Trauernden etwas beistehen.«

»Und damit könnten Sie Geld verdienen?«

»Ich habe von anderen gehört, die das machen und auskommen.«

»Mmh. Wenn Sie meinen.« Antonia sah am Pfarrer vorbei auf eine Taube, die sich dem Nachbartisch näherte, und fragte sich, ob es dieselbe wie vorhin an ihrem Tisch war.

»Und was machen *Sie*?«, fragte der Pfarrer.

»Ich sitz hier und trink einen Ingwertee«, sagte Antonia schnippisch.

»Na, ich meine beruflich.«

»Ich male.«

»Oh, wie schön. Und davon können Sie leben?«

»Nein!«

»Aber …«

»Halten Sie einfach den Mund, ja?«, unterbrach Antonia den Pfarrer.

»Ja, natürlich. Entschuldigung!«

Antonia verdrehte die Augen. »Und hören Sie endlich damit auf, sich ständig zu entschuldigen!«

Schweigend saßen sie weiter am Tisch. Als Antonia

ihren Tee bezahlte, beglich auch der Pfarrer seine Rechnung.

»Sind Sie öfter hier?«, fragte der Mann.

Antonia nickte und dachte, dass das Café Marché hier am Mannheimer Marktplatz inzwischen zu ihrem Lieblingscafé geworden war.

»Ich jetzt wahrscheinlich auch, bin am letzten Wochenende hier in den Jungbusch gezogen.«

Antonia stöhnte innerlich auf. Das hatte ihr noch gefehlt, dass sie diesen Typen jetzt öfter sah. Sie lächelte verzerrt. »Schön für Sie.« Sie nahm ihren lilafarbenen Tagesrucksack. »Und schönen Tag noch!« Dann drehte sie sich um und verließ fast fluchtartig den Sitzbereich des Cafés.

»Wünsch ich Ihnen auch«, sagte der Pfarrer leise. Antonia hörte es trotzdem.

Der große graue Bagger mit dem dicken roten Streifen auf seinem Rumpf drehte sich, und der an langen Seilen hängende Greifer schwebte über das Wasser. Kurz nachdem der Greifer wieder Land unter sich hatte, stoppte der Bagger, und der Greifer öffnete sich. Grober Sand rieselte heraus. Das war der Moment, auf den Antonia gewartet hatte. Mit schnellen Handbewegungen zeichnete sie den Greifer und den strömenden Sand in die Skizze auf ihrem Schoß. Die meisten anderen Teile des Panoramas, das sich vor ihr ausbreitete, hatten auf ihrem Skizzenblock bereits Gestalt angenommen. Das stille Wasser des Verbindungskanals, die Fußgängerbrücke rechter Hand, die mit Graffiti besprühte Holzwand, die sich am gegenüberliegenden Ufer entlangzog, davor das mit Sand beladene Frachtschiff, das Stahlgerüst des Baggers, der hinter der Wand aufragte. Das Gerüst wirkte auf sie immer wie ein überdimensionaler

Vogelkopf. An dessen unterem Ende befand sich der grau-rote Rumpf mit der kleinen, mit Glas umrahmten Kabine, in der deutlich der Baggerführer zu sehen war.

Antonia hielt die Skizze ein wenig von sich weg, um sie aus diesem Blickwinkel auf sich wirken zu lassen und zu prüfen, ob sie noch weitere Details aufnehmen sollte. Das Gras vor der Wand war noch nicht auf ihrem Block, und sie zog ein paar dünne grüne Striche. Ausmalen wollte sie das jetzt nicht. Sie musste später, wenn sie das Aquarell in ihrer Wohnung auf einem größeren Blatt malen würde, nur wissen, was an welcher Stelle und wie die Perspektive war.

Wieder hielt sie die Skizze hoch und war zufrieden. Das reichte ihr erst einmal. Sie legte den Block neben sich auf die Bank und streckte die Beine aus. Ihre Unterschenkel und Knie wurden dadurch von der Sonne beschienen. Lange werde ich hier wohl nicht mehr im Schatten sitzen können, dachte sie. Die Sonne war schon weit herumge-kommen. Die Mauer hinter der Bank spendete nur in den Vormittagsstunden Schatten. Gut, dass ich so früh aufge-standen bin!, dachte sie.

Sie holte die Laugenbrezel, die sie sich auf dem Weg hierher gekauft hatte, aus dem Rucksack und biss herzhaft hinein. Das habe ich mir wahrlich verdient, dachte sie. Wie oft hatte sie sich schon vorgenommen, dieses Panorama zu malen, und nie hatte sie es in die Tat umgesetzt. Sie war zwar schon oft hier gewesen, aber immer hatte sie nur vor sich hingeträumt, hatte sich nicht zum Malen aufraffen können.

Am Nachmittag, wenn es draußen wieder so heiß war, dass man es kaum aushalten konnte, würde sie das Aquarell in ihrem Zimmer malen. Sie lächelte, als sie daran dachte, dass sie das nun ohne Probleme machen konnte. Kein Müll lag mehr herum, keine halb leeren Milchflaschen, keine Pizzapackungen. In einem Anfall von Energie hatte sie in der letzten Woche ihre Wohnung aufgeräumt, den Müll weggebracht, die Wäsche gewaschen. Und die gleiche Energie musste es jetzt auch sein, die sie dieses Bild endlich malen ließ.

Sie wunderte sich selbst, woher diese Kraft plötzlich gekommen war. Hatte schon die Hoffnung auf das Gewinnen eines Grundeinkommens ausgereicht, sich so zu ändern? Oder war es die unverhoffte Hilfe durch Ayshe vor zwei Wochen? Sie seufzte. Ach, egal. Es war doch gut, dass sie sich endlich besser fühlte und wieder malen konnte. Und sogar für eine mögliche Ausstellung hatte sie erste Vorbereitungen getroffen. Dass sie dafür mehr als genug fertige Bilder hatte, war ihr erst jetzt bewusst geworden. Sie hatte sich alle Aquarelle mal angeschaut, die sich in der festen Karton-Mappe befanden, die sie schon in den USA gekauft hatte. Die Mappe passte genau an das starre Rückenteil ihres Reiserucksacks und war unbeschädigt, genauso wie der Inhalt. Sie war sehr erstaunt, was da alles zum Vorschein gekommen war. An manche Bilder konnte sie sich gar nicht mehr erinnern, und andere brachten Erinnerungen hoch, die lange verdrängt waren. So wie der stimmungsvolle bunte Herbstwald, den sie bei ihrer ersten Motorradtour nach dem Abstillen von Kalle gemalt hatte. Sie wusste noch genau, wie frei sie sich da gefühlt hatte und dass nur dieses Gefühl es ihr ermöglichte, das Bild zu malen. In ihrem schönen Haus im Städtchen hatte sie nie malen können. Dabei hatte sie es sich vorher so schön vorgestellt. Ohne den festen Job und nur mit Kinderbetreuung beschäftigt, würde sie genug Zeit haben zu malen. Ja, sie hatte immer mal wieder Zeit gehabt, aber sie konnte nicht malen. Oft hatte sie sich den Block genommen, aber es wollte nichts entstehen. Heute wusste sie, dass es die Atmosphäre in dem Städtchen gewesen war, die sie gelähmt hatte. Das Gefühl von Gefangensein nahm ihr jegliche Kreativität.

Sie steckte das letzte Brezelstück in den Mund und knüllte die Papiertüte zusammen, in der es sich befunden hatte. Ein Papierkorb stand am Rande der nächsten Bank, und Antonia schickte sich an, die Papierkugel reinzuwerfen. Doch dann überlegte sie es sich anders. Sie glättete das Papier wieder und hielt dann die offene Tütenseite so an ihren Mund, dass keine Luft zwischen Mund und Tüte entweichen konnte. Dann blies sie heftig hinein, bis die Tüte sich voll aufgebläht hatte. Vorsichtig nahm sie die Tüte vom Mund, hielt dabei aber die Öffnung fest umschlossen. Stolz betrachtete sie ihren papiernen Luftballon und schlug dann mit der freien Hand so heftig darauf, dass die Tüte mit einem lauten Knall platzte. Eine junge Frau, die weiter vorn am Kanal auf einer Bank saß, schaute sich erschrocken um.

»Tschuldigung!«, rief Antonia rüber, aber die Frau war schon wieder mit ihrem Handy beschäftigt.

Wie oft hatte ihr Vater sie früher mit diesem unsinnigen Tun erschreckt, aber ihr hatte es trotzdem gefallen. Vor allem, als sie selbst die von ihm aufgeblasene Tüte zum Platzen bringen durfte. Sie lächelte, doch dann wurde sie plötzlich ernst. Ihr schnürte es die Kehle zusammen, als sich ein anderes Kind vor ihr inneres Auge schob und versuchte, die Papiertüte zum Platzen zu bringen, die *sie* ihr hinhielt. Maja konnte das mit ihren drei Jahren noch nicht, liebte es aber, wenn Antonia den lauten Knall erzeugte. Und sie hatte ihr zuliebe jede Brottüte platzen lassen, auch wenn Gisela meinte, dass sie damit Majas Gehör schädigen würde. Antonia glaubte es nicht, zumal sie die Tüte weit weg von Maja hielt. Vielleicht hatte sie sogar wegen der Warnungen ihrer Schwiegermutter immer weitergemacht. Es war wohl so etwas wie ein Aufbegehren gegen ihre ständige Einmischung in die Kindererziehung gewesen. Vielleicht das letzte Aufflackern, dachte Antonia.

Sie knüllte die Reste der Tüte zusammen und brachte sie zum Papierkorb. Die Leichtigkeit, mit der sie vorhin noch das Papierknäuel werfen wollte, war verschwunden. Sie fühlte sich bleischwer. Ob Maja manchmal noch an das Tütenspiel mit ihr dachte? Ob sie sich überhaupt noch an sie erinnerte? Sie war schließlich noch keine vier gewesen, als sie weggegangen war. Zwei Monate später, am sechsten Dezember, war sie vier geworden. Antonia erinnerte sich daran, wie traurig sie an diesem Nikolaustag gewesen war, den sie an der US-Ostküste in einer großen Villa verbrachte. Und doch hatte sie ihrer Tochter kein Geschenk und keine Glückwünsche gesendet. Sie wusste, dass ihre Schwiegereltern und auch Stephan ihr mehr als genug zukommen lassen und ihr auch bestimmt einen Kindergeburtstag mit allem Drum und Dran ausrichten würden. Antonia lachte bitter auf. Wahrscheinlich war die ganze Kindergartengruppe eingeladen und ein professioneller Animateur engagiert worden. So wie es auch schon zu ihrem dritten Geburtstag gewesen war. Ihre Einwände, dass sie mit so vielen Gästen das Kind überfordern würden, hatte man nicht gelten lassen.

Wenn es nach Antonia gegangen wäre, dann wären drei Kinder eingeladen worden und sie hätte mit ihnen Topfschlagen gespielt, vielleicht ein wenig gemeinsam gemalt.

Aber das kam für Gisela nicht in Betracht. »*Alle laden immer die ganze Gruppe ein*«, sagte sie. Da könne man schließlich keine Ausnahme machen. Sie wären ja nun mal wohlhabend, und da solle Geld keine Rolle spielen. Am Ende hieße es noch, dass man geizig sei. »*Kommt es denn eher darauf an, was die Leute sagen, oder darauf, ob Maja glücklich ist?*«, hatte Antonia gefragt. »*Na, Maja ist doch glücklich, wenn sie alle einladen darf*«, hatte die Schwiegermutter erwidert. »*Und besser als ein professioneller Animateur kannst du es bestimmt nicht machen.*«

Sie setzte sich wieder auf die Bank und bemerkte, dass die Sonne nun auch einen Teil ihrer Oberschenkel beschien. Bald würde auch ihr Kopf den heißen Strahlen ausgesetzt sein, und dann würde sie es hier nicht mehr aushalten.

Gisela hatte bestimmt recht damit gehabt, dass Maja ein solches Geburtstagsfest gefiel, dachte sie. Aber sie wollte nicht, dass ihre Kinder ein überhöhtes Anspruchsdenken entwickelten. Wenn sie immer nur solche perfekt inszenierten Feste kennenlernten, würde sie alles, was kleiner wäre, unter Umständen langweilen, befürchtete Antonia. Und schlimmer noch: Ihre Kreativität würde gehemmt. Sie hatte doch oft genug erlebt, wie Kindergarten-Kolleginnen ihrer Tochter sich alleine und ohne teures Spielzeug nicht zu beschäftigen wussten. Sie waren auf Animateure angewiesen.

Antonia seufzte und rückte auf der Bank weiter zurück, um mehr Schatten zu erhalten. Wie sehr hatte sie sich gewünscht, ihre Kinder zu kreativen Menschen zu erziehen, die mit ihren Emotionen umgehen können. Stattdessen würden sie nun angepasste und leistungsorientierte Erwachsene werden, die vor allem funktionierten. Wut stieg jetzt noch in ihr hoch, wenn sie an so manche Eltern-abende im Kindergarten dachte. Ob denn jetzt endlich die zweite Erzieherin eingestellt worden wäre, die mit den Kindern Englisch sprechen würde, fragte eine Mutter. Oder eine andere, ob man sich nach dem Thema Australien denn endlich mal mit China beschäftigen könne. China sei doch so wichtig heute im Wirtschaftsleben. Antonia hatte ihren Ohren nicht getraut. Es handelte sich um drei- bis sechsjährige Kinder, die solche Dinge lernen sollten. »Warum kann man denn die Kinder nicht einfach spielen lassen?«, hatte sie gefragt. »Wenn man ihnen eine anregende Umgebung bietet, werden sie schon von alleine das machen, was ihnen gefällt!« Wie sehr war sie da angefeindet worden. Ob sie denn nicht wolle, dass ihre Kinder mal Abitur machten und im Beruf erfolgreich sein würden?

Antonia schüttelte den Kopf. Nur darum war es immer gegangen. Erfolgreich sollten die Kinder werden. Und darauf mussten sie schon ganz jung gedrillt werden. Sie war von den anderen Müttern nur als Spinnerin angesehen worden. Eine hatte mal zu ihr gesagt, dass sie sich so eine Meinung wohl nur leisten könne, weil ihre Familie ja reich genug sei. So ein Quatsch! Gisela, die wirklich reich war, vertrat genau dieselbe Meinung wie die anderen Mütter, und so stand sie ganz alleine mit ihren Ansichten da. Auf Stephan hatte sie auch nicht mehr setzen können, weil er kaum zu Hause war und außerdem nicht in einem Streit zwischen die Fronten geraten wollte.

Sie schaute sich noch einmal die Skizze an, die sie vorhin gefertigt hatte, und steckte den Malblock zurück in ihren Rucksack. Wie froh sie war, dass sie jetzt wenigstens wieder malen konnte. Es reichte, dass sie in der Kindererziehung gescheitert war. Aber vielleicht war es richtig so, wie es jetzt war. Wer sagte denn, dass sie recht hatte? Vielleicht war es für die Kinder wirklich besser, wenn sie schon früh die Bedingungen der Leistungsgesellschaft kennenlernten. Und da war Gisela wirklich eine geeignetere Mutter als sie.

Nein! Das glaubte sie nicht wirklich. Ruckartig stand sie auf und nahm den Rucksack auf den Rücken. Mit schnellen Schritten entfernte sie sich von der Bank. Sie hatte einfach nur keinen Weg gesehen, wie sie die Kinder in ihr neues Leben mitnehmen konnte. Es gab so viele Ungewissheiten, denen sie sie nicht aussetzen wollte. Sie wusste ja nicht einmal, wie es mit ihr alleine weitergehen würde.

4

Antonia betrachtete das Aquarell, auf dem der Blick auf den großen Bagger am Verbindungskanal festgehalten war. Es gefiel ihr gut, und sie war sich nicht sicher, ob sie das Bild wirklich verkaufen wollte. Es drückte so sehr alles das aus, was sie mit der Zeit in dieser Stadt verband.

Hier fühlte sie sich seit ihrem Weggang aus dem Ruhrgebiet vor neun Jahren zum ersten Mal wieder richtig wohl. Ja, es hatte diese Zeit gegeben, in der sie sich hatte gehen lassen, in der ihre Wohnung vermüllte. Vielleicht hatte sie diese Phase aber auch gebraucht, um richtig hier anzukommen. Doch selbst in jenen Tagen gehörten die Aufenthalte am Verbindungskanal zu ihren Lichtblicken. Dort sitzend, die routinierte Tätigkeit des Baggerführers beobachtend, hatte sie sich frei und getröstet gefühlt. Trotz aller widrigen Umstände.

»Ich muss das Bild ja auch nicht verkaufen«, sagte sie zu sich selbst. »Ich habe noch genügend andere. Vielleicht ist die Zeit dafür noch nicht reif.«

Sie stellte den Rahmen, den sie für das Gemälde vorgesehen hatte, wieder an die Wand neben ihrem Bett und legte das Aquarell zurück in die Mappe. Sie nahm das Bild heraus, durch das sie Ryan in New York kennengelernt hatte. Es zeigte eine taubenblaue Vase, die einen Strauß aus weißen und mattlilafarbenen Astern beherbergte. Damals hatte sie vor allem Stillleben gemalt. Die Vase stand vor ihr auf einem Cafétisch und inspirierte sie dazu, ihren Block herauszuholen. Mit Aquarellstiften arbeitete sie sofort an dem fertigen Bild, machte keine Skizze. Ihre Umgebung vergaß sie dabei ganz und erschrak, als sie plötzlich ein Mann ansprach. Ihm gefiele, was sie male, sagte er und fragte, ob er das Bild kaufen könne. Antonia freute sich über das Angebot, denn schließlich wollte sie ja vom Verkauf der Bilder leben und war bis dahin noch nicht sehr erfolgreich in New York gewesen. Im folgenden Gespräch erkundigte er sich, ob sie denn ein gutes Atelier hätte. Nein, das hatte sie natürlich nicht. Sie hatte eine kleine dunkle Butze und ging deshalb immer nach draußen zum Malen.

Er habe ein Haus mit einem großen Atelier, das er gerne aufstrebenden Künstlern zur Verfügung stelle. Außerdem habe er gute Kontakte in die Kunstszene und könne ihr beim Verkauf der Bilder sicher behilflich sein, hatte er gesagt.

Antonia schüttelte den Kopf. Sie konnte bis jetzt nicht verstehen, wieso sie einfach mit ihm mitgegangen war. Woher sie dieses blinde Vertrauen genommen hatte. Es musste wohl an dieser riesigen, quirligen Stadt gelegen haben, in der sie nie wirklich angekommen war. Ryans Villa lag etwas nördlich von New York direkt am Meer, und diese Örtlichkeit gab wohl den Ausschlag. Sie kam aus New York heraus und hatte gleichzeitig die Möglichkeit, bequem zu malen. Nein! Miete wolle er nicht, hatte der großzügige Mensch gemeint. Er liebe es einfach, mit Künstlern zusammenzuleben und ihnen etwas zu helfen.

Wenn sie jetzt an diese Zeit zurückdachte, musste sie sich eingestehen, dass es wohl der amerikanische Traum gewesen war, der auch sie infiziert hatte. Mit einem reichen Mäzen würde ihr Wunsch, eine bekannte Malerin zu werden, viel leichter in Erfüllung gehen. So dachte sie damals und war noch am selben Tag bei ihm eingezogen. Anfangs klappte es ja auch gut mit dem Malen. Sie hatte Ruhe und im und am Haus gab es eine Menge neuer Motive. Nur Ryans Kontakte erwiesen sich als Flop. Ja, er kannte eine Menge Leute und gab gern große Partys, an denen sie auch teilnahm. Aber es blieb immer dabei, dass er sie vorstellte und ihre Bilder anpries. Nie kam danach eine Anfrage. Erst Monate später war ihr klar geworden, was sie sich schon länger nicht eingestehen wollte: Sie war für Ryan ein bunter Paradiesvogel, den er sich ins Haus holte, wie zuvor schon viele andere auch. Er schmückte sich einfach gern mit Künstlern. Dadurch machte er sich interessanter.

Sie schaute noch einmal auf das Bild in ihren Händen. Selbst dafür hatte er kein Interesse mehr gezeigt, als Antonia erst einmal eingezogen war. Sie bot es ihm dort noch mal an, aber er meinte nur, sie solle es mit ihren anderen Bildern sammeln. Er müsse sich erst um einen Rahmen bemühen. Dieser Rahmen war aber nie angekommen, und so hatte Antonia das Bild mitgenommen, als sie sein Haus verließ.

Wie konnte ich nur so schnell wieder in solch ein Luxusgefängnis geraten, aus dem ich doch gerade ausgezogen war, fragte sie sich. Sie seufzte. Doch dann wurde sie plötzlich panisch. Die Angst vor einem existenziellen Absturz überflutete sie. Damals hatte sie diese Furcht leichtgläubig für Ryans Versprechungen gemacht. Und jetzt verdrängte sie die Angst eigentlich nur. Sie hatte sich so lange eingeredet, dass sie das Grundeinkommen gewinnen würde, bis sie es glaubte. Dabei hatte sich an ihrer finanziellen Situation überhaupt nichts geändert. Wenn sie bis September, also in zwei Monaten, das Grundeinkommen nicht gewann oder einige Bilder verkaufte, war sie pleite.

Heftig kniff sie die Augen zusammen. Nicht daran

denken! Nicht daran denken!, sagte sie sich immer wieder.

Schließlich stand sie auf und ging zu dem Stapel von Bilderrahmen, der an der Stelle stand, wo zuvor der Pizzaschachtelturm gestanden hatte. Sie nahm einen heraus und hielt das »Astern«-Bild davor. Nein! Der war zu klein! Mit dem Rahmen als Maß verglich sie die Größe der anderen Rahmen und zog einen heraus. Ja! Der passte besser. Sie nahm ihn mitsamt dem Bild zum Tisch rüber und machte sich ans Einrahmen.

Antonia betrat hinter dem Ex-Pfarrer, den sie inzwischen Thomas nannte, die Kirche. Fast wäre sie auf ihn aufgelaufen, als er stehen blieb und die Fingerspitzen seiner rechten Hand in das Weihwasserbecken tauchte. Mit den nassen Fingern betupfte er zunächst seine Stirn, dann die Brust und anschließend die linke und die rechte Schulter. Antonias Magen zog sich zusammen, als sie an die Zeit zurückdachte, in der *sie* regelmäßig dieses Ritual beim Betreten einer Kirche vollführt hatte. Wie lange war das her? Sie dachte eigentlich, dass sie dieses unselige Kapitel ihres Lebens, das »katholische Kirche« hieß, endgültig abgeschlossen hätte. Die Reaktion ihres Körpers sagte ihr nun aber etwas anderes.

Thomas ging weiter an den Anfang des Mittelganges, der die beiden Bankreihen mit den umklappbaren Kniebänken voneinander trennte. Dort senkte er ein Knie bis auf den Boden hinab und neigte seinen Kopf. Antonia erinnerte sich, dass ihre Kniebeuge früher weniger tief gewesen war. Es war mehr ein kleiner Knicks, den sie ausführte, bevor sie sich in eine Bank setzte. Der ehemalige Geistliche verharrte lange in der demütigen Haltung. Ob er wohl um Vergebung für seine Sünde bat, die in Antonias Augen gar keine war?

Sie ließ ihren Blick über die prachtvoll verzierte Kirchenkuppel und die aus bunten Glasmosaiken bestehenden Fenster schweifen. Erst jetzt nahm sie den schwachen Geruch von Weihrauch wahr, von dem ihr in der Kindheit oft schlecht geworden war, wenn der Pastor an hohen Festtagen seine dampfende Metallkugel vor den Gläubigen schwenkte. Rechts von ihr entdeckte sie den Bereich mit den brennenden roten Opferkerzen. »1 Kerze 1 Euro!« stand auf einem kleinen Schild, das neben dem Kerzen-Vorratsstapel hing. Die Kirche hat ihren Ablasshandel bis heute noch nicht aufgegeben, dachte Antonia bitter. Aber sie erinnerte sich daran, dass sie als Kind ihre Mutter oft angebettelt hatte, ihr fünfzig Pfennig zu geben, damit sie eine Kerze entzünden konnte.

Thomas richtete sich wieder auf und stellte sich neben Antonia.

»Das war also deine Kirche?«, fragte sie.

Der dunkelhaarige Mann nickte.

»Darfst du denn überhaupt noch hier hinein, oder wirst du gleich rausgeschmissen, wenn jemand von deiner Gemeinde dich sieht?«

»Kommt drauf an, wer es ist. Es gibt manche, die mir gerne einen Fausthieb versetzen würden, bevor sie mich am Kragen herauszögen. Die meisten würden mich wahrscheinlich höflich bitten zu gehen und andere würden mich einfach ignorieren.«

»Und es gibt keinen, der dich freundlich begrüßen würde?«, fragte Antonia.

Thomas senkte den Kopf. »Nein«, sagte er mit leiser Stimme.

»Pharisäer!«, rief Antonia laut und wunderte sich,

woher dieses Wort auf einmal kam, das nie zu ihrem aktiven Wortschatz gehört hatte.

»Pssst!«, zischte der Ex-Pfarrer und legte seinen gestreckten Zeigefinger vor den Mund.

Antonia verzog den Mund. »Ach ja! Ich vergaß! Die Wahrheit ist das Letzte, was man in der katholischen Kirche hören will!«

»Das ist nicht die Wahrheit, sondern eine Pauschalverurteilung, die ich so nicht akzeptieren kann«, sagte Thomas leise, aber bestimmt.

»Ich habe damit nur die gemeint, die dir nicht mehr freundlich begegnen, obwohl sie es vor deiner sogenannten Sünde getan haben.«

»Ich kann sie verstehen. Ich habe sie doch alle enttäuscht.«

Antonia atmete heftig aus. »Wer ohne Sünde ist, werfe den ersten Stein!«, sagte sie und fragte sich, wie viele Bibelzitate wohl noch in ihr schlummerten. »Schon Jesus hat zu der Ehebrecherin gehalten, die von den anderen verurteilt wurde.«

»Aber Jesus hat nicht so gesündigt wie ich!«

»Papperlapapp!«, sagte Antonia. »Zum einen bist du nicht Jesus und zum anderen kann ich dieses Gelaber der katholischen Kirche, dass wir alle Sünder sind, nicht ausstehen.«

Thomas umfasste ihren Arm fest mit seiner Hand und schob sie zum Ausgang. Leise sagte er: »Dies ist nicht der richtige Ort für solche Gespräche.«

Noch bevor sie die große, dunkelbraune Holztür mit den kunstvollen Schnitzereien erreichten, bewegte diese sich knarrend und ging einen Spaltbreit auf. Jemand schien von außen daran zu ziehen, aber Mühe zu haben, sie ganz zu öffnen. Thomas sprang schnell vor und schob die Tür langsam auf. Eine ältere Frau mit schlohweißen Haaren trat zur Seite.

»Ja, der Herr Pfarrer«, sagte sie, als sie erkannte, wer ihr so hilfsbereit beigestanden hatte. Schnell streckte sie ihm ihre Hand entgegen. »Das freut mich aber, Sie mal wiederzusehen.«

Thomas hielt mit dem Rücken die Tür auf und nahm zögernd die Hand der Frau. »Guten Tag, Frau Kaldeweit«, sagte er förmlich. »Ich freue mich auch, Sie zu sehen.« Schnell ließ er die Hand wieder los und ging einen Schritt weiter.

»Ach! Ist das Ihre Freundin?«, fragte die Frau. Sie zeigte auf Antonia.

Thomas, schon fast draußen, wandte sich um. »Nein!«, sagte er knapp und lief beinahe fluchtartig weiter.

Antonia schaute die Frau an. Sie hatte ein freundliches Gesicht, das einen erstaunten Ausdruck bekam, nachdem der Pfarrer ihre Frage so brüsk beantwortet hatte. Fast hilfesuchend blickte sie in Antonias Augen.

Antonia tat die Frau leid. Wahrscheinlich war sie ein langjähriges Gemeindemitglied, für das Thomas eine wichtige Bezugsperson darstellte. Durch sein Verhalten hatte er sie offensichtlich verletzt. Sie streckte der Frau die Hand entgegen, die diese ergriff und kräftig drückte. Die Kraft, die in dem Händedruck lag, kam Antonia wie ein Widerspruch zu der samtweichen, faltigen Haut der Hand vor.

»Sie sind mir sympathisch!«, sagte die Alte. »Schade, dass sie nicht die Freundin sind!«

Antonia lächelte. »Heise«, sagte sie steif. »Es freut mich, Sie kennenzulernen.« Was redete sie denn da für einen Blödsinn? Die Frau kam so unkonventionell und warmherzig auf sie zu, und sie sprach hölzern wie eine Puppe.

Die Frau legte ihre linke Hand auf Antonias Handrücken, sodass ihre Hand nun fest in den beiden Händen der Alten lag. Ein angenehmes Gefühl, fand Antonia.

»Namen und Höflichkeiten werden immer unwichtiger, je älter man wird«, sagte die Frau. Antonia bemerkte, dass sie schwach nach Chanel N° 5 duftete. Eines der wenigen Parfüme, das sie mochte, aber auch nur, wenn es so sparsam verwendet wurde wie von dieser Frau.

Sanft strich die Frau über Antonias Handrücken. »Ich glaube, Sie können unserem Pfarrer helfen«, sagte sie. »Er leidet sehr!« Sie ließ die Hand los und trat einen Schritt zurück. »Natürlich ist es schmerzhaft für ihn, sein Amt verloren zu haben, aber das ist nicht der wahre Grund für seinen Schmerz! Viel schlimmer ist, dass er sich selbst nicht verzeihen kann.«

Antonia stand da wie zur Salzsäule erstarrt. Sie wusste nicht, wie sie mit der Offenheit und Warmherzigkeit der Frau umgehen sollte.

»Lebt er denn jetzt mit seiner Freundin zusammen?«

Antonia schüttelte den Kopf. »Sie haben sich getrennt«, sagte sie mit krächzender Stimme.

»Dieser Narr!«, sagte die Frau heftig. »Wem nützt das denn? Was will er sich denn damit beweisen? Warum genießt er nicht einfach die Liebe?«

Antonia räusperte sich. »Das habe ich ihm auch schon gesagt.«

»Sehen Sie! Was ich gesagt habe. Sie können ihm helfen.« Fest blickte die Frau Antonia an. »Ich wünsche Ihnen alles Gute dafür!«

Die Alte ging weiter und setzte sich auf eine Bank. Sie

hat sich ja gar nicht mit Weihwasser bekreuzigt, schoss es Antonia durch den Kopf. Und noch nicht einmal einen kleinen Knicks hat sie vorm Hinsetzen gemacht. Sie blieb an der Tür stehen und starrte auf den Hinterkopf der Frau. Wie anders sie doch mit den Regeln der katholischen Kirche umging als ihre Mutter. Der wäre es nie in den Sinn gekommen, sich ohne Kreuzzeichen in eine Kirche zu begeben, und auch der Knicks vor dem Betreten einer Bank war für sie Gesetz. Antonia hatte noch heute die Strafpredigten im Ohr, die sie hörte, wenn sie gegen eine dieser Anordnungen verstieß. Ein Pfarrer war für ihre Mutter fast so etwas wie ein Heiliger gewesen, dem man widerspruchslos zu folgen hatte. Für diese alte Frau war das anscheinend nicht so. Für sie schien der Pfarrer ein Mensch wie jeder andere zu sein.

Antonia wurde es heiß, als sie daran dachte, dass für sie ein Pfarrer auch kein Mensch wie jeder andere war. Sie hatte grundsätzlich Vorbehalte gegenüber diesen Gottesdienern und lebte darin wahrscheinlich noch heute den Zwist mit ihrer Mutter aus. Wie schwierig war es in ihrer frühen Jugend gewesen, sich gegen ihre Mutter zu behaupten, als sie sich von der Kirche lösen wollte. Sie hatte den Eindruck gewonnen, dass die Lehre Jesu wenig mit der Institution der katholischen Kirche zu tun hatte. Während Jesus für sie der gütigste Mensch überhaupt war, sah sie die Kirche nur als moralisierende und strafende Einrichtung. Auf keinen Fall wollte sie deshalb gefirmt werden und sah es als ihr Recht an, darüber selbst zu entscheiden. Sie war schließlich zum Zeitpunkt der Firmung vierzehn Jahre und somit religionsmündig. Also ging sie schon gar nicht zum vorbereitenden Unterricht. Als ihre Mutter davon erfuhr, brachte sie sie aber persönlich hin und holte sie auch wieder ab. Auch zur Firmung selbst wurde sie auf diese Art gezwungen.

Warum habe ich das damals eigentlich mit mir machen lassen?, fragte sich Antonia. Ich war doch sonst so aufrührerisch und habe mein eigenes Ding durchgezogen. Weder bei ihrer Freizeitgestaltung noch bei der Art, sich zu kleiden, hatte sie sich von ihrer Mutter reinreden lassen. Sie hatte keine Scheu gehabt, ihr alles zu sagen, was ihr an ihr und der katholischen Kirche nicht passte. Und doch war sie wie ein braves Schäfchen neben ihrer Mutter hergetrottet, wenn diese sie zur Kirche brachte. War da etwa doch noch diese Angst vor der höllischen Strafe Gottes in ihr gewesen? War sie immer noch da? Obwohl ihre Meinung über die katholische Kirche sich im Laufe der folgenden Jahre sogar noch verschärft hatte, war sie erst mit zweiundzwanzig Jahren ausgetreten. Rechtlich hätte sie das schon viel früher machen können. Musste zu ihrer Kenntnis über die unrühmliche Rolle der Kirche bei der mittelalterlichen Inquisition erst die Nachricht von pädophilen Priestern kommen, die Kinder sexuell missbrauchten?

Antonia nickte leicht. Ja, das war es wohl gewesen. Und doch erinnerte sie sich an ihre Gewissensbisse und Ängste nach dem Austritt. Heute nahm sie an, dass die katholische Erziehung auf sie wie eine Gehirnwäsche gewirkt hatte. Auch jetzt in dieser Kirche fühlte sie vor allem Angst. Tief in ihr Unterbewusstsein war eingegraben worden, dass jegliche Auflehnung gegen die Kirche schlimmste Strafen bis zum Schmoren in der Hölle nach sich ziehen würde. Sie schüttelte sich, als sie daran dachte, dass die missbrauchten Kinder wahrscheinlich die gleichen Ängste vor der Kirche, dem strafenden Gott und dem Priester hatten.

Und diese Angst haben die Pfaffen schamlos

ausgenutzt, dachte Antonia zornig. Sie wollte ihre Wut laut in das Kirchenschiff schreien, drehte sich aber rasch um und rannte hinaus.

Die Sonne blendete sie, und es brauchte ein paar Schritte, bis ihre Augen sich an das helle Licht gewöhnt hatten.

»Na, hast du doch mal wieder gebetet?« Thomas kam langsam auf sie zu.

Antonia runzelte die Stirn. »Gebetet!«, peitschte sie heraus. »Gebetet!« Sie schüttelte den Kopf und stürmte an ihm vorbei. »Was weißt du eigentlich?« Sie lief im Sturmschritt die Straße hinunter, wusste nicht, wohin sie wollte. Sie musste einfach nur weg, konnte Thomas' Gegenwart jetzt nicht ertragen. Erst als sie die Häuser hinter sich gelassen hatte und nur noch Wiesen und Bäume um sich herum sah, wurde sie langsamer. Ihr hellgrünes Top war nass geschwitzt, aber das nahm sie nur am Rande wahr.

Wie konnte sie nur auf die Idee kommen, mit zu dieser Kirche zu fahren? Sie wusste doch, dass sie diese Gebäude nicht aushalten konnte. Und nun war es wieder passiert. Die ganzen miesen Schuld- und Angstgefühle kamen auch jetzt wieder hoch.

Heftig trat sie mit dem Fuß einen kleinen Stein weg. Wie konnte sie nur auf Thomas' freundliche Worte hereinfallen, dass der Kirchenbesuch bestimmt nicht so schlimm sein würde, wie sie es sich vorstellte. Er würde sich freuen, ihr seine Kirche zeigen zu dürfen. Wie hatte sie nur vergessen können, dass er einer von ihnen war. Er war schließlich ein Pfarrer gewesen, hatte sich die meiste Zeit seines Lebens zu diesem verbrecherischen Verein bekannt. Da drehte man sich nicht plötzlich um hundertachtzig Grad.

Sie geriet außer Atem und bemerkte dadurch, dass der Weg nun steil bergan führte. Sie wandte sich um und sah auf die Dächer des Dorfes und den Kirchturm. Es war, als wenn sie ein Déjà-vu hätte. Dieses Bild hatte sie doch schon einmal gesehen. Sie schaute wieder zurück auf den Weg und blickte weiter den Berg hinauf, an dessen Fuß sie gerade stand. Hoch oben erregte eine Bank ihre Aufmerksamkeit.

Genau! Das war die Bank, auf der sie Thomas kennengelernt hatte. Diese Begegnung kam ihr nun vor, als wenn sie in einem anderen Leben passiert wäre. Dabei waren seitdem erst drei Monate vergangen. Nie hätte sie damals gedacht, dass sie den Pfarrer mal wieder treffen würde. Hatte auch keinerlei Verlangen danach gehabt. Und nun hatte sie sich sogar mit ihm angefreundet. In den letzten Wochen hatte sie ihn hin und wieder im Café Marché getroffen und sehr interessante Gespräche mit ihm geführt. Dabei vergaß sie fast, dass er ein Geistlicher gewesen war. Genau wie sie machte er sich viele Gedanken über das Zeitgeschehen. Er verurteilte die Lebensweise der westlichen Welt, durch die Menschen in Entwicklungsländern zur Armut verurteilt und die natürlichen Ressourcen der Erde zerstört wurden, genauso wie sie. Aber auch seine und ihre beruflichen Wünsche und Pläne nahmen viel Raum bei ihrem Austausch ein, und das verband sie wahrscheinlich am meisten. Auch Thomas stand am Anfang eines neuen Lebens.

Plötzlich wurde ihr beklommen zumute, als ihr ihre existenziellen Sorgen einfielen. Morgen war schon der erste August, und sie hatte immer noch keine Ahnung, wovon sie ab Oktober die Miete bezahlen sollte.

Nicht daran denken! Nicht daran denken, sagte sie zu

sich selbst und zwang sich, ihre Aufmerksamkeit auf die Umgebung zu richten.

Die Wiesen hier waren im April noch grüner, dachte sie. Jetzt waren sie vorwiegend braun. Für sie stand fest, dass die seit April andauernde Trockenheit durch den Klimawandel verursacht wurde, und Thomas hatte dieselbe Meinung. Aber bedeutete ein grünes Gewissen, dass man sich als Pfarrer nichts zuschulden kommen ließ? Plötzlich lachte Antonia auf. Nein, Thomas hatte Kindern bestimmt nichts angetan. Er stand schließlich auf erwachsene Frauen und fühlte sich schon deshalb so sehr schuldig. Nein, da müsste ihre Menschenkenntnis sie schon sehr täuschen. Eigentlich war er ja ein ganz netter Kerl. Wäre sie sonst mit ihm hierhergefahren?

Sie wandte sich wieder in Richtung Dorf und ging langsam darauf zu.

Das dunkelblaue Carsharing-Auto stand noch auf dem Parkplatz vor der Kirche, aber wo war Thomas? Sie schaute sich suchend um und schickte sich an, dem Weg zu folgen, der um die Kirche herumführte.

»Antonia!«, hörte sie seine Stimme und sah ihn aus dem Schatten eines Baums treten. »Willst du dir die Kirche auch noch von außen ansehen?«

»Nein! Ich möchte einfach nur zurück – und in einem klimatisierten Auto sitzen. Die Hitze hat mich total erschöpft.«

»Das kann ich verstehen. Bei so einem Wetter sollte man auch nicht in der prallen Sonne herumlaufen.«

Thomas entriegelte das Auto, und Antonia öffnete die Beifahrertür. Ein Schwall heißer Luft kam ihr entgegen. Es kostete sie Überwindung, in das überhitzte Auto zu steigen.

»Fahr schnell los, damit der Fahrtwind uns kühlt«, sagte sie.

Er startete den Motor.

Antonia sah zu ihm hinüber. »Das nächste Mal leihen wir uns ein Motorrad, und dann fahre ich.«

Die Vertiefung der Palette, in der Antonia die Farbe Grau zusammengemischt hatte, war leer. Und doch strich sie mit dem Pinsel durch die Kuhle und dann an der Stelle über das Papier, an der sie mit Tusche einen Schornstein des Großkraftwerks skizziert hatte. Der hohe Turm blieb weiß, auch als sie noch kräftiger aufdrückte. Wieder führte sie den Pinsel zur Palette und wieder zum Papier, doch es änderte sich nichts.

Sie atmete heftig aus. Dann schleuderte sie den Pinsel ans Fenster und die Palette hinterher. So ein Mist! Wenigstens dieses Bild hätte ich doch noch fertig bekommen können! Es ist ja gerade, als ob dieses Bild nicht gemalt werden will. Erst wurde der Schiffsverkehr auf dem Rhein genau zu dem Zeitpunkt eingestellt, als sie einen Ausflug mit dem Touristendampfer machen wollte, um das Kraftwerk aus der Flussperspektive zu sehen, und nun hatte sie keine Farbe mehr! Erst war ihr das Schwarz ausgegangen und nun auch das Blau, aus dem sie zusammen mit Rot und Gelb das Grau gemischt hatte. Auch andere Farben, die sie zur Fertigstellung des Aquarells noch benötigen würde, waren leer und sie konnte keine neuen kaufen. Das Geld, das sie noch hatte, brauchte sie fürs Essen. Obwohl sie schon seit Tagen nur noch Nudeln mit Tomatensoße und das billigste Brot mit Margarine aß, würde sie wahrscheinlich nur noch zwei bis drei Wochen durchhalten können. Und der erste Oktober rückte immer näher, an dem sie die nächste Miete zahlen musste. Dafür hatte sie gar keine Rücklagen bilden können.

Sie stand auf und schaute aus dem Fenster. Die Sonne beschien das gegenüberliegende Haus, an dem fast alle Rollläden heruntergelassen waren. Unten auf der Straße ging eine Gruppe junger Menschen vorbei, die T-Shirts oder Tops und Shorts trugen.

Es regnet immer noch nicht, dachte Antonia. Bald weiß ich nicht mehr, wie Regen aussieht. Andererseits werde ich über trockenes Wetter froh sein, wenn ich erst einmal auf der Straße lebe. Aber das will ich nicht! Was kann ich denn nur machen?

Missmutig schlüpfte sie in ihre roten Flipflops, steckte den Schlüssel in die Tasche ihrer Shorts und verließ das Haus.

Am steinernen Geländer des Ausläufers der Kurpfalzbrücke saß ein älterer Mann. Rechts von ihm lehnte eine volle Plastiktüte, deren Farben ausgeblichen waren. Neben seinen ausgestreckten Beinen stand ein dreckiger Kaffeebecher mit der offensichtlichen Aufforderung an die Vorübergehenden, Münzen hineinzuwerfen.

Ob ich das Betteln auch mal versuchen sollte?, fragte sich Antonia. Vielleicht! Später! Jetzt nicht!

Sie ging die Treppe zum Neckar hinunter und von dort zum schmalen Pfad zwischen Wiese und Fluss. Wiese kann man dieses ockerfarbene Gestrüpp nicht gerade nennen, dachte sie. Und den Neckar nicht mehr einen Fluss. Es war eher ein Rinnsal, das sich da durch das graue Flussbett schlängelte.

Langsam schlurfte sie den Weg entlang. Eigentlich passte die Landschaft dieses Sommers sehr gut zu ihrem Portemonnaie. In beidem herrschte Dürre. Dabei war sie doch in den letzten Wochen fleißig gewesen, hatte nicht nur gemalt und gerahmt, sondern sich auch um Ausstellungen bemüht. Sie hatte nach Orten recherchiert, die Ausstellungen durchführten: Gemeindesäle, Arztpraxen, Galerien und dergleichen mehr. Viele hatte sie angeschrieben. Bei einer Arztpraxis war sie sogar erfolgreich gewesen, hatte aber erst einen Termin für Februar nächsten Jahres bekommen.

Sie schüttelte ihren rechten Fuß, um einen kleinen Stein zu entfernen, der irgendwie zwischen Fußsohle und Flipflop gelangt war. Aber warum sollte es ihr besser gehen als Thomas? Der schrieb auch alle möglichen Bestattungsunternehmen an, um sich als Trauerredner anzubieten, und hatte bisher keinen Erfolg gehabt. Aber er hatte mehr Rücklagen als sie. Noch musste er sich keine Sorgen machen, wie er die Miete bezahlen sollte.

Bei diesem Gedanken meinte Antonia, dass der Boden unter ihren Füßen wankte, und sie musste stehen bleiben. Vielleicht sollte ich es doch mit Betteln versuchen? Ach, warum habe ich nicht wenigstens geschaut, ob ich irgendwo Malkurse geben könnte? Das wäre vielleicht erfolgreicher gewesen.

Thomas war ja nun auch schon dabei, sich ein zweites Standbein aufzubauen. Er würde Coachings für Menschen in schwierigen Lebenssituationen anbieten. »Ich will ihnen helfen, ihre tatsächlichen Wünsche und Begabungen in sich zu entdecken«, hatte er gesagt. »Denn meistens wissen wir ganz genau, was wir wollen, aber durch die vielen Wenn und Aber, die wir im Kopf haben, können wir es nicht erkennen.«

Das hatte sie sehr gut verstanden, auch wenn sie ja eigentlich kein Problem gehabt hatte, ihre Wünsche und

Begabungen zu erkennen. Sie wollte schon lange Malerin werden, aber aus reinem Sicherheitsdenken konnte sie lange nicht dazu stehen. »Das war eben genau richtig gewesen«, sagte sie laut und erschrak beim Klang ihrer eigenen Stimme. Nun sehe ich ja, zu was für einem Schlamassel es mich führt, wenn ich versuche, von dem zu leben, was mir liegt, dachte sie.

Ein schwarzer Pudel kam auf sie zugelaufen, und im weiteren Verlauf des Weges ging eine beleibte Frau in ihre Richtung. In der Hand hielt sie eine grüne Hundeleine. »Muckel, komm!«, rief sie mit hoher Stimme. Der Hund drehte sich kurz um, schnupperte dann aber weiter an Antonias Bein.

»Nun geh schon zu deinem Frauchen«, sagte Antonia und ging weiter. Der Pudel lief neben ihr her, bis sie an der Frau vorbei war, die keine weiteren Versuche unternahm, den Hund zu sich zu rufen.

Sie war bestimmt auch eher arm, nahm Antonia aufgrund der Kleidung und der Ausstrahlung der Frau an, aber sie hatte sogar einen Hund und schien klarzukommen. Wahrscheinlich hatte sie irgendeinen Job, bei dem sie zwar wenig verdiente, aber sich zumindest über Wasser halten konnte.

Vielleicht sollte ich mir auch so etwas suchen! Aber dann habe ich wieder keine Zeit und keine Energie fürs Malen und Verkaufen der Bilder. Außerdem ist es jetzt sowieso zu spät. Bis ich einen Job gefunden habe, stehe ich schon auf der Straße.

Also wohl doch betteln! Ja, das werde ich machen. So einen alten Kaffeebecher habe ich bestimmt noch irgendwo herumliegen.

Schnell war sie zurück in ihrer Wohnung und fand das

Gesuchte im Küchenschrank. Mit dem Becher in der Hand setzte sie sich aufs Bett. Die weiße Babymütze lag wie immer neben ihrem Kopfkissen, und sie zerknüllte sie so in der Hand, wie es ihr inzwischen zur Gewohnheit geworden war. Ach, meine Babys, dachte sie. Werde ich jemals eine richtige Malerin sein, und werde ich euch dann wiedersehen können?

Sie rutschte auf dem Bett weiter nach hinten und stieß dabei an ihren Laptop. Sie wollte ihn zur Seite legen, nahm ihn dann aber auf den Schoß und öffnete ihn. Wer weiß, vielleicht hat sich ja doch noch jemand wegen einer Ausstellung gemeldet, dachte sie und öffnete ihr Postfach. Es gab nur eine einzige neue Mail. Sie hatte den Betreff: »Sie haben ein Grundeinkommen gewonnen.«

Antonia brauchte einen Moment, um die Bedeutung dieser Worte in sich aufzunehmen, und überflog dann den Inhalt. Schon im nächsten Monat würden ihr die ersten 1000 Euro ausgezahlt werden, und elf weitere Monate bekam sie denselben Betrag.

Mit offenem Mund starrte Antonia auf den Bildschirm. Dann schüttelte sie langsam den Kopf, legte den Laptop zur Seite und sprang auf. Sie reckte die Arme nach oben. »Jaaa!«, schrie sie. »Jaaa!« Und immer wieder: »Jaaa!«

Schließlich nahm sie den Pinsel und die Palette auf, die seit ihrem Wutausbruch immer noch auf dem Boden lagen, und setzte sich vor das unfertige Aquarell an den Tisch. Jetzt wird alles gut, dachte sie. Jetzt wird alles gut! Ein Jahr lang keine finanziellen Sorgen! Das wird mir reichen, um dann als Malerin alleine klarzukommen.

5

Endlich legte die blonde Frau, die am gegenüberliegenden Tisch saß, die Zeitung beiseite. Antonia hatte ihre Augen nicht von der ersten Seite abwenden können. Es war nicht die große Schlagzeile *Terrorverdacht in Plankstadt*, die sie interessierte, und auch das Foto von Alexander Gerst im Astronautenanzug, den die Erde nun wiederhatte, wie der zugehörige Text kundtat, ließ sie kalt. Das, was sie aufwühlte, war eine kleine Nachricht links neben dem großformatigen Astronauten: Die Abbildung eines kohleverschmutzten Bergmanns, der offenbar gerade aus der Grube gekommen war, mit der Überschrift *Schicht im Revier*. Die wenigen Zeilen, die darunter standen, hatte sie von ihrem Tisch aus nicht lesen können, aber die dicker gedruckte Zeile darüber: *Freitag, 21. Dezember 2018*.

Sie stand auf und zeigte auf die Tageszeitung, die nun unbenutzt auf dem Tisch lag. »Darf ich mal einen Blick rein werfen?« Die Frau schaute kurz von ihrer Geldbörse auf, in der sie herumkramte, und nickte.

Schnell setzte sich Antonia wieder hin und verschlang den Text unter dem Foto des Bergmanns. *Ein letztes Mal fahren heute Bergleute im Ruhrgebiet unter Tage: In Bottrop wird mit Prosper-Haniel die letzte Steinkohlezeche geschlossen. Mehr als 150 Jahre industrieller Steinkohlebergbau in Deutschland gehen damit zu Ende. -> Politik S.18*

Antonia schluckte. Sie kämpfte gegen die Tränen an, die sich kaum zurückhalten ließen. Das authentische Foto des Bergmanns, der Begriff »unter Tage« ... das war zu viel. Und dann auch noch Prosper-Haniel, auf der ihr Vater 43 Jahre gearbeitet hatte, und Bottrop, wo sie aufgewachsen war und ihre Eltern immer noch wohnten. Ihr war, als wenn sie eine Nachricht von einem anderen Stern erhalten hätte, der einmal ihre Heimat gewesen war. Und plötzlich verwandelte sich das fremde Gesicht des abgebildeten Bergmanns in das ihres Vaters. Die Tränen ließen sich nicht mehr stoppen. Ach, Papa, dachte sie. Wie oft bist du so schmutzig aufgefahren? Und wie hast du deine Arbeit geliebt. Und dann hat man dich viel zu früh einfach weggeworfen. Wie wird es dir wohl heute gehen? Wo nun auch für die letzten deiner Kollegen Schicht im Schacht ist?

Sie blätterte auf Seite 18, um den Artikel zu lesen, auf den die kurze Nachricht ja nur ein Hinweis war. Dort sah sie auf einen Förderturm, und ein anderes Foto zeigte weitere Bergleute vor einem Haufen Kohle, auf dem eine Statue der Heiligen Barbara stand. Daneben ein Bischof, der laut Bildunterschrift einen Gottesdienst im Essener Dom hielt, mit dem man sich vom Steinkohlebergbau verabschiedete. Der Artikel erinnerte an die goldenen Jahre des Bergbaus in den 50ern, als die Steinkohle das deutsche Wirtschaftswunder erst möglich gemacht hatte, und die Jahre danach, in denen die Zechen stetig starben.

»Aber du wolltest es ja nie wahrhaben, Papa«, sagte Antonia leise. »Hast immer nur um etwas gekämpft, was doch eigentlich schon lange dem Tod geweiht war.« Sie faltete die Zeitung zusammen und wischte sich die Tränen vom Gesicht. Und dann durfte er noch nicht einmal bis zu diesem Tag bleiben. Musste in die Frühverrentung, er hatte eben das Alter.

Sie schaute auf und direkt in die Augen der Frau, die ihr die Zeitung geliehen hatte.

»Verkaufen Sie mir die Zeitung?«

Die Blonde wirkte irritiert. »Äh …«, stotterte sie.

»Brauchen Sie sie noch?«

Die Frau schüttelte den Kopf.

Antonia holte Kleingeld aus ihrer Tasche und legte der Frau zwei Euro fünfzig auf den Tisch.

»Das ist zu viel!«

»Stimmt schon.«

Zurück an ihrem Tisch trank sie den letzten Schluck Kaffee aus ihrer Tasse und schüttelte sich. Kalt schmeckte er nicht. Erst jetzt fiel ihr wieder ein, wie der Morgen bisher verlaufen war. Viel zu früh war sie wach geworden und sehr unruhig gewesen. Sie hatte es in der Wohnung nicht ausgehalten und war hierher zum Café Marché gegangen. Dämmerig war es noch gewesen, und sie musste zehn Minuten vor der Tür warten, bis das Café öffnete. Zur Belohnung gab es dann aber ein noch warmes Croissant und frisch aufgebrühten Kaffee. Beim Essen war sie langsam etwas ruhiger geworden – bis dann die Frau am gegenüberliegenden Tisch begonnen hatte, in der Zeitung zu lesen.

»Tschüss«, sagte die Frau vom Nachbartisch im Vorübergehen.

»Tschüss, und danke für die Zeitung«, sagte Antonia.

Der Bergmann auf der ersten Seite blickte sie traurig an, und plötzlich wusste sie, was sie heute tun musste. Sie ging zu einem jungen Mann, wahrscheinlich Student, mit einem Smartphone in der Hand. »Können Sie für mich bitte mal etwas recherchieren?«

Der Mann schaute hoch. »Jaaa«, sagte er zögerlich.

»Schauen Sie doch bitte mal, ob es gleich eine Fernbus-Verbindung nach Bottrop gibt.«

»Nächster Halt Bottrop Hauptbahnhof«, sagte die Stimme aus dem Lautsprecher. Antonia stand auf. Ihre Jacke hatte sie für die kurze S-Bahn-Fahrt von Essen nach Bottrop nicht ausgezogen, und so nahm sie nur ihren Rucksack auf den Rücken und ging zur Tür. Dort überlegte sie, dass die Fahrt mit dem IC von Mannheim nach Essen doch bequemer und schneller war als mit dem Fernbus, aber der hätte nicht so ein Loch in ihr Budget gerissen. Leider gab es aber keine Bus-Verbindung mehr für denselben Tag, und sie wollte unbedingt heute in Bottrop sein. Nicht, weil sie hoffte, den Bundespräsidenten dort zu sehen, der das letzte Stück Kohle am Förderkorb der Zeche Prosper-Haniel in Empfang nehmen würde. Nein, sie wollte zu ihren Eltern.

Auf dem Bahnsteig verstärkte sich das mulmige Gefühl noch, das sie schon im Zug bekommen hatte. Was war, wenn die Eltern ihr gar nicht öffneten? Oder wenn sie sofort wieder die Tür schlossen, wenn sie sie sahen? Sie war schließlich auch aus ihrem Leben einfach so vor über einem Jahr verschwunden. Gut, sie hatte ihnen gleich am Anfang eine SMS geschickt, dass es ihr gut gehe und sie sich keine Sorgen machen müssten. Die Prepaid-Karte hatte sie danach gleich weggeworfen, damit ihr Standort nicht ermittelt werden konnte. Und nun würde sie sie gleich einfach so überfallen.

Als sie schon die Hälfte des Weges zum Haus ihrer Eltern zurückgelegt hatte, wurde ihr bewusst, dass sie überhaupt nicht auf die Umgebung geachtet hatte. Sie war nun schon zwanzig Minuten gelaufen und hatte ihren Heimatort gar nicht wahrgenommen. Zu sehr beschäftigte sie sich mit dem bevorstehenden Besuch und der Frage, wie es ihren Eltern wohl gerade ging. Und plötzlich meinte sie, keine Luft mehr zu bekommen. Was war, wenn einer von ihnen in der Zwischenzeit gestorben war? Man hätte sie ja nicht benachrichtigen können. Ihr wurde schwindelig, und sie musste sich an einer Straßenlaterne festhalten.

Du blöde Kuh, schalt sie sich selbst. Du hast ja auch seit dem Croissant im Café nichts mehr gegessen, und jetzt ist schon die Mittagszeit vorbei.

Als sie sich wieder einigermaßen sicher auf den Beinen fühlte, schlug sie den Weg zur Innenstadt ein. Hungrig wollte sie nicht bei den Eltern auftauchen.

»Ja, gibs dat denn. Die Toni!« Der ältere Mann, der diesen erstaunten Aufschrei machte, kam direkt auf sie zu. Er gab ihr einen freundschaftlichen Klaps auf den Arm. »Wie isset denn? Besuchse die Eltern? Bisse imma noch bei de Bayern da unten?«

Antonia hatte sich gerade einen Döner gekauft und herzhaft davon abgebissen. »Mmmh«, machte sie und zeigte auf ihren Mund.

»Schluck ersma runna, wa!«

Antonia nickte. Ihr war sofort klar gewesen, dass es sich bei ihrem Gesprächspartner um Herrn Wisniewski handelte. Er wohnte nur ein paar Häuser von ihren Eltern entfernt. Aber wieso wusste er dann nicht, dass sie ihren Mann und ihre Kinder verlassen hatte? Selbst wenn ihr Vater es ihm nicht erzählt hatte, hätte er es bestimmt von anderen Nachbarn erfahren.

»Nee, ich bin nich mehr in München«, sagte sie, als sie endlich den Mund leer hatte. »Aba imma noch im Süden.«

»Dat kann ich ja nich verstehn«, sagte Herr Wisniewski. »Dat de ausgerechnet da unten runna ziehn musstes.«

»Da gibet nunma mehr Arbeit als hier«, sagte Antonia, und es war ihr gleich, dass sie damit indirekt log. Schließlich hatte sie ja keine Arbeit und die Gründe waren andere.

»Jo, damit isset hier wirklich schlecht.«

»Sind se denn auch Frührentner geworden?«, fragte Antonia.

»Schon vor zehn Jahrn. Ich bin ja 'n bisken älta als dein Vadda.«

»Und wie isset bei Ihnen? Gehts gut?«

Der glatzköpfige Mann zuckte mit den Schultern und nickte dann »Muuss!«

»Wohnen se denn noch bei uns inne Straße?«

»Nee.« Der Mann winkte ab. »Bin schon vor Jahren hier inne Nähe gezogen.« Und leiser: »Nachdem Lene gestorben war.«

»Ach, dat tut mir leid«, sagte Antonia und wunderte sich mal wieder, wie schnell sie ins Ruhrgebietsplatt verfiel, wenn sie einen entsprechenden Gesprächspartner hatte. Sie biss ein kleines Stück von ihrem Döner ab.

»So allein hab ichet inne Wohnung nich mehr ausgehalten. Hab jetzt 'n schönet kleinet Zimmer – gleich umme Ecke.« Er wies vage in die Richtung, aus der er gekommen war. »Wills ma gucken?«

»Jetz nich«, sagte Antonia und schob den Dönerbissen in die andere Mundecke.

»Ja, die Eltern warten bestimmt, wa?«

Antonia nickte.

»Wie gehts denen denn? Die hab ich ja auch schon lang nich mär gesehn.«

Antonia schluckte den Bissen herunter, sagte: »Ganz gut«, und hoffte, dass sie nicht rot wurde. »Ich muss jetzt aber auch weiter.«

»Ja, iiis kla. Aba vielleicht besuchs mich in den nächsten Tagen ma. Bis doch bestimmt nochn bissken hier, wa?«

»Mal sehen!«

»Bickenbachstraße 5, gleich da vorne.«

»Okay. Tschüss dann!«, sagte Antonia und ging schnell davon.

Antonia schluckte, als sie an der braungestrichenen Holztür des dreistöckigen grauen Mietshauses stand, in dem sie die ersten neunzehn Jahre ihres Lebens gewohnt hatte. Erleichtert stellte sie fest, dass auf einem der neun Klingelschilder immer noch der Name »Wenka« stand. Sie zögerte einen Moment, bevor sie auf den weißen Knopf neben dem Namen drückte. Ihr Finger zitterte und sie ließ die Hand schnell wieder in ihrer Jackentasche verschwinden.

Sie hörte das Öffnen eines Fensters in der zweiten Etage und schaute hoch. Ein Kopf mit den gleichen braunroten, naturkrausen Haaren, wie sie selbst sie hatte, wurde herausgesteckt.

»Toni!«, rief ihre Mutter und der Kopf verschwand wieder. Dann hörte sie das Summen des Türöffners und stemmte sich gegen die Tür. Fast wäre sie hingefallen, als der Widerstand des Schlosses nachgab. Langsam ging sie die Treppen hoch und wunderte sich, wie vertraut ihr die beigen Fliesen immer noch waren, die mit einer blauen Blumenranke auf Rumpfhöhe abschlossen. Auch der muffige Geruch, der sie durch die Kindheit begleitet hatte, war derselbe.

Ihre Mutter stand in der Wohnungstür und umarmte Antonia lange, als sie herantrat. Als sie sich wieder lösten, hatte die ältere Frau Tränen in den Augen.

»Wo bis' du denn nur gewesen?« Sie schüttelte den Kopf. »Ich hab mir solche Sorgen gemacht.«

»Kann ich nicht erst einmal reinkommen?«, fragte Antonia.

Ihre Mutter trat zurück. »Ja, natürlich. Zieh die Jacke aus. Willse 'nen Kaffee?«

»Tee wär mir lieber. Hagebutte.« Ingwer hatte ihre Mutter bestimmt nicht da, dachte Antonia. Wahrscheinlich gab es schon wie früher nur Hagebutte und Pfefferminze.

Ihr Vater lag im Wohnzimmer auf der Couch. Anscheinend hatte sie ihn beim Mittagsschlaf gestört, aber er war wach und schaute sie an.

»Hallo Papa!« Sie ging auf ihn zu.

Er drehte den Kopf zur Seite und blickte zur Wand.

»Hab ich dich geweckt?«

Keine Reaktion.

Antonia blieb stehen.

»Papa?«

Keine Reaktion.

»Mensch, Georg, nun sach doch wat!«, hörte sie ihre Mutter hinter sich.

»Warum sollte ich? Über ein Jahr kein Wort, nix – un jetz soll ich tun, als wenn nix gewesen wär?« Sein Blick war weiterhin an die Wand geheftet.

»Georg! Bitte!«

»Lass mich in Ruh!«

Antonia kämpfte mit den Tränen. »Papa, es tut mir leid!«

Keine Reaktion.

»Komm doch ersma mit in de Küche, Toni«, sagte ihre Mutter. »Kanns mir beim Kaffeekochen helfen.«

Typisch, dachte Antonia, jedes Problem wird sofort beiseitegeschoben, nicht angegangen. Aber das wollte sie jetzt nicht thematisieren.

»Ich wollte doch Tee!«, sagte sie deshalb nur.

»Ja, aber *wir* trinken Kaffee.«

In der Küche steckte die Mutter eine Filtertüte in die Kaffeemaschine, und Antonia reichte ihr das Kaffeepulver. Dann ließ sie Wasser in den Wasserkocher laufen und stellte ihn an. Automatisch öffnete sie die Schranktür, hinter der sich schon immer der Tee befunden hatte, und so war es jetzt auch.

Als aus der Kaffeemaschine grummelnde und zischende Laute drangen, sagte die Mutter: »Er meint es nich so. Oft redet er auch mit mir den ganzen Tag nich.«

»Hat sich seine Depression denn immer noch nicht gebessert?«

Die Mutter verteilte drei Tassen auf dem Tisch und schüttelte den Kopf. »Nee, wovon denn? Dat Einzige, wat helfen würde, wär Arbeit im Pütt – aber den gibts ja nich mehr.«

»Ja, ich weiß!« Antonia goss kochendes Wasser in die vorbereitete Teekanne.

Die Mutter holte eine bunte Metalldose vom Schrank herunter. »Hier, guck, hab Weihnachtsplätzchen gebacken.« Sie legte Kekse auf einen Teller. »Sogar mal wieder Spritzgebäck. Dat hast du doch imma so gerne gegessen.« Sie hielt Antonia den Teller hin. »Als wenn ich geahnt hätte, dat du komms. Bald is ja auch Weihnachten, da gehört eine Familie zusammen, nich?«

Was wollte sie denn jetzt damit sagen? Wollte sie sie dazu drängen, hierzubleiben? Wut kroch in ihr hoch. Sie wollte darüber jetzt nicht nachdenken.

»Du bleibs doch über Weihnachten?«

Antonia setzte sich an ihren alten Platz am Tisch. »Darüber hab ich noch nich nachgedacht!«

»Ich dachte, du wärs deshalb gekommen.«

»Kann ich nicht einfach so kommen?«, sagte Antonia heftig. Sie spürte die altbekannte Wut auf ihre Mutter immer stärker und versuchte sie zu bändigen. »Ich bin gekommen, weil ich an diesem Tag, dem letzten der Kohleförderung bei Prosper, bei euch sein wollte.«

»Ach sooo«, sagte die Mutter gedehnt und nahm die Kanne aus der Kaffeemaschine.

»Georg! Der Kaffee is fertig«, rief sie in den Flur und setzte sich dann zu ihrer Tochter an den Tisch.

Sie schaute Antonia an. »Wo wars du denn die ganze Zeit? Und warum has du die Kinder zurückgelassen? Dat kann ich ja überhaupt nich verstehen.« Sie goss Milch in ihren Kaffee. »Wenn du den Stephan verlassen hättest, wenn er dich schlecht behandelt hätte … dat hätt ich noch verstanden. Aber dann nimmt eine Mutter doch ihre Kinder mit!« Sie ließ ihren Blick zu den Fotos von Kalle und Maja wandern, die hübsch gerahmt an der Wand hingen.

Antonia wollte diese Vorwürfe nicht hören, folgte aber dem Blick der Mutter, und ihr Magen zog sich zusammen. Ihre Kinder wirkten da so lebendig, als wenn sie sich gleich bewegen würden. Sie selbst hatte sich schon lange keine Bilder mehr von den Kleinen angeschaut. Doch ein weiteres Kinderfoto, das den zentralen Platz an der Wand einnahm, ließ sie innerlich zittern. Der etwa vierjährige kleine Junge hielt einen Plastikbagger in den Händen und schaute ernst in die Kamera. Vorwurfsvoll, wie Antonia meinte. Sie hatte es sonst immer vermieden, das Foto anzuschauen, wenn sie hier war. Auch jetzt wandte sie die Augen schnell wieder ab.

Sie nahm ein Stück Spritzgebäck und biss hinein. »Mmmh. Schmeckt noch so gut wie früher.«

Die Mutter schüttelte den Kopf. »Hörs du mir

überhaupt zu? Ich möchte ja schon wissen, wo du gewesen bis – und ohne die Kinder!«

Antonia verdrehte die Augen. Konnte sie sie denn nicht einfach in Ruhe lassen? Aber sie merkte auch, wie naiv es von ihr gewesen war, einfach so hierherzufahren. Was hatte sie denn erwartet? »Das ist eine lange Geschichte. Kann ich ja später noch erzählen. Sag du doch erst mal, wie's dir geht.«

»Wie solls mir schon gehen? Ab Januar bin ich arbeitslos. Jetz, wo Prosper endgültig dichtmacht, brauchen se im Büro nich mehr so viele. Aber den letzten Tag hatte ich schon vor zwei Wochen. Hatte noch 'n paar Tage Urlaub, die genommen werden mussten.«

»Aber du bekommst doch Arbeitslosengeld, oder?«

»Ja, klar, aber dat is nich viel bei 'ner halben Stelle. Wär schon besser, wenn ich noch wat finde. Aber wer nimmt einen denn noch mit sechzig?«

Antonia nickte. »Echt blöd, das.«

Beide schwiegen, dann wandte die Mutter sich zur Tür. »Georg! Wo bleibs du denn?«

»Ich kann mir irgendwie gar nicht vorstellen, wie es hier ohne Zeche sein soll. Das macht mich richtig wehmütig«, sagte Antonia.

»Wehmütig! Traurig is dat, nur traurig. Alle Leute, die de kenns, sind irgendwie deprimiert. Keiner kann richtig damit umgehn.«

Antonia nickte.

Die Mutter nahm einen Schluck Kaffee und sah sie dann direkt an. »Aber damit willse ja nicht wirklich wat zu tun haben. Has dich ja abgesetzt!«

Antonia ballte die Hände zu Fäusten. »Ich hatte meine Gründe«, sagte sie. »Kannst du das nicht einfach akzeptieren?«

»Du bis gut!«, sagte die Mutter entrüstet. »Da kommse nach üba einem Jahr an und wills noch nich ma erzähln, wat los war.«

Antonia goss Kaffee in die dritte, noch leere Tasse. »Trinkt Papa immer noch schwarz?«

Die Mutter nickte und Antonia ging mit der Tasse hinaus und ins Wohnzimmer.

»Hier, wenn du schon nicht mit mir am Tisch sitzen willst, sollste wenigstens nicht auf deinen Kaffee verzichten.« Sie stellte die Tasse vor ihren Vater auf den Wohnzimmertisch.

Nach wenigen Stunden saß Antonia mit ihren Eltern im Wohnzimmer und schaute auf den Fernseher. Sie war gerade aus ihrem alten Kinderzimmer gekommen, in das sie sich zurückgezogen hatte, nachdem immer noch kein Gespräch mit ihrem Vater möglich gewesen war. Der Mutter hatte sie gesagt, dass sie über Nacht dableibe, aber wann sie wieder zurückfahren wollte, hatte sie offengelassen.

»Gleich zeigen se die Förderung vom letzten Stück Kohle live«, sagte die Mutter. »Direkt hier von Prosper-Haniel. Sogar der Bundespräsident wird da sein und auch der Laschet.«

Antonia musste einen Moment überlegen, bis ihr einfiel, dass Laschet der Ministerpräsident von Nordrhein-Westfalen war.

»Ja, jetz, wo allet kaputt is, sind se da«, sagte der Vater. »Aber wat hamse denn vorher gemacht?«

Antonia dachte, dass schon ziemlich viel für die Bergleute getan worden war, sagte aber nichts. Gut, dass er jetzt überhaupt mal was sagte.

Auf dem Fernsehschirm sah man einen Moderator, der in die Sendung einführte. »*Wir sind live hier am Schacht von Prosper-Haniel, wo in wenigen Minuten das letzte Stück Kohle übergeben wird, an den Bundespräsidenten, an Frank-Walter Steinmeier.*«

»So ein Schmarrn! Wat will der denn mit de Kohle?«, sagte der Vater.

Nun wurde der Raum vor dem Förderkorb sichtbar. Die Kamera schwenkte über eine große Menschenmenge, in deren vorderster Reihe der Bundespräsident, der NRW-Ministerpräsident und der EU-Kommissionspräsident Jean-Claude Juncker standen. Ein Mann, den Antonia nicht kannte, trat vor die Gruppe und stellte sich als Vorstandsvorsitzender der Ruhrkohle AG vor. Er begrüßte einige Leute persönlich, die wohl die Ehrengäste waren. Anscheinend dauerte das dem Moderator der Sendung zu lange, denn er blendete dieses Bild aus und unterhielt sich an einem anderen Ort mit einem Bergbau-Experten. Es gab Filmbeiträge zur Geschichte des Bergbaus und zu Interviews mit Bergleuten unter Tage. Als in einer Grafik die drastische Verringerung der Arbeitsplätze von fast 500.000 im Jahr 1957 auf 100.000 im Jahr 1990 bis 4.500 im Jahr 2017 gezeigt wurde, dachte Antonia an die Kämpfe ihres Vaters um jeden einzelnen Bergmann – und sein Scheitern. Noch 1997 hatte er an einer Menschenkette mit über 200.000 Bergleuten quer durchs Ruhrgebiet teilgenommen. Sie spürte eine unendliche Traurigkeit in sich hochsteigen und schweifte mit ihren Gedanken ab.

»Wat soll dat denn heißen? Kein Bergmann fiel ins Bergfreie?«, sagte der Vater plötzlich mit lauter Stimme, nachdem ein Interviewpartner des Moderators mit diesen Worten den sozialverträglichen Ausstieg aus der

Kohleförderung gepriesen hatte. »Dat ham se uns die ganze Zeit erzählt. Keiner fällt ins Bergfreie! Wat für 'ne Lüge. Sind die ganzen Kumpels, die Jahre zu früh in Rente gehn mussten, denn nich ins Bergfreie gefallen? Ja, für ihre Statistik hieß et dann ›Keine Arbeitslosen‹, aber wat bin ich denn sons als en Arbeitsloser? Nur, weil man dat Frührente nennt, is et doch nich anders.«

»Ja, da hast du völlig recht«, sagte Antonia. »Die reden sich das alles schön und haben nicht wirklich gesehen, dass euer Leben daran hing.«

»Gar nix sehn die und ham auch noch nie wat gesehn!« Antonia nickte.

Die Kamera schwenkte zu einem gelben Gitter, hinter dem in wenigen Sekunden der Förderkorb mit den Bergleuten erscheinen sollte. Davor standen der Ruhrkohle-Chef und der Bundespräsident.

»Da, wo die jetzt stehen, hast du da auch immer gewartet, um einzufahren?«, fragte Antonia.

»Ja, klar«, sagte der Vater. »Wo soll et denn sons gewesen sein?«

»Du, ich weiß es doch nicht. Ich hab nie gesehen, wo du arbeitest.«

Georg schaute Antonia kurz von der Seite an. »Ja, da bin ich imma in den Förderkorb gestiegen!«, sagte er mit erstickter Stimme. Irgendwie hatte Antonia das Gefühl, dass er anfangen würde zu weinen, wenn er weiterreden würde.

Als im Fernsehen eine Gruppe von behelmten Bergleuten in ihren kohleverschmutzten, ursprünglich weißen Arbeitsanzügen aus dem Förderkorb stieg, von der ein älterer ein etwa kopfgroßes Stück Kohle in den Händen hielt, schaute Antonia zu ihrem Vater hinüber. Er blickte mit versteinertem Gesicht starr auf den Bildschirm.

»Kennst du von denen welche?«, fragte Antonia.

»Alle kenn ich, alle«, sagte der Vater tonlos.

Die Bergleute gaben den wartenden beanzugten Männern die Hand und stellten sich dann hinter sie. Nur der mit der Kohle in den Händen blieb zwischen dem Ruhrkohle-Chef und dem Bundespräsidenten stehen. Der Ruhrkohle-Chef legte kurz den Arm um den Bergmann und sagte dann: »Herr Bundespräsident, in wenigen Augenblicken halten Sie das letzte Stück deutscher Steinkohle in den Händen. Für manche ist es ein Stück Kohle, für Sie soll es ein Symbol für einen bedeutenden Teil deutscher Industriekultur sein, für uns Bergleute war es unsere Welt.«

Der ältere Bergmann gab dem Bundespräsidenten den großen schwarzen Brocken, und Antonia schaute zu ihrem Vater. Eine Träne lief seine Wange herunter. Sie stand auf, stellte sich hinter ihn und schlang ihre Arme um seinen Oberkörper. Nun schluchzte der Vater laut auf, wehrte sich aber nicht gegen die ungebetene Umarmung. Auch Antonia konnte die Tränen nicht zurückhalten und blieb auch bei der Rede des Bundespräsidenten bei ihrem Vater. Sie spürte plötzlich wieder dieselbe Nähe zu ihm wie in ihrer Kindheit, wenn sie gemeinsam zu einem Schalke-Spiel gegangen waren.

»Liebe Bergleute, ich weiß, für Sie, die Sie bis zum Schluss dem Berg die Kohle abgerungen haben, kann das kein Tag der Feier sein«, sagte der Bundespräsident. »Es ist ein Tag der Trauer. Nicht nur, weil der Schacht geschlossen wird – das auch –, sondern weil eine Epoche zu Ende geht. Es ist ein Tag der Trauer für Sie, ein Tag, an dem sich viele erinnern, dass das (er hob den Kohlebrocken kurz hoch) am Anfang stand, des wirtschaftlichen

*Wiederaufbaus nach 1945. Ohne Kohle und ohne diejeni-
gen, die unter Tage dem Berg die Kohle abgerungen haben, wäre die Geschichte der Bundesrepublik, die Geschichte dieses Landes anders verlaufen. Es ist ein Stück
Geschichte, das ich hier in Händen halte, aber wie Sie gesagt haben, auch ein Symbol für harte und schmutzige Arbeit unter Tage und – Sie haben die Fälle der letzten Tage
gerade noch einmal erläutert – auch ein Symbol der Ge-
fahr. Niemals waren sich ihre Angehörigen ganz sicher, ob
alle wieder nach oben kommen würden. Und das ist ein
großer Teil des Respekts, den Ihnen die Menschen entge-
gengebracht haben und entgegenbringen. Es ist ein Teil
des Wohlstands dieser Republik, und ich hoffe, dass das
auch nicht vergessen wird in den revierfernen Gebieten
Deutschlands, dass davon alle profitiert haben ...«*

Das sollten sich die Bayern mal anhören, ging es Antonia durch den Kopf.

*»... und dass Sie das, was Sie hier gelebt haben, Zusam-
menhalt und Solidarität, an andere Menschen, und hoffentlich nicht nur im Ruhrgebiet hier, weitergeben ...
Glück auf!«*

Antonia richtete sich auf, ließ aber eine Hand auf dem
Rücken des Vaters, während im Fernsehen der Ruhrkohle-
Chor erschien. Er sang das Lied der Bergleute, das Stei-
gerlied:

»Glück auf, Glück auf! Der Steiger kommt, und er hat
sein helles Licht bei der Nacht, und er hat sein helles Licht
bei der Nacht, schon angezündet, schon angezündet ...«,
sang Antonia mit. Sie setzte sich erst wieder auf ihren Platz,
als der letzte Ton des Liedes verklungen war.

Antonia war wach, wollte aber noch nicht aufstehen. Es

hatte lange gedauert, bis sie eingeschlafen war. Zu vieles
war ihr noch durch den Kopf gegangen. Ihre Mutter hatte
nach dem Abendessen weiter gebohrt, wollte wissen, was
sie im vergangenen Jahr gemacht hatte und wo sie jetzt
lebte. Schließlich hatte Antonia ihr von ihrem Aufbruch
nach New York erzählt, von der Rückkehr, ihrer Wanderung von Frankfurt nach Mannheim und ihren derzeitigen
Versuchen, ihre Bilder zu verkaufen.

»Und das hast du alles allein gemacht?«

Antonia hatte sich irgendwie über die Frage gewundert.
Sie war doch auch zu der Zeit, wo sie zu Hause lebte, eine
Einzelgängerin gewesen. Schon als sie noch ein Kind war,
fuhr sie oft allein mit dem Fahrrad zum Kanal. Dort saß
sie stundenlang, träumte vor sich hin oder malte. Erst mit
dreizehn unternahm sie wieder andere Dinge. Als eine Skateranlage in ihrer Nachbarschaft öffnete, schaute sie den
Aktiven dort zu und wünschte sich schließlich zu Weihnachten ein Skateboard. Ihre Mutter hätte es ja lieber gesehen, wenn sie modische Kleidung oder Kosmetik gewollt
hätte, so wie die anderen Mädchen in ihrer Klasse. Aber
daran hatte sie kein Interesse gehabt. Sie zog damals ihre
schwarzen Hosen, schwarzen T-Shirts und schwarze Kapu-
zenpullis so lange an, bis sie total verschlissen waren. Etwas
anderes wollte sie nicht. Und brauchte sie auch nicht. Für
die Skater-Anlage, auf der sie nun fast jeden Tag nach der
Schule war, war die Kleidung genau richtig. Sie hob sich
dadurch äußerlich wenigstens nicht von den Jungen ab, die
mit ihr dort waren. Ein anderes Mädchen gab es dort nicht.

Antonia schaute auf die Wand über ihrem Bett. Da
hing immer noch das große Poster von Elissa Steamer. Die
berühmte US-amerikanische Streetskaterin war ihr Vor-
bild gewesen. Sie hatte sich alle Informationen über sie

besorgt, die sie bekommen konnte, und intensiv trainiert. Das führte dazu, dass sie besser wurde als die meisten ihrer Skater-Kollegen, und so genoss sie selbst als Mädchen eine gewisse Akzeptanz bei den Jungen. Sie schaute sich die Frau mit den zurückgebundenen blonden Haaren auf dem Poster genauer an. Auch sie trug einen schwarzen Kapuzenpulli, hielt ihr Skateboard in den Händen. Ob sie wohl immer noch skatete? Das musste sie unbedingt mal recherchieren.

Sie warf die Bettdecke zurück, blieb aber noch liegen. Was hatte Mama eigentlich damals von all dem mitbekommen, fragte sie sich plötzlich. Gar nichts! Sie wusste weder etwas von ihren Ausflügen an den Kanal noch wie gut sie skaten konnte. Und auch von den späteren Moped-Fahrten mit Florian, ihrem ersten Freund, erzählte sie ihr nichts. Ein geheimes Leben außerhalb dieser Mauern hatte sie geführt. Sie war immer draußen gewesen, um ihre Mutter nicht sehen zu müssen. Wahrscheinlich, weil ich ihre vorwurfsvollen Blicke nicht ertragen habe, schoss es ihr plötzlich durch den Kopf.

Sie setzte sich auf und schaute sich in dem kleinen Zimmer um. Es sah noch genauso aus wie in ihrer Jugendzeit. Der helle Kieferschrank, der kleine grau-laminierte Schreibtisch. Sogar die Skater- und Motorradbilder hingen noch darüber. Sie atmete tief durch, als sie daran dachte, wie interessiert Maja sich die Fotos bei ihrem letzten gemeinsamen Besuch angeschaut hatte. Sie hatte sich gar nicht vorstellen können, dass ihre Mutter auch mal solche Kunststücke auf dem Skateboard gemacht hatte.

Wo war eigentlich ihr altes Skateboard geblieben? Hatte sie es hiergelassen, als sie zum Studium auszog? Vielleicht im Schrank? Sie öffnete die Türen. Das Skateboard sah sie nicht, aber jede Menge Kinderspielzeug auf dem Boden unterhalb der Kleiderstange. Sie setzte sich davor und nahm das Spielzeug genauer in Augenschein. Da waren ihre alten Playmobil-Figuren und -Häuser, rote, blaue, grüne LEGO-Bausteine, ein halb fertiges LEGO-Haus, eine grüne Plastikwiese, auf der Holztiere standen. Zwei Barbiepuppen und ein brauner Teddybär.

Antonia stockte und ließ ihren Blick zurück auf die Barbiepuppen wandern. Wieso war diese hässliche Barbie, die Gisela Maja geschenkt hatte, hier? Hatten sie die bei ihrem letzten Besuch vergessen? Antonia nahm die Puppe in die Hand und strich über die rosafarbene Jacke der Figur. Nein! Die hatten sie bestimmt nicht vergessen. Sie erinnerte sich noch gut an ein Ereignis kurz vor ihrem Abflug nach New York. Maja hatte ihr weinend gezeigt, dass die rosa Jacke kaputt war. Eine Naht hatte sich am Rückenteil gelöst. Antonia drehte die Puppe um. Die Jacke war heil, aber man sah gut, dass die Naht per Hand nachgebessert worden war. Diese Stiche hatte sie selbst gemacht. Sie begann zu zittern und legte die Puppe schnell zurück. Dann war Stephan mit den Kindern also hier gewesen?

Sie stand auf und öffnete das Fenster. Kühle Luft und Autogeräusche drangen herein. Warum wunderte sie das denn jetzt so? Warum sollte er mit den Kindern nicht seine Schwiegereltern besuchen? Aber Mama und Papa hatten nichts davon erzählt. Warum denn nicht? Hatten sie auch schon lange keinen Kontakt mehr – oder regelmäßig? Komisch, dass sie sich darüber nie Gedanken gemacht hatte. Irgendwie hatte sie aber angenommen, dass der Kontakt zwischen Stephan und ihren Eltern mit ihrem Weggang auch abgebrochen war.

»Sag mal, kommen Stephan und die Kinder manchmal hierher?«, fragte sie später ihre Mutter, als sie frühstückte. Die Eltern hatten schon früher gegessen, und ihre Mutter leistete ihr jetzt Gesellschaft.

»Ja, Stephan besucht uns mit de Kleinen schon ma.«

»Wann waren sie denn das letzte Mal hier?«

»Am ersten Advent«, sagte die ältere Frau ohne Zögern. »Die Kleinen ham sich ja so über unsern Adventskranz gefreut.« Sie lachte auf. »Und et war so lustig, als Maja versuchte, die Kerze auszublasen, aba imma drüber wegpustete.«

Antonias Augen verengten sich zu Schlitzen. »Warum hast du mir das denn gestern nicht erzählt?«

Die Mutter stand auf und öffnete den Kühlschrank. »Ich müsste doch noch wat von dem Käse daham, den du imma so gern gegessen has«, sagte sie nachdenklich. »Ach hier!« Sie stellte ihn auf den Tisch.

Antonia atmete heftig aus. »Mama!«, sagte sie laut. »Ich will jetzt keinen Käse. Ich habe dich etwas gefragt.«

Mit langsamen Bewegungen setzte die Mutter sich wieder hin. »Wir hatten doch so viel anderet zu erzähln und ich dachte …«

»Was dachtest du?«

Die Mutter strich mit der Hand über die blau-weiß karierte Tischdecke. »Na ja, ich wusste ja nich, wie du reagiers, wenn ich von Stephan und den Kindern erzähl.«

»Was gibts denn zu erzählen?«

Die Mutter schaute auf ihre Hand, die weiterhin die Tischdecke glatt strich. »Na ja, der Stephan is halt gern hier – und die Kinder auch.« Sie stockte.

»Und?«

»Also … nachdem du so plötzlich weg wars, habe ich

Stephan öfter mal angerufen. Wollte wissen, ob er wat von dir gehört hat. Und wie et den Kindern geht.« Die Hand der Mutter strich weiter unentwegt über den Tisch. »Und Stephan hat mir dabei dann imma mehr sein Leid geklagt. Wie sehr er dich vermisst – und wie ihm Gisela und Josef auf die Nerven gehn.«

Antonia wunderte sich. Dass ihn sein Vater nervte, das konnte sie ja verstehen. Die beiden waren ziemlich unterschiedlich, und Stephan hasste seine übergriffige Art. Aber seine Mutter? Auf die ließ er nichts kommen. Ihretwegen war er ja noch nicht einmal zum Studium weiter weg gezogen. Das hätte seine Mutter zu sehr geschmerzt, hatte er immer gesagt. Und er hatte sich gefreut, dass Gisela so gut mit den Kindern auskam und sich um sie kümmerte.

»Gisela hat ihn genervt?«

»Ja, sie hat sich wohl imma mehr in sein Leben eingemischt, hat regelrecht die Mutter bei den Kindern gespielt. Er war ja auch dankbar dafür. Wie hätt es denn sons weitergehn solln, als du verschwunden wars?« Die Mutter atmete tief durch und schaute Antonia an. »Aber sie hat eben auch auf dich geschimpft. Hat Stephan gesagt, dat sie ja imma gewusst habe, dat du nix für ihn bis. Dat er eine andere Frau verdient, eine, die gebildeter is, die mit ihm auf einer Stufe steht und so wat eben. Dat hat ihn imma geärgert, aber er hat sich Gisela wohl nie entgegengestellt. Bis …« Die Mutter schaute wie hilfesuchend gen Himmel.

»Bis was?«

»Mmh. Also … Maja fragte ihn, ob dat stimme, dat Mama böse sei und sie bald eine bessere Mama bekommen würden.«

Antonias Magen zog sich zusammen. »Das hatte sie von Gisela?«

»Ja! Die muss Maja dat wohl erzählt ham, als sie mal wieder nach dir fragte.«

»Aber wie kommt sie denn darauf, dass sie bald eine bessere Mama bekommen würden? Hat Stephan denn eine Freundin?« Antonia meinte, den Boden schwanken zu spüren.

Die Mutter schaute wieder auf die blau-weiße Tischdecke. »Er war wohl mal mit einer Kollegin aus«, sagte sie leise und schaute dann hoch. »Et sei aber nix gewesen!«

»Das sagt er *dir*.«

»Ich glaub ihm dat!«, sagte die ältere Frau schnell. »Un jetz ers recht!«

Antonia schaute sie fragend an.

»Na, er zieht doch mit den Kindern nach Köln!«

»Waaas?«

»Zum ersten Februar. Er hat dort eine schöne Wohnung gefunden.«

»Hat er da eine Freundin?«

Die Mutter schüttelte den Kopf. »Nein. Er will sich da eine eigene Existenz aufbauen.«

Antonia zog die Brauen zusammen. »Und seine Stelle bei BMW? Oder ist er von der Firma entsandt?«

Wieder schüttelte die Mutter den Kopf. »Er hat die Stelle gekündigt, macht jetzt irgendwat mit Beratung im Internet. So richtig hab ich dat nich verstanden. Aber dat kann er wohl von zu Hause aus machen, sodat er bei den Kindern bleiben kann.«

Antonia glaubte, ihren Ohren nicht zu trauen. Sprachen sie wirklich über denselben Mann? Stephan, der mindestens zehn Stunden am Tag in der Firma gewesen war, sich nie wirklich um die Kinder gekümmert hatte. Der wollte jetzt wegen ihnen Homeoffice machen? Andererseits

– seinen Traum, sich selbstständig zu machen, hatte er auch nicht aufgegeben, als er bei BMW Abteilungsleiter geworden war.

»Aber das hätte er doch auch in München machen können.«

»Er wollte möglichst weit von seinen Eltern weg. ›Ich muss endlich mal das machen, was ich selbst will, und nicht das, was meine Eltern wollen‹ hat er gesagt.«

Antonia erinnerte sich, dass Stephans Vater bei BMW als Prokurist gearbeitet und ihm die Abteilungsleiterstelle verschafft hatte, kurz bevor sie geheiratet hatten.

»Und warum ausgerechnet nach Köln?«, fragte sie.

»Er meinte, dat et in einer Großstadt einfacher is, mit den Kindern so zu leben. Na ja, und dann meinte er, dat et auch näher bei uns sei. Da könne er uns mit den Kindern schneller besuchen. Er wolle ihnen nicht beide Großeltern wegnehmen.«

Antonia schaute ihre Mutter mit weit aufgerissenen Augen an und schüttelte langsam den Kopf. Sie konnte es nicht glauben, fühlte sich aber auch irgendwie überrumpelt.

»Und was sagt Papa dazu? Er mochte Stephan doch nie. *Den feinen Pinkel* …«

»Ach, dat …« Ihre Mutter machte eine wegwerfende Bewegung. »Seit Stephan von seinen Eltern weg is, kommt er echt gut mit ihm aus.«

»Ihr habt euch also so richtig gut angefreundet, was?«

Die Mutter nickte. »Dat is so schön! Wo du doch weg wars und Papa so deprimiert … Dat muss der liebe Gott mir geschenkt ham, dat ich so wenigstens meine Enkel häufiger seh und mich mit dem Schwiegersohn gut versteh.«

»Dann ist ja alles prima!«, sagte Antonia mit ironischem Unterton. »Da habt ihr euch ja gut eingerichtet, mich braucht wohl keiner mehr!«

Die Mutter runzelte die Stirn. »Toni! Wat soll dat denn jetz? Meins du, alle können nur rumsitzen und auf dich warten, wenn du einfach so verschwindes?«

Antonia meinte, ersticken zu müssen, wenn sie nur eine Sekunde länger hierblieb, und stand auf.

»Ich wollte sowieso gleich fahren«, sagte sie.

Die Mutter sprang auch auf. »Wat soll denn dat? Ich freu mich, dat du da bis – und noch mehr würd ich mich freun, wenn du wieder mit Stephan und den Kindern zusammen wärs.«

»Ach, lass mich einfach in Ruhe«, sagte Antonia heftig und ging zu ihrem Zimmer.

»Bleib doch wenigstens bis Heiligabend«, rief ihr die Mutter hinterher.

Antonia stopfte das Shirt, das sie zum Schlafen getragen hatte, in ihren Rucksack, nahm ihn auf und wandte sich zur Tür. Die Mutter versperrte ihr den Weg. »Wir würden uns wirklich freuen, wenn du da bleibs. Und die Kinder bestimmt auch!«

»Die Kinder?«

»Stephan und die Kinder werden Heiligabend hier sein!«

»Ach, und das sagst du mir jetzt so nebenbei? Wann wolltest du mir das denn sagen? Sollte wohl eine Überraschung werden«, sagte sie höhnisch.

»Toni! Bitte! Eine Mutter gehört doch zu ihren Kindern.«

Antonia schob ihre Mutter unsanft beiseite. »Du bist so niederträchtig!«, spuckte sie aus. »Tschüss, Papa!«, rief sie noch ins Wohnzimmer und verließ dann fluchtartig die Wohnung und das Haus.

6

Antonia wachte auf, ließ die Augen aber noch geschlossen. Diesen Moment nach dem Aufwachen, in dem die Welt des Schlafs noch vorhanden war, sich langsam ins Bewusstsein schob, liebte sie am meisten. Es war so ein angenehmer Zwischenzustand, in dem sie sich häufig an ihre Träume erinnerte. Heute aber nicht. Sie wusste, dass sie gerade noch etwas geträumt hatte, konnte sich jedoch nicht an Einzelheiten erinnern. Es waren nur Schemen in ihrem Kopf vorhanden und ein leichtes Gefühl von Beklemmung. Sie versuchte, den Nebel in ihrem Bewusstsein wegzuwischen, an die Traumbilder heranzukommen. Vergeblich. Die Außenwelt hatte schon gewonnen.

Regen prasselte an Antonias Fensterscheiben, und sie hörte das Heulen des Windes in der Straße. Ob es heute genauso stürmisch sein würde wie gestern? Man hatte sogar überlegt, die großen Rosenmontagszüge abzusagen, sich aber dann nur für einschränkende Maßnahmen entschieden. Pferde waren verboten oder hohe Aufbauten. Anscheinend war ja alles gut gegangen. Jedenfalls wurde in den Nachrichten nichts von Unfällen berichtet.

Antonia war froh, wenn die Faschingszeit wieder vorüber war. Sie hatte den Karneval noch nie gemocht. Voll Unbehagen dachte sie daran, wie sie am Sonntag in die lärmende Menge geraten war, die auf den Mannheimer Faschingsumzug gewartet hatte. Schunkellieder wurden gesungen, Kinder auf Schultern getragen, und manche Leute waren schon da betrunken gewesen. Schnell hatte sie sich zurückgezogen, war zu ihrem Lieblingsplatz am

Verbindungskanal gegangen. Erfreulicherweise bekam man dort von dem Zug nichts mit, wenn sie auch der einen oder anderen verkleideten Gestalt auf dem Weg dorthin begegnet war. Morgen war zum Glück alles wieder vorbei und heute …

Plötzlich war sie hellwach und setzte sich auf. Sie hatte ja heute Geburtstag! Eine Weile blieb sie sitzen, legte sich dann aber wieder zurück. Na und? Wen kümmerte das? Der Einzige, der ihre Adresse kannte, war Thomas, aber der wusste nichts von ihrem Geburtstag. Und alle Menschen, die es wussten, kannten weder ihre Handy-Nummer noch ihre Adresse. Sie konnte also nicht mit Glückwünschen oder Geschenken rechnen.

Das Wetter passt ausgezeichnet zu einem solchen Geburtstag, dachte sie und war mit einem Mal ungemein traurig. So allein hatte sie sich seit ihrem Weggang aus dem Städtchen noch nie gefühlt. Selbst Weihnachten war ganz okay gewesen.

Sie drehte sich zur Seite, zog die Knie an den Körper und die Bettdecke über ihre Schultern. Immer diese blöden Festtage! Das Leben so allein war wirklich gut auszuhalten, wenn nicht gerade ein besonderer Tag war. Sie hatte sich doch eingerichtet, hatte ihre Routinen …

Tränen rannen über ihre Wangen und sie schluchzte auf. Gar nichts habe ich! In meiner Wohnung sieht es wieder aus wie bei einem Messi, gemalt habe ich lange nicht mehr und die Ausstellung, die gerade läuft, habe ich schon letztes Jahr initiiert. Wie viel Mühe es mich gekostet hat, selbst diesen Termin einzuhalten und die Bilder in der Arztpraxis rechtzeitig an die Wände zu bringen. Die Kaufanfrage für ein Bild habe ich noch nicht einmal beantwortet.

Antonia blieb weiter in der Embryohaltung liegen und weinte. Wäre sie doch nur nicht nach Bottrop gefahren. Damit hatte alles wieder angefangen. Vorher war es ihr doch wirklich besser gegangen. Sie hatte gemalt, Adressen von Orten für mögliche Ausstellungen gesammelt, sich um Ausstellungen beworben und einmal auch Erfolg gehabt. Sie hatte Thomas öfter getroffen und interessante Gespräche mit ihm geführt. Sie meinte, insgesamt auf dem aufsteigenden Ast zu sein, und dann kam der Absturz. Was hatte sie nur so aus der Bahn geworfen? Wenn sie das wüsste. War es die Konfrontation mit der Depression ihres Vaters? Oder das Bewusstsein, dass Stephan und die Kinder nicht mehr im Städtchen wohnten? Dass Stephan gar nicht mehr in der Umgebung war, die sie nicht ausgehalten hatte?

Eigentlich könnte sie jetzt zu ihm hingehen. Sie könnte versuchen, ein neues Leben mit ihm aufzubauen. Offensichtlich verhielt er sich ja nicht mehr so wie der Mann, den sie verlassen hatte. Und sie könnte die Kinder wiedersehen! Ihr Herzschlag setzte einen Moment aus. Wie sehr sie sich nach ihnen sehnte.

Sie stand so schnell auf, dass ihr schwindelig wurde und sie sich rasch wieder auf den Bettrand setzen musste. Warum nehme ich nicht einfach den nächsten Zug und fahre zu ihnen? Das könnte ich mir doch als Geburtstagsgeschenk machen.

Quatsch! So einfach wie die Fahrt zu ihren Eltern war das nicht, und selbst *der* Besuch hatte sie ja völlig umgehauen. Wer weiß, vielleicht hatte Stephan ja sogar inzwischen eine Freundin und ihre Kinder nannten sie Mama. Ihr Magen zog sich zusammen.

Nein! Daran wollte sie jetzt nicht denken. Schnell zog

sie ihr blaues Schlafshirt aus und stellte sich unter die Dusche.

Nachdem sie angezogen war und eine halbe Flasche Milch getrunken hatte, ging sie nach draußen. Erst vor der Haustür nahm sie wieder den heftigen Wind wahr, sah die nasse Straße und die dunklen Wolken, aus denen es bestimmt bald wieder regnen würde. Gut, dass sie, wie immer im Winter, die regendichte Jacke trug. Sie schlug den Weg Richtung Marktplatz zum Café Marché ein, ging dann aber zum Neckar. Ihre Füße wollten dorthin, und Antonia überließ sich ihnen einfach. Vom Neckar führten sie ihre Füße wieder den gewohnten Weg zum Verbindungskanal und dessen Promenade. Schon an der Popakademie blieb sie stehen, um zum Bagger weiter hinten auf der gegenüberliegenden Seite zu schauen. Er bewegte sich nicht. Wahrscheinlich machte der Baggerführer gerade Pause, oder bei heftigem Wind wurde gar nicht gearbeitet. Irgendwie machte sie dieser Gedanke noch trauriger, als sie eh schon war.

Sie ging weiter, um zu den Bänken direkt gegenüber dem Bagger zu gelangen, wo sie so oft saß, um sein Tun zu beobachten. Heute waren sie wahrscheinlich nass, und sie würde sich dort nicht niederlassen können.

Als sie auf Höhe der Teufelsbrücke war, blieb sie plötzlich stehen. Ein dunkelhaariger Mann stand an ihrem Lieblingsplatz und schaute zum Bagger hinüber. Es war Thomas. In einem ersten Impuls drehte Antonia sich um und ging in die Richtung, aus der sie gekommen war. Wieso war er dort? Was machte er ausgerechnet an ihrem Lieblingsplatz? Es kam ihr vor, als ob der Ort durch ihn entweiht würde. Hier wollte sie allein sein. Und heute erst recht! Sie wollte einfach nicht reden. Im Sturmschritt raste sie am Kanal entlang, achtete nicht auf die Umgebung, die sie sonst immer voll Muße betrachtete. Erst am Ende der Promenade blieb sie vorm Musikpark stehen und schaute zurück. Thomas kam auf sie zu. Er war noch weit entfernt, aber nah genug, um sie zu erkennen. Wahrscheinlich ist er mir die ganze Zeit gefolgt! Antonia kickte heftig einen Stein weg.

Mit vor der Brust verschränkten Armen wartete sie auf sein Eintreffen.

»Du legst ja ein Tempo vor!«, sagte Thomas. »Man könnte meinen, der Teufel persönlich sei hinter dir her.«

Antonia presste die Lippen zusammen. Genauso war sie sich vorgekommen, aber der Teufel stand nun in Person von Thomas vor ihr.

»Versuchst du auch dem Karneval zu entfliehen?«

Karneval! Er sagte Karneval und nicht Fasching, wie es hier üblich war. Eine Welle von Heimatgefühl durchflutete Antonia und ihre Muskeln entspannten sich.

»Du sagst ja Karneval!«

Thomas zuckte mit den Schultern. »Ja, natürlich!«

»Hier sagt niemand Karneval, alle reden nur von Fasching.«

»Mmh ja, ist mir auch aufgefallen.«

»Bei euch zu Hause hat man auch Karneval gesagt, nicht wahr?«

»Ja, obwohl ich nicht gerade aus einer Karnevalshochburg komme. Aber ein wenig wurde bei uns auch gefeiert. In der Schule durften wir uns verkleiden, und die Kirchengemeinde richtete immer ein Karnevalsfest aus, bei dem meine Eltern jedes Jahr waren – und ich später auch«, fügte er leiser hinzu.

»Bei uns gab es sogar einen Rosenmontagszug, aber da

bin ich schon als Jugendliche nicht mehr hingegangen.«

Thomas nickte leicht. »Dann musst du aber eine ziemliche Einzelgängerin gewesen sein. Ist nicht die ganze Gegend da, so nah am Rhein, während der Karnevalszeit im Ausnahmezustand?«

»Ja, das stimmt, und auch, dass ich eine Einzelgängerin war«, sagte Antonia kaum vernehmbar.

»War bestimmt nicht leicht.«

Antonia ging einen Schritt zurück. »Fängst du schon wieder an, mich therapieren zu wollen?«

»Tut mir leid!«

Antonia stöhnte auf. »Und entschuldigen tust du dich auch schon wieder!« Sie schüttelte den Kopf. »Lass mich einfach in Ruhe, ja?« Sie ging an Thomas vorbei den Weg zurück, den sie gerade gekommen waren.

»Hey!«, rief der. »Was soll das denn jetzt?« Schnell war er neben ihr. »Ich wollte dich eigentlich fragen, ob du schon etwas gegessen hast. Wenn nicht, könnten wir zusammen wohin!«

Antonia wurde langsamer, schaute aber weiterhin starr auf den grauen Asphalt des Weges vor ihr.

Dann blieb sie abrupt stehen. »Okay, lass uns essen gehen! Ich lad dich ein! Ich habe nämlich heute Geburtstag.«

Wenig später saßen sie in der kleinen Pizzeria in der Nähe, in der sie schon öfter zusammen waren.

»Sechsunddreißig bist du also jetzt«, sagte Thomas, nachdem er die Speisekarte zur Seite gelegt hatte. »Ich hätte dich für jünger gehalten.«

Antonia schaute von ihrer Speisekarte hoch. »Ich kann mich nicht entscheiden. Capricciosa oder Salami?« Sie klappte die Karte abrupt zusammen. »Ich sag einfach, was mir gerade einfällt, wenn der Kellner kommt.« Dann beugte sie sich vor. »Wie alt hast du mich denn geschätzt? Zwanzig?«

Thomas lachte laut auf. »Na ja, bei deinem Verhalten könnte man das schon manchmal meinen … aber nein, eher so Ende zwanzig.«

»Mein Verhalten!« Antonia verzog den Mund. »Du hörst dich ja wie meine Eltern an.«

Eine junge Frau mit Pferdeschwanz trat an ihren Tisch. »Sie haben gewählt?«

»Eine Pizza Salami und ein Tonic«, sagte Thomas sofort.

»Für mich Pizza Capricciosa und einen Rotwein und ein stilles Wasser. Und bringen Sie doch bitte auch zwei Prosecco.«

»Welchen Rotwein?«

»Ach, egal, bringen Sie den günstigsten, den Sie haben.«

Die Kellnerin schaute von ihrem Notizblock hoch und Antonia an, als wolle sie noch etwas fragen. Doch dann sagte sie nur: »Ja, okay«, und ging.

Antonia wandte sich Thomas zu. »Wahrscheinlich würde sich jede andere Frau darüber freuen, dass sie jünger geschätzt wurde, aber mir ist das ziemlich egal, und das meine ich ganz ehrlich.«

»Das glaube ich dir sofort! Ich wollte dir ja auch kein Kompliment machen, sondern ich habe dir einfach meine Meinung gesagt.«

»Das glaube ich *dir* auch sofort.«

Dann schwiegen beide, bis die Kellnerin mit den Getränken kam.

Antonia hob ihr Prosecco-Glas und stieß mit Thomas an.

»Auf dich«, sagte Thomas. »Dass alle deine Wünsche in

Erfüllung gehen und du …« Dann schüttelte er den Kopf. »Egal! Herzliche Glückwünsche zum Geburtstag.« Er tippte sein Glas noch einmal an Antonias, sodass ein klirrendes Geräusch entstand.

»Hast du denn schöne Geschenke bekommen?«, fragte Thomas.

Antonia zog die Brauen zusammen. »Was soll denn diese Frage? Natürlich nicht!«

Thomas schaute sie ruhig an. »Haben deine Eltern dir denn nicht gratuliert?«

»Wie sollten sie denn?« Antonia drückte ihren Rücken an die Stuhllehne.

»Aber du warst doch vor ein paar Wochen da. Hast du Ihnen nicht deine Adresse gegeben?«

»Nein!«

Erst jetzt fiel Antonia wieder ein, was sie Thomas von dem Besuch bei ihren Eltern erzählt hatte. Von der Depression ihres Vaters hatte sie berichtet, von den finanziellen Schwierigkeiten, die ihre Eltern aufgrund der Zechenschließung hatten. Aber auch, wie nahe sie sich ihnen gefühlt hatte, als sie gemeinsam die Feierstunde in der Zeche Prosper-Haniel geschaut hatten. Dann waren sie auf die Geschichte des Ruhrgebiets und das Zechensterben zu sprechen gekommen. Sie erinnerte sich, wie sie sich darüber gefreut hatte, dass Thomas sich so gut auskannte und so empathisch über die Menschen des Reviers redete. In diesem Gespräch hatte sie erfahren, dass er in Bochum Theologie studiert hatte. Eigentlich wäre für ihn Münster nahe liegender gewesen, weil seine Heimatstadt Rheda-Wiedenbrück am Rande des Münsterlandes lag. Da ihn aber das Revier schon damals fasziniert hatte und Münster ihm zu altbacken vorgekommen war, hatte er sich für die

Stadt an der Ruhr entschieden. Lachend hatte er damals gesagt, dass ja vielleicht auch Herbert Grönemeyers Hit »Bochum« zu dieser Entscheidung beigetragen hatte.

»Worüber freust du dich denn jetzt so?«, fragte Thomas.

Irritiert schaute Antonia ihn an. Anscheinend hatten sich ihre Gedanken auf ihrem Gesicht widergespiegelt.

»Ach.« Sie machte eine wegwerfende Handbewegung. »Ich habe nur gerade daran gedacht, dass du wegen Herbert Grönemeyer in Bochum studiert hast.«

Thomas lachte auf. »Na ja, so ganz stimmt das ja nicht. Das ist etwas verkürzt.«

»Ja, ich weiß«, sagte Antonia ungeduldig. »Aber dass es überhaupt eine Rolle spielte, find ich schon toll.«

Sie hob ihr Prosecco-Glas und streckte es Thomas entgegen. »Lass uns darauf anstoßen, dass wir zwei Kinder aus dem ›tiefen Westen‹ uns hier im tiefen Süden getroffen haben.«

Die Kellnerin brachte die Pizzen und Thomas sagte: »Und darauf, dass wir hier so leckeres Essen bekommen«.

Er schnitt in das nach Oregano duftende Gebäck. »Du hast es schon wieder geschafft!«

Antonia mühte sich mit dem Messer an ihrer Pizza ab. »Was?«

»Davon abzulenken, etwas über dich zu erzählen.«

»Ach?« Sie steckte sich ein Stück in den Mund. Kauend schaute sie Thomas in die Augen.

Thomas kaute auch, sagte aber nichts. Dann schüttelte er den Kopf. »Auch jetzt machst du's sehr schwer. Du könntest doch einfach erzählen, warum du deinen Eltern deine Adresse nicht gegeben hast.«

»Warum sollte ich?«

»Weil das doch eine natürliche Reaktion wäre. Zumindest unter Freunden.«

»Sind wir denn Freunde?«

Thomas legte die Gabel wieder ab, die er gerade zum Mund geführt hatte. »Für mich ist das klar.« Er schluckte. »Für dich anscheinend nicht.«

Antonia schaute auf ihren Teller, auf dem sie gerade den Pizzaboden schnitt. Als das Messer das Porzellan berührte, sägte sie trotzdem weiter. Sie wusste nicht, was sie sagen sollte. Wollte sich eigentlich auch keine Gedanken darüber machen, ob sie den abtrünnigen katholischen Priester als Freund betrachtete.

»Gleich hast du den Teller durchgeschnitten.«

Antonia hob den Kopf und steckte das abgetrennte Stück Pizza in den Mund. Kauend sagte sie: »Also gut! Ich habe mich zum Schluss mit meiner Mutter gestritten und bin dann wütend abgereist. So gab's keine Gelegenheit, ihnen meine Adresse mitzuteilen.«

»Also war der Besuch doch nicht so harmonisch, wie du erzählt hast.«

»Erst schon, aber dann …« Antonia schwieg und sägte wieder an ihrer Pizza.

»Was dann?«

Antonia legte das Besteck ab, lehnte sich zurück und schloss die Augen. Als sie sie wieder öffnete, blickte sie genau in Thomas Augen. Er hatte den Teller beiseitegeschoben und stützte sich mit den Unterarmen auf dem Tisch ab. Seine gesamte Konzentration schien bei ihr zu sein.

Sie atmete tief durch. »Meine Mutter trifft sich öfter mit meinem Mann und meinen Kindern und wollte mich ohne mein Wissen mit ihnen zusammenführen.«

»Du bist verheiratet und hast sogar Kinder?« Thomas

klang, als wenn sie gerade offenbart hätte, sie sei eine Außerirdische.

Antonia knetete ihre Hände. Sie nickte.

»Aber du hast dich von deinem Mann getrennt, und er rückt die Kinder nicht raus?«

Antonia schüttelte den Kopf. Leise sagte sie: »Ich habe mich von allen getrennt.«

Thomas' Augen weiteten sich. »Du wolltest auch deine Kinder nicht mehr sehen?«

Antonia knabberte an ihrer Unterlippe. »Ich wollte einfach nur weg! Weg von dem braven Familienleben. Weg von dem Städtchen mit den Vorzeigemüttern. Weg von der Schwiegermutter.« Ihre Stimme war immer lauter geworden und jetzt schrie sie fast: »Ich musste da raus! Ich wäre sonst erstickt! Verstehst du?«

»Du musst sehr unglücklich gewesen sein«, sagte Thomas ruhig.

»Ja, allerdings!« Antonia verschränkte die Arme vor der Brust.

»Du scheinst nicht in dieses Leben gepasst zu haben. Und, ehrlich gesagt, bekomme ich die Antonia, die ich kenne, nicht mit einer Ehefrau und Mutter in einer spießigen Stadt zusammen. So wie du davon erzählst, muss es dort wohl ziemlich spießig gewesen sein.«

»Das kann man wohl sagen. Spießig und leistungsorientiert. Alles ging immer nur darum, was die Kinder schon alles können und wer den größten SUV fährt.«

Thomas nickte verständnisvoll. »Und du wolltest etwas ganz anderes.«

Antonia atmete heftig aus. »Das kann man so sagen!«

Thomas nahm einen Schluck von seinem Tonic und schaute auf Antonias Teller, auf dem sich noch fast die

Hälfte der Pizza befand. »Iss doch erst einmal auf!«

Antonia aß tatsächlich ein paar Bissen, schob dann aber den Teller von sich. »Ich wollte malen, und ich wollte meine Kinder zu kreativen, offenen Menschen erziehen.«

»Und das klappte nicht?«

Antonia schüttelte den Kopf. »Malen konnte ich nur, wenn ich mich mit dem Motorrad ganz weit vom Städtchen entfernt hatte. Und die Kinder konnte ich nicht nach meinen Wertmaßstäben erziehen, weil die von keinem anderen dort geteilt wurden.«

»Auch dein Mann hat nicht zu dir gehalten?«

Antonias Gesicht verdüsterte sich. »Der vor allem. Er hatte sich so verändert. Kaum war Maja auf der Welt, sah ich ihn kaum noch. Er machte ständig Überstunden, sagte nichts mehr.« Ihre Lippen zitterten. »Ich fragte mich, wo der Mann geblieben war, den ich geheiratet hatte.«

»Das hört sich alles so an, als wenn du in eine Falle geraten wärst.«

Antonia nickte heftig.

»Aber eines verstehe ich nicht. Wenn dir doch so sehr an der Erziehung der Kinder nach deinen Wertmaßstäben gelegen war, warum hast du sie dann nicht mitgenommen?«

Antonia verdrehte die Augen. »Dachte ich's mir doch. Erst machst du einen auf verständnisvoll, und jetzt kommt doch die große Moralkeule.«

»Nein! Nein! So habe ich das nicht gemeint. Ich spüre nur, dass du deine Kinder liebst und unter der Trennung leidest.«

Antonia fixierte ihr Gegenüber. »Ach, das spürst du! Dann weißt du ja mehr als ich selbst. Ich war sehr froh, sie in den Händen der Schwiegermutter lassen zu können. So bekam ich meine Freiheit wieder. Und für die Kinder war es wahrscheinlich sogar besser, dortzubleiben, wo sie auf ein Leben in dieser Gesellschaft vorbereitet und nicht zu Außenseitern erzogen werden.«

»Du hast das Wohl deiner Kinder im Blick, also liebst du sie!«

Antonia stöhnte auf. »Du verstehst überhaupt nichts! Ich bin einfach nicht in der Lage, Kinder zu beschützen und damit Ende der Diskussion.«

Thomas winkte beschwichtigend ab. »Schon gut. Ich sage nichts mehr dazu.«

Beide schwiegen. Die Kellnerin räumte die Teller ab. »Noch ein Dessert?«

Antonia sah Thomas an. »Ich nicht, du?«

»Nein, aber einen Latte Macchiato.«

»Das war ja klar!« Antonia grinste ihn an. Dann schaute sie zu der jungen Frau hoch. »Für mich einen Espresso.«

Als die heißen Getränke vor ihnen standen, sagte sie: »Ich bin die typische Abbrecherin. Ich gerate immer in Situationen, in denen ich es irgendwann nicht mehr aushalte. Angefangen hat es mit dem Physik-Studium. Das habe ich allerdings auch nur gemacht, weil mein Vater mir das empfahl. Ich war außer in Kunst auch in Physik gut, und er meinte, mit Physik würde ich eine sichere Stelle haben und mehr verdienen. Für mich klang das irgendwie auch verlockend.«

»Und dann?«

Antonia nahm einen Schluck aus ihrer Tasse. »Ein Jahr habe ich es ausgehalten.« Sie schaute gedankenverloren an Thomas vorbei. »Mit dem Stoff bin ich ganz gut zurechtgekommen. Mir liegt das irgendwie schon ... Aber ich fühlte mich so halb.«

»Halb?«

»Ja, als wenn nur noch eine Hälfte von mir da wäre. Die andere verkümmerte irgendwo.« Sie schüttelte den Kopf. »Ich weiß nicht, wie ich es richtig ausdrücken soll.«

»Ich glaube, ich kann's verstehen. Ich musste ja auch meinen Beruf aufgeben, weil ich darin nicht alle meine Seiten ausleben durfte.«

»Aber das ist doch etwas ganz anderes!«, sagte Antonia heftig.

»Wirklich?« Thomas legte die Stirn in Falten.

»Ach, egal.« Antonia zog eine Schnute. »Jedenfalls kam ich auch mit den Kommilitonen nicht zurecht. Das waren alles so total vergeistigte Leute. Das war einfach nicht meine Welt!«

»Und dann hast du Grafikdesign studiert?«

Antonia nickte. »Ja, das war besser, aber eigentlich auch nicht ideal. Am liebsten hätte ich immer noch Kunst studiert, aber dafür war mein Sicherheitsbedürfnis doch zu groß.« Sie lehnte sich vor. »Ich bin in einem Arbeiterhaushalt aufgewachsen. Verstehst du? Da studiert man nicht einfach, weil es einem Spaß macht. Es kommt nur darauf an, ob man sich mit der Ausbildung ernähren kann.«

»Aber ist das nicht immer so?«

»Na ja, bei Eltern, die Geld haben, kann man eher mal etwas ausprobieren.«

»Aber da hat man vielleicht andere Zwänge, muss die elterliche Firma übernehmen oder so.«

Nachdenklich schaute Antonia ihn an. »Stimmt. Bei Stephan war's ja so. Er wollte sich eigentlich immer selbstständig machen, aber sein Vater wollte ihn nur bei BMW sehen.«

»Und damit war er bestimmt auch unglücklich.«

»Und ob! Aber das hätte er nie zugegeben ... dafür musste ich erst weggehen.« Plötzlich hatte Antonia ein flaues Gefühl im Magen. Sie schloss die Augen. Jetzt bloß nicht heulen, dachte sie. Reiß dich zusammen!

Sie schluckte. »Er ...«, sie räusperte sich, »er hat sich jetzt selbstständig gemacht ... lebt mit den Kindern in Köln ... Er! Alleine mit den Kindern ... Unvorstellbar!«

»Und zusammen habt ihr in diesem Städtchen gewohnt? Wo liegt das denn überhaupt?«

»Na, bei München«, sagte Antonia, als wenn sie es ihm schon zigmal erzählt hätte.

»Dann hast du da also auch schon gewohnt, als du diesen Job in der Münchener Marketingagentur hattest?«

»Nein, da habe ich direkt in München gewohnt.«

Die Kellnerin trat an den Tisch und räumte die Tassen ab. »Haben Sie noch einen Wunsch?«

»Nein, danke«, sagten beide gleichzeitig.

»Ich möchte zahlen – zusammen«, fügte Antonia hinzu.

»Und wann bist du in dieses Städtchen gezogen?«, fragte Thomas.

»Erst, nachdem ich geheiratet und deswegen meinen Job gekündigt habe.«

Thomas riss die Augen auf. »*Du* hast deinen Job wegen einer Heirat gekündigt? Du?« Er schüttelte den Kopf. »Das hätte ich mir bei dir nie vorstellen können. Du bist doch so eine Emanzipierte.«

Antonia zuckte die Schultern. »Tja, so kann man sich täuschen.«

Die Kellnerin kam mit einem Kassenbon zurück. »Achtunddreißig fünfzig«, sagte sie.

Antonia nestelte zwei Zwanzig-Euro-Scheine aus ihrem Portemonnaie und fischte eine Zwei-Euro-Münze aus dem

Kleingeldfach. »Stimmt so!« Sie schaute sich um. »Wir sind die letzten Gäste. Lass uns auch gehen.« Sie stand auf und zog ihre Jacke an. »Ich möchte jetzt allein sein!«

Draußen sagte Thomas. »Ich glaube, aus dir werde ich nie schlau. Immer, wenn ich denke, ich weiß, wie du tickst, kommt wieder etwas Neues.«

Eine Windböe blies eine Strähne von Antonias braunroten Haaren vor ihr Gesicht. Sie strich sie hinters Ohr. »Ist ja immer noch so windig – aber wenigstens regnet's gerade nicht.«

Sie gingen schweigend nebeneinanderher. An der nächsten Straßenecke sagte Antonia: »Ich biege hier schon ab, muss noch Milch kaufen. Und übrigens: So schwierig bin ich nicht, nur eben eine Abbrecherin: Nach ein paar Jahren habe ich meinen Job in München gekündigt und nach ein paar weiteren Jahren eben meinen Job als Ehefrau und Mutter.«

Schnell wandte sie sich ab und ging in die Querstraße.

»Dann weiß ich ja Bescheid!«, rief Thomas. Die Wut in seiner Stimme ließ Antonia verharren.

Sie drehte sich um.

»Und wenn ich dich dann irgendwann nicht mehr treffe, hast du also den Job als Freundin eines Ex-Pfarrers aufgegeben«, sagte er zynisch.

In Antonia brodelte es. »Wenn du es so sehen willst!«, schleuderte sie ihm entgegen und rannte dann fast davon.

Antonias Knie berührte beinahe den Boden, als sie die scharfe Linkskurve nahm. Gleich darauf richtete sie sich auf und legte sich in die nächste Rechtskurve. Der Motor heulte auf, als sie auf der Geraden beschleunigte, doch schon kam die nächste Kurve. Sie genoss das Geräusch des

Fahrtwindes am Integralhelm und das unbeschreibliche Gefühl von Freiheit, das ihr das Dahinbrausen auf dem motorisierten Zweirad gab.

Der Typ aus dem Motorradladen hatte nicht zu viel versprochen. Wenn man das Fahren so richtig genießen und nicht erst weit anreisen wolle, solle man in den Odenwald. Gerade hatte sie den kleinen Ort Trösel hinter sich gelassen und fuhr laut Ortsausgangsschild nach Unter-Abtsteinach. Antonia gab nach einer Kurve kräftig Gas, als sie auch schon das Eingangsschild dieses Ortes sah und abbremsen musste. Mist! Sie hätte noch stundenlang einfach so weiterfahren können, eine Kurve nach der anderen nehmen. Nicht denken, sich einfach dem Fahren überlassen.

Die kleine BMW, die der Motorradhändler gegen Gebühr auslieh, verhielt sich anders als ihre Suzuki, aber sie kam zurecht. Schließlich hatte sie in ihrem Leben schon einige Tausend Kilometer auf einem Motorrad zurückgelegt. Das Blöde beim Ausleihen war nicht die fremde Maschine, es waren die Kosten. 100 Euro Leihgebühr für einen Tag hatte der unfreundliche Mensch haben wollen. Dazu noch 10 Euro Vollkasko-Versicherung. Bei 1.000 Euro Selbstbeteiligung! Wenn sie einen Unfall hätte, wäre sie aufgeschmissen. Das Geld hatte sie einfach nicht. Selbst die Leihgebühr konnte sie sich nur leisten, weil sie bei ihren Lebensmitteln sparte. Sie kaufte nur Sachen, bei denen das Haltbarkeitsdatum abgelaufen war.

Der Ort war zu Ende, und sie gab wieder Gas, musste allerdings kurz hintereinander für weitere Dörfer abbremsen, um dann wieder freie Fahrt zu haben. Jetzt ging es bergab, und sie freute sich schon auf die nächste Kurve, die gerade vor ihr auftauchte.

So fuhr sie weiter ziellos herum, manchmal waren die

Strecken gerade und eintönig, dann aber auch wieder voller Kurven. Als sie von der ständigen Konzentration müde geworden war, fuhr sie auf einen Wandererparkplatz. Nur ein grauer Mercedes stand darauf, sonst war er leer. Sie lenkte ihren fahrbaren Untersatz direkt neben eine Tisch-Bank-Kombination am Rande des Platzes. Daneben führte ein Weg in den Wald hinein.

Sie setzte den Helm ab und schüttelte den Kopf, um ihre braunrote Mähne wieder aufzulockern. Eine Bewegung, die ihr so in Fleisch und Blut übergegangen war wie das Hochziehen des Slips nach dem Toilettengang. Aus der schwarzen Box hinter dem Sitz entnahm sie ihre Wasserflasche und die Käsebrote, die sie sich heute Morgen noch schnell geschmiert hatte. Sie setzte sich so an den Tisch, dass sie den Waldweg im Blick hatte, und schloss dann die Augen. Ein Vogel tschilpte, und ein leises Trommeln war zu vernehmen, wie ein Hammer. War das ein Specht? Oder gab es in der Nähe Waldarbeiter? Das Geräusch eines Automotors übertönte die Klänge aus dem Wald, und Antonia schaute zur Straße. Ein roter Kleinwagen fuhr vorüber. Sie sah ihm nach und dachte, dass sie sich lange nicht so frei gefühlt hatte wie in diesem Moment. Für sie gab es nichts Besseres als eine ausgiebige Motorradtour, wenn sie Probleme hatte oder der Alltag sie zu sehr einengte. Sorgen hatte sie nun gerade genug, aber es gab eigentlich nichts, was sie einengte. Es war wohl eher so, dass sie ihre total vermüllte Wohnung mit ihrer stummen Aufforderung, aufzuräumen oder wenigstens zu malen, nicht mehr ertragen konnte. Der Gedanke daran ließ ihre Schultern nach unten sacken. Doch dann blickte sie auf das geliehene Motorrad und richtete sich wieder auf. Sie schraubte ihre Wasserflasche auf und fragte sich, wie sie es überhaupt so lange ohne Motorradfahren ausgehalten hatte. Schon mit sechzehn saß sie regelmäßig auf einem Moped, da allerdings noch auf dem Sozius. Florian, ihr erster Freund, konnte sich schon ein eigenes leisten, weil er eine Lehre zum Automechaniker machte. Sie war oft dabei, wenn er in seiner Freizeit an seinem Zweirad herumschraubte, und eignete sich schon da die Fertigkeiten an, die sie später bei Reparaturen ihres eigenen Motorrads benötigte.

Ach, Florian! Sie seufzte und nahm einen großen Schluck aus ihrer Flasche. Wie sehr war sie in ihn verknallt gewesen. Wegen ihm hatte sie sogar aufgehört zu skaten. Wobei sie bis heute nicht sagen konnte, wie viel von ihrer Liebe seinem Moped galt. Jedenfalls langweilten sie die Gespräche mit ihm im Laufe der Zeit immer mehr, und so machte sie nach zwei Jahren Schluss – und hätte es vielleicht schon eher gemacht, wenn mit dem Ende der Beziehung nicht auch die Moped-Touren zu Ende gewesen wären. Sie hätte sich da zwar ein eigenes Moped kaufen können, auf das sie schon seit Jahren sparte, aber dann wäre ihr Traum eines richtigen Motorrads in noch weitere Ferne gerückt. Jeden durch das Austragen von Zeitungen und Ferienjobs verdienten Pfennig hatte sie zurückgelegt. Vielleicht führte die mopedfreie Zeit sogar dazu, dass sie noch emsiger sparte. Das Geld, das sie von ihrer Mutter für Kleidung bekam, gab sie auch nicht aus. Deshalb hatte sie oft Streit mit ihr, aber das nahm sie in Kauf. Schließlich musste sie ja nicht nur das Motorrad bezahlen, sondern zunächst den Führerschein machen – und die Lederkombi und den Helm gab's auch nicht geschenkt. Aber dann, nach einem langen Aushilfsjob vor Beginn des Physik-Studiums, war es soweit! Sie konnte eine gebrauchte Kawasaki

ER-5 ihr Eigen nennen. Noch jetzt durchflutete sie ein warmes Gefühl voller Erregung, wenn sie an ihre erste Tour damit dachte.

Das Motorradfahren war ihre einzige und wichtigste Freizeitbeschäftigung während ihrer Studienzeit. Sowohl von Bochum als auch von Essen aus unternahm sie Ausflüge in die nähere Umgebung oder auch mal zum Zelten nach Holland. In den Semesterferien ging es nach Schweden, wenn sie das Glück hatte, durch einen guten Aushilfsjob genügend Geld zur Verfügung zu haben. Und auch als sie in München arbeitete, fuhr sie oft raus. Da konnte sie sich sogar ein neueres Motorrad kaufen. Die Suzuki Bandit 650 war auch gebraucht, aber noch nicht so reparaturanfällig wie die alte. Und sie war stärker motorisiert.

Antonia schaute versonnen auf die BMW neben dem Tisch und erinnerte sich an die Zeit, in der sie zwei Monate lang mit einem quasi geliehenen Motorrad unterwegs gewesen war. In den USA hatte sie eine Kawasaki Ninja 650R günstig erstanden und nach zwei Monaten wieder verkauft. Quer durch die USA tourte sie nach dem Studium. Das war ein Erlebnis, das sie nicht missen mochte. Den miesen Job bei Thyssen-Krupp, durch den sie den Urlaub finanzierte, hatte sie bei den Fahrten durch Nationalparks und auf endlos scheinenden Straßen schnell vergessen. Und dann das »Burning Man«-Festival, in das sie fast zufällig geraten war. An die Stimmung, die Musik, die kunstvoll gestalteten Autos dachte sie immer gern zurück.

Sie lächelte und überließ sich ganz den aufkommenden Erinnerungen. Wie viele tolle Menschen sie dort kennengelernt hatte. Wie herrlich aber auch die Zeiten gewesen waren, in denen sie ganz allein die wundervolle Natur genießen konnte. Einsam hatte sie sich nie gefühlt.

Sie streckte die Beine von sich und wunderte sich kurz, dass die Knie der Lederkombi nicht abgeschabt waren. Aber dann fiel ihr sofort ein, dass dies ja auch nicht ihre alte Motorradhose war. Die, die sie gerade trug, hatte sie im Internet letzten Herbst günstig gebraucht erstanden. Die Vorbesitzerin war wohl nicht so stark in die Kurven gegangen, wie sie das immer tat. Sie musste unwillkürlich lächeln, als sie an eine Bemerkung von Stephan dachte. Sie solle sich lieber Stahlringe um ihre Knie machen, wenn sie weiterhin so führe, hatte er gemeint. Er hatte auf die abgeschabten Stellen der Lederhose gezeigt und gesagt, dass die wohl bald durch sei und sie nicht mehr richtig schützen würde. Er hatte ihr sogar mal zum Geburtstag eine völlig neue Lederkombi geschenkt, die sie dann auch meistens trug. Die war nicht so abgewetzt gewesen wie die alte, weil sie ja bald schwanger geworden war.

Antonia fühlte sich plötzlich ganz schwer. Die Zeit der Schwangerschaften und des Stillens ihrer Kinder war schön gewesen. Sie war ganz in dieser Aufgabe aufgegangen. Wenn sie aber jetzt so zurückdachte, kam es ihr vor, als wenn das eine unwirkliche Erfahrung gewesen war. Irgendwie war sie nicht sie selbst gewesen, jedenfalls nicht so sie selbst, wie sie es beim Motorradfahren war. Und trotzdem hatte sie sich damals nicht einen Moment danach gesehnt. Das war erst später gekommen, als sie auch Kalle abgestillt und Gisela sich immer mehr in ihr Leben gedrängt hatte. Dazu war dann noch gekommen, dass sie die anderen Mütter kennenlernte und einfach keinen Draht zu ihnen fand.

Sie schaute wieder auf ihre schwarze Lederhose. Wenn sie öfter fuhr, dann würde auch diese bald abgeschabte Knie haben. Einmal hatte sie vorhin schon wieder den

Boden berührt.

Der Himmel war immer noch blau, aber es gab einige weiße Schleierwolken. Antonia spürte die Wärme der Sonne durch die Lederjacke hindurch. Heute Morgen hatte sie sich beim Blick aus dem Fenster endgültig für diese Motorradtour entschieden. Schon gestern war ein ungewöhnlich warmer Tag für Ende März gewesen, und sie war bei einem Neckarspaziergang sehr unruhig geworden. Die Sehnsucht nach einer ausgiebigen Motorradtour hatte sie fast körperlich geschmerzt. Das änderte sich auch nicht, als die Luft nach Sonnenuntergang stark abkühlte. Ein Anruf bei dem Motorradhändler, den sie schon vor Monaten ausgemacht hatte, genügte, um sicherzustellen, dass sie die Maschine heute bekam.

Was war das Ausleihen für ein unnötiger Aufwand, dachte Antonia. Ihr eigenes Motorrad stand nur wenige Hundert Kilometer weiter in einer Garage, und auch ihre Lederkombi war dort. Warum fuhr sie nicht einfach hin? Ihr Magen zog sich zusammen. Sie konnte nicht einfach zum Städtchen fahren. Wer wusste schon, was sie dort erwartete? War das Motorrad überhaupt noch da? Und ihre Lederkombi? Der Helm? Was war mit all ihren Sachen geschehen, als Stephan das Haus verließ? Wer wohnte jetzt überhaupt in dem Haus?

7

Antonia nestelte den Schlüssel aus der kleinen Tasche ihrer Jeans, in der die Cowboys früher ihre Patronen aufbewahrten, und steckte ihn ins Schloss. Das heißt, sie versuchte, ihn ins Schloss zu stecken. Irgendetwas hielt den Schlüssel davon ab, weiter als einen Millimeter einzudringen. Sie ruckelte hin und her, doch das hatte keinen Effekt. Schließlich drehte sie den Schlüssel um. Vielleicht hatte sie ihn ja nur falsch gehalten. Doch auch auf diese Weise hatte sie keinen Erfolg. Sie besah den Schlüssel genau. War es wirklich der richtige? Doch, sie hatte keinen Zweifel. Das war der Schlüssel, mit dem sie über vier Jahre lang ständig in dieses Haus gelangt war.

Noch einmal schaute sie auf das Namensschild neben der Tür. »Heise« stand dort. Und darüber hing auch noch die braune Keramikplatte mit der beigen Aufschrift »Willkommen bei Stephan, Antonia, Maja und Kalle«. Die war ein Geschenk von Gisela zu Kalles Geburt gewesen. Schon damals hatte sich Antonia gefragt, warum Gisela ihnen ein solches Schild nicht schon zur Geburt von Maja geschenkt hatte. Weil sie nun endlich den ersehnten Stammhalter geboren hatte? Oder weil sie mit vier Personen in ihren Augen erst eine richtige Familie waren?

Die graue Fußmatte, auf der sie stand, war auch noch die, die Gisela kurz vor ihrem Abflug nach New York dort hingelegt hatte. Die alte wäre inzwischen viel zu abgewetzt gewesen, hatte sie gemeint.

Antonia ging ein paar Schritte zurück und betrachtete die Front des Hauses genauer. Seit ihrem Weggang vor eineinhalb Jahren schien die Zeit stehengeblieben zu sein. Hinter den Fenstern standen die Dinge, die sie einst dort hingestellt hatte. Eine bunte, bauchige Vase, die beiden großen Kerzenhalter aus Messing, die sie nie gemocht, aber aufgestellt hatte, weil sie ein Geschenk von Gisela waren. Im anderen Fenster die beiden Grünpflanzen mit den dicken, fleischigen Blättern, deren Namen sie bis heute noch nicht kannte.

Ihr Blick verharrte auf den Pflanzen, und sie ging noch ein Stück zurück. Wer goss sie? Wohnte vielleicht doch jemand im Haus?

»Quatsch«, sagte sie dann laut. Gisela wird die Pflanzen gießen. Wer denn sonst? Ob sie auch die Schlösser ausgetauscht hatte? Das wäre allerdings eine ziemliche Frechheit. Schließlich gehörte ihr das Haus immer noch zur Hälfte, auch wenn sich die Schwiegereltern jetzt wahrscheinlich sehr über das damalige Hochzeitsgeschenk ärgerten.

Auch der Garten wirkte gepflegt. Auf dem Rasen ragten fast verblühte blaue und weiße Krokusse hervor, die Narzissen blühten in dem Beet daneben, und der Busch an der Hausecke hatte kleine, grüne Blattknospen. Die Garagenwand auf der linken Seite leuchtete weiß hinter den braunen Zweigen des wilden Weins, der noch nicht wieder ausgetrieben hatte.

Vielleicht komme ich ja in die Garage, dachte Antonia. Sie ging zu dem großen grauen Rolltor und versuchte den Griff zu drehen. Ohne Erfolg. Sie müsste erst aufschließen und merkte schnell, dass auch hier das Schloss ausgetauscht worden war. Wütend trat sie mit dem Fuß gegen das Tor, was ein lautes blechernes Geräusch erzeugte. Mit zusammengekniffenem Mund starrte sie auf die grauen

Metallleisten.

»Was machen Sie da?«

Antonia zuckte zusammen und drehte sich langsam in die Richtung, aus der die Stimme kam. Frau Holhuber hatte die Arme in die Seite gestützt und trug immer noch diesen kurzen, blond gefärbten Bob. Antonia hatte sie nie mit einer anderen Frisur gesehen.

»Ich versuche, in mein Haus zu kommen!«

»Ach, Frau Heise! Ich hab sie ja gar nicht erkannt.«

Erst jetzt fiel Antonia wieder ein, dass sie sich mit Kopftuch und Sonnenbrille weitgehend vermummt hatte. Eine Begegnung wie diese hatte sie vermeiden wollen.

»Wollen Sie denn wieder hier einziehen?«

Typisch, dachte Antonia. Kein »Wie schön Sie zu sehen«, kein »Wie geht es Ihnen?«. Frau Holhuber hatte immer nur das interessiert, was einen Einfluss auf sie als direkte Nachbarin haben könnte.

Antonia zuckte mit den Schultern. »Weiß nicht«, sagte sie, obwohl sie nicht eine Sekunde daran dachte, wieder in diesem Kaff zu wohnen. Sie wandte sich zum Gehweg. »'nen schönen Tag noch«, sagte sie und ging schnellen Schrittes davon.

Was für eine Schnapsidee das gewesen war, hierherzufahren. Hatte sie ernsthaft geglaubt, sie könne nach allem, was passiert war, einfach so in das Haus marschieren und das Motorrad samt Schutzkleidung herausholen? Andererseits: Das Haus gehörte ihr schließlich auch. Stephan konnte es nicht ohne ihre Zustimmung verkaufen. Daran, dass er oder Gisela die Schlösser ausgetauscht haben könnten, hatte sie einfach nicht gedacht.

Mit schnellen Schritten lief sie vorwärts, ohne ein bestimmtes Ziel zu haben. Was sollte sie denn jetzt machen?

Das Fernbusticket hatte schließlich 16 Euro gekostet und dann noch die 7,90 Euro für den Bus hierher. Das hatte sie alles nur deshalb ausgegeben, weil sie ihr Motorrad haben wollte.

Ein weißer SUV hielt direkt neben ihr am Straßenrand, und sie schaute auf. Das war doch der Wagen der Mutter, die sich an Elternabenden so vehement für weitere Lehreinheiten in den Kindergartengruppen eingesetzt hatte. Die Tür wurde heftig geöffnet, und Antonia war froh, dass sie gerade einen Schritt zur Seite gegangen war. Die Frau mit den braunen Locken schlug die Tür zu und eilte über die Straße. Ihre Schuhe erzeugten laut klackende Geräusche.

Antonia sah ihr hinterher, und erst da wurde ihr bewusst, wohin die Frau so eilig wollte. Da vorne auf der anderen Straßenseite war der Kindergarten. Sie holte wohl ihren Sohn ab. Wie hieß er noch gleich? Es fiel ihr nicht ein, sie war sich aber sicher, dass sie den Namen vor zwei Jahren noch gewusst hatte.

Langsam ging sie an den parkenden Autos vorbei und schaute zwischen ihnen hindurch zum Kindergarten. Eine andere Frau kam mit einem kleinen Mädchen an der Hand direkt auf sie zu. Antonia kannte sie nur flüchtig, war aber trotzdem froh über ihre Vermummung. Auf keinen Fall wollte sie mit einer der Mütter reden. Die wussten natürlich alle, dass sie ihre Kinder von heute auf morgen verlassen hatte, und würden ihr Urteil schon gefällt haben. Sicher würde keine sie direkt darauf ansprechen, aber einen unverbindlichen Small Talk würde sie noch schlimmer finden.

Den Kopf zur der Straße abgewandten Seite des Gehwegs gerichtet, ging sie langsam weiter. Auf keinen Fall wollte sie Aufmerksamkeit erregen. Es war zu blöd, dass sie überhaupt hier war. Sie musste besser auf ihren Weg achten, auch wenn ihre Gedanken sie noch so sehr vereinnahmten.

Als die Reihe der parkenden Autos der Kindergarteneltern schon längst zu Ende war, bog sie in eine Nebenstraße ein. Hier war es unwahrscheinlicher, jemanden zu treffen. Wieso kam sie sich denn jetzt wie eine Verbrecherin vor? Warum schaute sie den Frauen nicht einfach ins Gesicht und sagte, dass sie eben andere Pläne hatte? Dass sie sich nicht zur Mutter eignete und dass sie die Kinder schließlich nicht allein, sondern in guter Versorgung der Schwiegermutter gelassen hatte? Sie seufzte. Schon in Gedanken verteidigte sie sich wieder. Dabei hatte sie sich nur das Recht herausgenommen, was sich Tausende Männer regelmäßig nehmen. Und die werden nicht so verurteilt wie Frauen, die dasselbe tun, dachte sie.

In der Ferne ertönten die Sirenen eines Polizei- oder Feuerwehrautos und wurden schnell lauter. Antonia schloss die Augen. Auch das noch! Schon spürte sie die Panik, die sofort ihren ganzen Geist ausfüllte. Sie blieb stehen und presste die Hände an die Ohren. Dass sie am ganzen Körper zitterte, nahm sie kaum wahr. Zu gewohnt war ihre Reaktion auf dieses Geräusch. Erst nach einigen Minuten nahm sie die Hände wieder von den Ohren und ging weiter.

Gisela öffnete die Tür rasch nach ihrem Klingeln.

»Du!? Du wagst es noch, hierherzukommen?« Sie wollte die Tür wieder schließen, doch Antonia stellte sich auf die Schwelle. Jetzt ärgerte sie sich, dass sie Kopftuch und Sonnenbrille im Vorgarten abgenommen hatte. Vielleicht wäre es leichter gewesen, wenn Gisela sie nicht sofort erkannt hätte.

»Ich will in mein Haus!«, sagte Antonia. »Gib mir den Schlüssel.«

»Nein!« Gisela drückte die Tür gegen Antonia. »Verschwinde!«

»Ich will nur mein Motorrad holen. Dann bin ich schon wieder weg.«

»Dein Motorrad?« Der Druck auf die Tür ließ nach. »Das gibt's schon lange nicht mehr.«

»Was soll das heißen?«

»Ja, meinst du, Stephan hat deine Sachen aufgehoben? Sollte er denn ewig warten, bis die Prinzessin mal wieder erscheint?«

»Wo ist das Motorrad?«

Gisela lachte auf. »Das hat Stephan als Erstes verkauft! Damit fährt schon lange jemand anderes herum.«

»Du lügst!«

Gisela schüttelte den Kopf. »Du bist immer noch der naive Kindskopf, der du immer warst.«

»Lass mich wenigstens ins Haus, damit ich mich selbst überzeugen kann.«

»Nein! Stephan hat die Schlüssel ausgetauscht, damit du nicht mehr reinkommst, und dann lass ich dich auch nicht rein!«

»Stephan ist doch auch nicht mehr hier!«

Gisela schluckte. Mit zusammengekniffenen Augen sah sie Antonia an. »Das ändert gar nichts!«

Sie drückte wieder heftiger gegen die Tür, gegen die sich Antonia von der anderen Seite stemmte. Auch Antonia erhöhte den Druck.

»Jetzt gib mir wenigstens kurz den Schlüssel, damit ich mich selbst überzeugen kann.«

»Nein! Wer weiß, ob ich ihn wiederbekomme und was du im Haus anstellst.«

»Das Haus gehört mir immerhin zur Hälfte.«

»Schlimm genug! Bis jetzt verstehen wir nicht, wie blind wir sein konnten, euch dieses Haus zu schenken.«

Antonia schloss die Augen, behielt den Druck auf die Tür aber bei. Sie stöhnte laut auf. »Dann komm mit!«

»Nein!«, sagte ihre Schwiegermutter mit lauter, schriller Stimme. »Es gibt keine persönlichen Sachen mehr von dir im Haus und deshalb auch keinen Grund, dich hineinzulassen.«

Antonia schaute intensiv in das faltige, perfekt geschminkte Gesicht ihrer Gegnerin, das jetzt rot angelaufen war. Wenn sie wollte, könnte sie den Druck auf die Tür so erhöhen, dass Gisela zurückweichen musste und sie ins Haus käme. Aber was brachte das? Den Schlüssel hätte sie dann immer noch nicht, und sie traute Gisela zu, die Polizei zu rufen.

»Du hast die Schlösser ausgetauscht, nicht wahr?«

»Nein! Auch das war Stephan gleich nach deinem Verschwinden. Er war so wütend, und ich denke, er hat genau richtig gehandelt.«

»Das glaube ich sofort, dass du das meinst.« Sie ging einen Schritt zurück, wodurch die Tür sich sofort schloss.

»Wir wollen dich hier nicht sehen!« Gedämpft, aber immer noch laut klang Giselas Stimme. »Und Stephan und die Kinder wollen auch nichts mehr mit dir zu tun haben.«

Antonia ging die Stufen zum Vorgarten hinunter und hörte dort die letzten Worte ihrer Schwiegermutter: »Verschwinde und komm nie wieder!«

Sie drehte sich noch einmal um. »Wenn es das Motorrad noch gibt, krieg ich es! Verlass dich drauf!«, schrie sie.

Dann ging sie schnellen Schrittes zur Bushaltestelle.

»Luise Walbaum hatte ein erfülltes Leben«, sagte Thomas. Er stand in dunklem Anzug und schwarzer Krawatte neben dem offenen Grab. »Ihre Kindheit war nicht leicht. Unter der Diktatur des Nationalsozialismus und dem schrecklichen Zweiten Weltkrieg musste sie schon in jungen Jahren viele Entbehrungen hinnehmen. Ihr Vater starb in Stalingrad, und so war sie als älteste von fünf Geschwistern gezwungen, schon in ihrer Jugend viel Verantwortung zu übernehmen, um ihrer Mutter beizustehen.« Der Trauerredner schaute kurz in die Gesichter der kleinen Gruppe, die um das Grab versammelt war.

»Sie ist darüber nicht verzweifelt, hat ihren Lebensmut nie verloren. Sie blieb bei ihrer Mutter, bis auch der jüngste Bruder aus dem Haus war. Erst spät lernte sie ihren Ehemann kennen, mit dem sie …«

Antonias Gedanken schweiften ab. Sie stand in der nächsten Gräberreihe, halb verdeckt von einem grünen Busch, und hatte den Blick fest auf Thomas gerichtet. Er sprach so laut und deutlich, dass sie ihn selbst hier noch gut verstehen konnte. Es war sein fünfter Einsatz als unabhängiger Trauerredner. Antonia kannte weder die Verstorbene noch die Trauergäste, aber sie war dennoch plötzlich traurig. Ihre Augen wanderten zu dem Sarg, der vor der rechteckigen Grube stand, und sie meinte plötzlich, ihr Brustkorb würde eingedrückt. Dann drehte sich unvermittelt alles um sie, sodass sie sich auf den Boden begeben musste. Schwer atmend saß sie da und stützte sich mit den Armen nach hinten ab.

In ihrem Kopf tauchte eine andere Beerdigung auf, eine, bei der sie ganz vorne am offenen Grab gestanden hatte. Ihr Vater stand rechts neben ihr und hielt ihre Hand. Links war ihre Mutter. Sie wusste noch, dass sie versucht hatte, auch die Hand der Mutter zu nehmen, doch die hatte abgewehrt. Die mit einem schwarzen Kostüm bekleidete Frau hatte ein weißes Stofftaschentuch in beiden Händen gehalten, als wenn sie sich daran festhalten wollte.

Antonia setzte sich auf und presste ihre Hände so fest zusammen, dass die Knöchel weiß hervortraten. All die Gefühle, die sie damals gehabt hatte, schienen sie auf einmal zu überfluten: die Schuld, die Angst vor Bestrafung, die Trauer, die Ohnmacht, das Mitleid mit den Eltern. Selbst die Hand ihres Vaters, der ihre während der Zeremonie fast zerquetschte, war schmerzhaft spürbar.

»Luise Walbaum war ihr ganzes Leben für andere da. Ihre Kinder wissen sehr gut, was sie an ihr hatten. So haben sie es mir in einem Vorgespräch erzählt ...«, sagte Thomas gerade, als seine Ausführungen wieder in ihr Bewusstsein drangen. Das werden meine Kinder nie über mich sagen, dachte sie, und wieder spürte sie den Ring um ihren Brustkorb, der ihr den Atem nahm.

Sie schaute zur Trauergemeinde hinüber und hatte nur einen Gedanken. Sie musste weg von hier. Zitternd stand sie auf und duckte sich hinter den Busch. Ein kurzer Erinnerungsfetzen an ihr langes Verstecken in einem Gebüsch, das schon Jahrzehnte zurücklag, streifte sie. Schnell richtete sie sich zu voller Größe auf und ging gemessenen Schritts davon. Am liebsten wäre sie gerannt, aber sie wollte keine Aufmerksamkeit erregen. Erst als sie die Friedhofsmauern hinter sich gelassen hatte, beschleunigte sie ihren Gang.

Auf der Friedrich-Ebert-Brücke blieb sie stehen, schaute zum Neckar hinunter und lenkte ihren Blick dann zu dem schmalen Weg am linken Ufer, über den sie gerade gelaufen war. Von hier aus konnte sie auch die beiden langen Auto-Reihen des Parkplatzes sehen, der neben dem Pfad lag. Eine Baumreihe und einige vereinzelt stehende Bäume trennten Parkplatz und Uni-Klinik. Jetzt, wo die Blätter der Bäume gerade erst in hellem Grün zu sprießen begannen, lugte das gelb verklinkerte Gebäude an der einen oder anderen Stelle hervor. Den Hauptfriedhof konnte sie von hier aus nicht sehen. Ein kleiner Hügel und dichte Baumreihen versperrten die Sicht.

Hier auf der Brücke fühlte Antonia sich schon wieder viel wohler als auf dem Friedhof, auch wenn sie nass geschwitzt war. Bestimmt war es das Stehen in der Hitze, das mich so schwindelig gemacht hat, dachte sie. In der Sonne war es schon sehr heiß, obwohl es erst Ende März war. Sie sollte zusehen, dass sie in den Schatten kam.

Sie schaute zum Fernsehturm, der auf der anderen Seite des Neckars ungefähr auf der Höhe des Hauptfriedhofs lag, und ging weiter. Am Fuß des hohen Turms hatte sie sich mit Thomas verabredet. Wenn sie jetzt schon dort hinging, war sie viel zu früh. Es würde eine Weile dauern, bis auch die letzten Trauergäste gegangen waren. Und erst dann würde er den Friedhof verlassen, hatte Thomas ihr gesagt. Zum anschließenden Leichenschmaus war er bei dieser Beerdigung nicht eingeladen, sodass die Verabredung mit Antonia überhaupt möglich war.

Als sie die Treppe zum Neckarufer hinunterging, fiel ihr die Panikattacke auf dem Friedhof wieder ein, und das beklemmende Gefühl kroch wieder in ihr hoch. Warum war sie überhaupt auf diese Beerdigung gegangen? Sie hätte sich das alles sparen können. Aber Thomas hatte sie so eindringlich gebeten, mal zu einer seiner Trauerreden zu kommen. Er wäre sehr an ihrer Meinung interessiert. Sie hatte ihn gefragt, wieso er ihre Meinung brauche, er habe doch schon zig Trauerreden als katholischer Priester gehalten. Das sei es ja gerade, meinte er. Wie man eine Grabansprache aus dem katholischen Glauben heraus halte, wisse er. Aber nun würde er ja als unabhängiger Trauerredner gebucht, und da müsse er sogar oft den gesamten christlichen Glauben außen vor lassen, wenn die Kunden es wünschten. Da verstand Antonia seinen Wunsch sofort, sie als Gutachterin einzuladen. Ja, wahrscheinlich war sie sogar die ideale Besetzung. Sie war katholisch erzogen worden, inzwischen konfessionslos, und lehnte die Kirche ab. Wenn Thomas irgendetwas sagen würde, was zu nah an der katholischen Lehre war, würde sie das sofort merken.

Der Weg am Neckar entlang war ohne Schatten, und Antonia fragte sich, wie sie hierhergekommen war. Sie schwitzte und wollte doch eigentlich in den Schatten. Zu blöd, dass sie auch noch eine lange Jeans anhatte, aber Shorts waren ihr auf dem Friedhof unangemessen vorgekommen. Sie ging den nächsten Weg zur Straße hoch und war bald am Fernsehturm angekommen, wo sie sich so in den Schatten setzte, dass sie den Eingang zum Luisenpark im Blick hatte.

Eine ältere Frau ging auf das Kassenhäuschen zu. Sie trug einen Strohhut auf dem Kopf, und Antonia überlegte, ob sie sich auch so einen Sonnenschutz zulegen sollte. Doch schnell entschied sie sich dagegen. Das wäre eine unnötige Ausgabe, denn sie konnte selbst mit dem Grundeinkommen keine großen Sprünge machen.

Aber vielleicht würde sie ja bald Bilder verkaufen. Sie lächelte, als sie an die Mail der Physiotherapeutin Honger dachte. Heute Morgen, kurz bevor sie sich zum Friedhof aufgemacht hatte, war sie angekommen. Dabei hatte Antonia ihr erst gestern geschrieben, nachdem sie im Internet entdeckt hatte, dass ihre Praxis regelmäßig Gemälde in ihren Räumen ausstellte. Die Aquarelle, die sie ihr als Mailanhang geschickt habe, gefielen ihr, hatte Frau Honger gemeint. Und dass sie gleich die nächste Ausstellung machen könne, wenn ihr und ihrer Partnerin auch die anderen Bilder zusagten. Die eigentlich für den nächsten Termin vorgesehene Malerin habe abgesagt, und die jetzige Ausstellung ende am 18. April. Danach könne sie gleich ihre Bilder aufhängen.

Antonia streckte die Arme nach oben und reckte sich. Schon übermorgen sollte sie mit ihren Aquarellen in die Praxis kommen. Da muss ich mich schnell entscheiden, was ich dort zeige, dachte sie. Aber gleich, wenn ich zu Hause bin, muss ich erst einmal die Mail beantworten. Frau Honger soll ja wissen, ob sie am Montag mit mir rechnen kann.

Wie schnell das alles jetzt plötzlich gegangen war. Am letzten Montag hatte sie sich noch im Städtchen mit Gisela gestritten, und nun würde sie bald wieder eine Ausstellung haben. Ihr fiel ein, wie sie noch am Abend nach ihrer Rückkehr die Wohnung aufgeräumt und sauber gemacht hatte. Am nächsten Morgen hatte sie gleich gemalt. Es war ihr ein innerer Drang gewesen, die Vorderansicht ihres Hauses im Städtchen festzuhalten. Nachmittags begann sie damit, im Internet nach möglichen Ausstellungsorten in der Umgebung zu suchen. Die folgenden Tage hatte sie bis heute ähnlich aktiv verbracht.

Antonia lachte auf. Dann habe ich also Gisela zu verdanken, dass ich mein Messi-Dasein wieder beenden konnte. Wie wütend ich auf sie war, als ich das Städtchen verließ! Und weil diese Wut raus musste, habe ich aufgeräumt. Sie schüttelte den Kopf. Es war schon merkwürdig, welche Dinge Einfluss auf ihren Schaffensdrang hatten.

»Gehen wir rein?«, fragte Thomas, als er nach gefühlten Stunden endlich eintraf.

»Der Eintritt ist ganz schön happig«, sagte Antonia.

»Ich lad dich ein – hab ja gerade Geld verdient.«

»Na ja, so dicke hast du's ja auch nicht.«

»Das lass mal meine Sorge sein.« Thomas ging zum Kassenhäuschen. »Zwei Mal bitte.«

Nachdem sie den Eingangsbereich hinter sich gelassen hatten, gingen sie auf Antonias Wunsch den Weg entlang, der im Schatten von Bäumen verlief.

»Und? Wie hat dir meine Rede gefallen?«, fragte Thomas.

»Ich habe nur die ersten Sätze gehört«, sagte Antonia.

»Oh, war ich zu leise?«

»Nein! Nein! Ich habe dich gut verstanden. Du sprichst klar und deutlich – und auch laut genug.«

»Und warum hast du dann nicht alles gehört?«

»Ich war nicht aufmerksam genug, bin mit meinen Gedanken einfach abgedriftet.«

»Mmh – muss ziemlich langweilig gewesen sein, was? Tut mir leid, dass ich dich überhaupt gebeten habe, zu kommen.«

Antonia lachte auf. »Du machst es schon wieder.«

Thomas schaute irritiert zu ihr hinüber. »Was?«

»Na, du hast dich schon wieder entschuldigt!«

»Ach so!«

Beide schwiegen.

»Lass uns am nächsten Kiosk etwas trinken – und ein

paar Pommes wären auch nicht schlecht«, sagte Antonia nach einer Weile.

»Okay.«

»Hey!« Sie stupste Thomas mit dem Ellenbogen an. »Die Sätze, die ich gehört habe, waren wirklich gut. Und ich hatte das Gefühl, dass du die Menschen da mitgenommen hast.«

»Ja, der Sohn hat sich hinterher auch überschwänglich bei mir bedankt. Die Rede sei genauso gewesen, wie er sie sich vorgestellt habe.«

»Das ist doch das Wichtigste, oder?« Antonia blieb stehen und schaute auf die Wegweiser am Rande des Pfads. »Wenn wir hier rechts gehen, kommen wir direkt zu einem Kiosk mit Imbiss – wenn ich die Beschreibung hier richtig verstehe.«

Kurz darauf saßen sie an einem kleinen runden Tisch, auf dem zwei Flaschen mit Apfelsaftschorle standen. Thomas löffelte eine Erbsensuppe, und Antonia hielt eine Pappschale mit Pommes frites in den Händen.

»Warst du denn überhaupt bis zum Schluss da? Anfangs habe ich dich ja noch gesehen, aber hinterher nicht mehr«, sagte Thomas.

Antonia schüttelte den Kopf. »Ich bin schon eher gegangen«, sagte sie leise und mit gesenktem Kopf.

»Was hast du gesagt?«

Antonia schaute hoch. »Ich bin schon eher gegangen«, schrie sie jetzt fast.

»Warum?«

»Es war so heiß«, sagte sie wieder leiser und steckte sich ein Stück Pommes in den Mund.

»Du hättest doch nur ein paar Meter weiter in den Schatten gehen müssen. Da war ein Baum, soweit ich mich erinnere.«

»Kann sein«, sagte Antonia kauend.

Thomas leerte seine weiße Plastikschale schnell und lehnte sich zurück. »Was ist der wahre Grund? Konntest du die traurige Stimmung der Gruppe nicht aushalten?«

»Ach, war da eine traurige Stimmung?«, sagte Antonia schnippisch. »Ist gar nicht bis zu mir vorgedrungen.«

»Was war denn dann? Ich merk doch, dass irgendetwas dich bedrückt – und das hat mit der Beerdigung zu tun.«

Antonia verdrehte die Augen und stöhnte auf. »Können wir nicht einfach über etwas anderes reden?«

»Hast du mal jemanden beerdigen müssen, der dir sehr nahestand?«, fragte Thomas, als wenn er ihren Einwand gar nicht gehört hätte.

Antonia konzentrierte sich auf das Essen ihrer Pommes. Nachdem sie das letzte Stäbchen heruntergeschluckt hatte, sagte sie: »Stephan hat mein Motorrad verkauft.«

»Hast du wieder Kontakt zu ihm?«

Antonia schüttelte den Kopf. »Ich war im Städtchen, wollte es holen.« Schnell erzählte sie ihm von ihren Erlebnissen an ihrem Haus und mit Gisela. »Ich weiß nicht, ob ich ihr wirklich glauben kann«, schloss sie.

»Aber warum sollte sie dich so massiv belügen?«

»Weil sie mich hasst?! So wie ich sie jetzt erlebt habe, wäre ihr jedes Mittel recht, um mir zu schaden.«

Thomas sah sie durchdringend an. »Dich nicht ins Haus zu lassen, das kann ich mir als spontanen Racheakt vorstellen. Aber sich auf die Schnelle auszudenken, dass dein Mann das Motorrad verkauft hat?« Er schüttelte den Kopf.

Antonia zuckte mit den Schultern. »Das stimmt schon. Und im Grunde meine ich das ja auch, aber ganz sicher kann ich mir nicht sein.«

»Du könntest deinen Mann fragen.«

Antonia stöhnte auf. »Das ist das Letzte, was ich will.«

8

Das Aquarell zeigte eine typische bayrische Mass. Der große Glaskrug war mit schäumendem, goldenem Bier gefüllt und stand an der Ecke eines dunkelbraunen Holztisches. Das heißt, man konnte nur vermuten, dass es ein ganzer Tisch war, denn nur die Ecke war zu erkennen, während der Rest in den ineinanderfließenden Farben hellblau und braun verschwand. Weißer Schaum quoll über den Rand des Kruges, floss herunter und bildete eine Pfütze auf dem Tisch neben dem Glas.

Antonia schaute lange auf das Bild und erinnerte sich an die Situation, in der sie es gemalt hatte. Es war einer ihrer ersten Motorradausflüge in die Umgebung von München gewesen, nachdem sie Kalle abgestillt hatte. Sie war müde an diesem Tag, denn Kalle hatte in der Nacht viel geschrien. Am Morgen überlegte sie zunächst, wieder ins Bett zu gehen, wenn Gisela den Kleinen und Maja abgeholt hatte. Doch dann war ihr Drang, das Städtchen für einen Tag verlassen zu können, doch größer als die Müdigkeit. Sobald die Tür sich hinter ihrer Schwiegermutter und den Kindern schloss, zog sie ihre schwarze Motorradkombi an und fuhr schon bald darauf auf der Landstraße.

Sie hatte kein Ziel, genoss einfach nur das Fahren. Ab und zu machte sie kleine Pausen und bemerkte erst, als sie Hunger verspürte, dass sie ganz vergessen hatte, Proviant mitzunehmen. Viel wichtiger waren ihr der Malblock und die Stifte gewesen. Eigentlich hatte sie irgendwo draußen eine Landschaft malen wollen, doch der Hunger trieb sie in ein Dorfgasthaus. Während sie auf ihr Schnitzel wartete, beobachtete sie eine Gruppe am Nebentisch, die allesamt Bier aus diesen großen Krügen tranken. Irgendwie ließ sie der Anblick der gefüllten Glasgefäße nicht los, und sie kramte fast unbewusst ihre Malutensilien hervor. Es war schwierig, einen der Krüge am Nachbartisch auf dem Papier festzuhalten, weil sie sich zu schnell leerten. Und dann war auch ihr Essen gekommen. Als sie aufgegessen hatte, bestellte sie sofort selbst eine Mass. Sie hatte sie an den Rand des Tisches gestellt und dann hektisch gemalt. Immer die Angst vor Augen, dass der Schaum sich schneller auflösen würde, als sie ihn auf dem Bild einfangen konnte.

Sie ging einen Schritt zurück und nickte selbstgefällig. Ist mir doch gut gelungen, dieses Bild, dachte sie. Jedenfalls war von ihrer Hektik beim Malen nichts zu bemerken. Und das goldene Funkeln der Flüssigkeit im Glas kam gut raus.

Eine ältere Frau stellte sich neben sie. »Möchten Sie das Bild kaufen?«

Verwirrt sah Antonia die Frau mit der grauen Kurzhaarfrisur an. Es dauerte einen Moment, bis sie wieder in der Gegenwart angekommen war.

»Nein! Sie?«

»O nein, bestimmt nicht. Ich hänge mir doch kein Bierglas in die Wohnung.« Die Grauhaarige rümpfte die Nase. »Die anderen Bilder gefallen mir schon, und wenn ich etwas Geld übrig hätte, würde ich das da vorne sogar kaufen.« Sie wies auf die Darstellung einer Baumgruppe in herbstlichen Farben. Das Aquarell hatte Antonia kurz nach ihrer Ankunft in New York im Central Park gemalt.

Antonia nickte. »Das Bild ist gefälliger, nicht wahr?«

»Auf jeden Fall«, sagte die Frau schnell. »Auch die anderen.« Sie machte eine ausladende Geste mit dem rechten

Arm, und Antonia ließ ihren Blick noch einmal durch den Gang der Physiotherapie-Praxis wandern, an dessen Wänden ihre Bilder hingen.

»Aber dieses!« Die Frau zeigte auf das Bierkrugbild und schüttelte den Kopf. »Irgendwie macht das die Ausstellung kaputt, finde ich. Man könnte sogar meinen, dass es von einer anderen Künstlerin ist.«

»Ist es aber nicht!«, sagte Antonia bestimmt.

»Das kann man ja nie genau wissen. Man ist beim Malen schließlich nicht dabei.«

Fast hätte Antonia gesagt: ›Ich schon!‹, aber sie schwieg. Sie wollte sich vor dieser Frau nicht zu erkennen geben. Wahrscheinlich hätte das nur eine Diskussion über ihre Motivation beim Malen zur Folge, und dazu hatte sie gerade gar keine Lust.

Ohne die Frau noch einmal anzusehen, ging sie an ihr vorbei zur Ausgangstür. Schnell hatte sie auch die kurze Treppe und die Haustür hinter sich gelassen und stand vor dem weißen Mehrfamilienhaus, in dessen Erdgeschosswohnung sich die Praxisgemeinschaft *Schmitz und Honger* befand. Die beiden Physiotherapeutinnen waren sehr zugewandte Menschen und hatten schon bei ihrem ersten Treffen Antonias Sympathie gewonnen. Sie fanden ihre Bilder sofort geeignet für ihre Praxis, hatten sich aber auch über das Bierkrugbild gewundert, nachdem Antonia das Aufhängen der Bilder beendet hatte. Sie fragten, ob sie nicht vielleicht noch ein anderes, ein geeigneteres Bild für die Ausstellung hätte. Antonia hatte aber darauf bestanden, es hängen zu lassen, und sie redeten ihr dann nicht weiter hinein.

Warum ihr das Bild so wichtig war, konnte sie nicht sagen. Sie erkannte ja selbst, dass es nicht zu den anderen passte. Wenn sie eine Ausstellung all ihrer Stillleben gemacht hätte, wäre es etwas anderes gewesen. Aber selbst dort wäre das Bild zwischen den Abbildungen von Schalen, Tellern, Kerzenständern und Ähnlichem herausgefallen. Aber wenn sie daran dachte, es aus der Ausstellung zu entfernen, wurde sie trotzig.

Sie ging die Straße entlang und zwischen all den ähnlich aussehenden Häusern her und spürte, wie Wut in ihr hervorkroch.

Es ist meine Ausstellung und ich bestimme, welche Bilder ich aufhänge!, dachte sie. Sie starrte auf die dunkelgraue Asphaltdecke des Gehwegs vor sich.

Die Frau in der Praxis war ja wie ihre Mutter gewesen. Die hatte sich früher genauso über ihre schwarze Kleidung geäußert, wie die Frau vorhin über das Bild mit dem Bierkrug. Alles soll immer nur wohlgefällig und nett sein, aber die Welt ist nicht so. Und ich bin schon gar nicht so!

»Hey, weg da!«

Antonia fuhr zusammen, als sie die Stimme eines Jugendlichen direkt neben sich hörte und sein Rad haarscharf an ihr vorbeisurrte.

»Alte Fotze!«, schrie er, ohne das Tempo zu drosseln.

»Wichser!«, rief Antonia und zeigte ihm den Stinkefinger. Der kam ihr in ihrer Stimmung gerade recht, aber andererseits war sie ja tatsächlich ohne zu schauen auf die Straße gelaufen.

Wenn sie an der nächsten Kreuzung rechts ging, müsste sie eigentlich zum Rhein kommen. Dort würde sie ungestörter schlendern können.

Zwei Schwäne flogen nahe über der Wasseroberfläche und landeten direkt vor ihr, als sie den schmalen Weg am Ufer erreichte. Sie musste unwillkürlich lächeln, als sie daran dachte, dass sie erst hier gelernt hatte, wie weit Schwäne fliegen konnten. Zuvor hatte sie die stolzen weißen Vögel eigentlich nur schwimmen gesehen. Sie beobachtete die beiden Tiere eine Weile. Sie kamen näher an sie heran. Wahrscheinlich erwarteten sie, von ihr gefüttert zu werden.

»Ich hab nichts für euch dabei«, sagte sie laut und öffnete ihre Hände in einer bedauernden Geste.

Als sie weiterging, fiel ihr das Problem wieder ein, über das sie seit dem Kennenlernen der netten Physiotherapeutinnen immer wieder nachdachte. Sie hatten sie nach ihrer Website gefragt und sich gewundert, weil sie keine hatte. Es wäre doch bestimmt von Vorteil, wenn sie auch im Internet Werbung für sich und ihre Bilder machen würde, hatten sie gemeint.

Antonia musste ihnen recht geben. Sie hatte selbst auch schon daran gedacht. Aber wenn sie erst einmal im Netz war, könnte sie ihren Aufenthaltsort nicht mehr geheim halten. Sowohl Stephan als auch ihre Eltern könnten sie dann kontaktieren. Aber sie wollte noch ungestört bleiben, sich eine eigene Existenz aufbauen, ohne sich mit ihrer Verwandtschaft auseinandersetzen zu müssen.

Sie nahm plötzlich den Geruch des Wassers wahr und bemerkte, dass Wellen laut schwappend die großen Steine zwischen Weg und Ufer überfluteten. Ein mit Kohle beladenes Schiff fuhr gegen die Strömung gen Süden und brachte das Wasser in Aufruhr. Sie blieb stehen. Das sah ja genauso aus wie die Schiffe, die sie früher am Rhein-Herne-Kanal so oft beobachtet hatte. Wehmütig betrachtete sie den Haufen schwarzer Steine, der aus dem Rumpf herausragte. Woher diese Kohle wohl kam? Und wozu würde sie verwendet werden? Wahrscheinlich wurde sie im Großkraftwerk verbrannt, das etwas weiter flussaufwärts lag. Inzwischen wusste sie, dass es das größte Steinkohlekraftwerk Deutschlands war, das ihre Entscheidung, nach Mannheim zu gehen, damals beeinflusst hatte.

Ich sollte mich nicht so freuen, ein Kohleschiff zu sehen, schalt sie sich selbst. Ihr fiel das braune Pappplakat ein, das eine junge Frau am letzten Freitag in der Stadt hochgehalten hatte. »Raus aus der Kohle«, stand in dicker blauer Schrift darauf. Antonia nahm an, dass sie zuvor an einer »Fridays for Future«-Demonstration teilgenommen hatte. Seit einigen Wochen gingen Schülerinnen und Schüler freitags auf die Straße und demonstrierten für den Klimaschutz.

Sie haben ja völlig recht mit ihren Forderungen, dachte Antonia. Und doch würde sie sich wie eine Verräterin ihres Vaters fühlen, wenn sie zu solch einer Demonstration ginge.

Und irgendwie würde sie auch sich selbst verraten. Die Kohle hatte sie schließlich in ihrer gesamten Kindheit und Jugend ernährt! Traurig blickte sie dem Schiff hinterher, das nun schon auf Höhe des Anlegers für Flusskreuzfahrtschiffe war.

Dann schüttelte sie heftig den Kopf. Die Zeiten waren jetzt anders, sagte sie sich selbst. Die Bergleute mussten für das Klima vielleicht einen höheren Preis zahlen als andere, aber es war wichtig, dass sie das taten. Sie wollte schließlich auch, dass ihre Kinder eine Zukunft auf diesem Planeten hatten.

Sie seufzte und presste die Augen zu. Und doch würde sie nie unbeschwert rufen können: »Raus aus der Kohle!«

Als sie die Augen wieder öffnete, fuhr gerade ein

dunkelrotes Containerschiff auf der anderen Seite rheinabwärts vorbei.

»Vanhijden Verscheping« stand in großen weißen Lettern am Heck des Schiffes mit der blau-weiß-roten Flagge, und ihr fiel wieder ihr Website-Problem ein. Dieses Transportunternehmen machte auch Reklame für sich. Jeder, der ein Geschäft betrieb, posaunte seinen Namen heraus, wo und wie er nur konnte. Erfolgreich sein und gleichzeitig unbekannt bleiben – das war ein Widerspruch in sich.

Es sei denn, sie würde sich ein Pseudonym zulegen. Aber dazu war es schon zu spät. Sie hatte all ihre Bilder mit A. Heise signiert. Das war der Name, den sie seit ihrer Hochzeit trug.

Sie schaute dem Schiff gedankenverloren hinterher. Warum habe ich das denn bloß gemacht? Ich hätte doch wenigstens Wenka, meinen Geburtsnamen, nehmen können.

Sie nahm einen kleinen flachen Stein auf und schleuderte ihn ins Wasser. Er ging sofort unter, ohne erst noch ein paar Mal die Oberfläche anzutippen, wie sie es erhofft hatte.

Nicht nachgedacht habe ich, dachte sie, als sie sich nach einem weiteren geeigneten Stein umschaute. Immer, wenn sie ein Bild fertiggestellt hatte, hatte sie sich einfach nur gefreut, dass nichts und niemand sie vom Malen abgehalten hatte. An den Verkauf hatte sie meistens gar nicht gedacht und damit auch nicht an die Konsequenzen des Signierens. Die Gestaltung ihrer Signatur hatte sie sich schon zu Schulzeiten überlegt und später dann einfach Wenka durch Heise ersetzt.

Ah, der Stein ist einmal aufgetippt, freute sie sich. Ich kann's ja doch noch. Wenn doch nur die Frage der

Website genauso einfach zu lösen wäre, wie das. Sie nahm einen etwa tennisballgroßen Stein auf und warf ihn, so fest sie konnte, ins Wasser. Er ging mit einem lauten Plumps-Geräusch unter.

Sie konnte ja einfach mal eine Website gestalten. Wie das ging, wusste sie schließlich zur Genüge. Schon im Studium hatte sie das gelernt und ihr Können in der Marketingagentur in München notgedrungen immer weiter verfeinern müssen.

Wieder warf sie einen Stein mit voller Wucht ins Wasser, sodass es spritzte. Genau, das mache ich! Wann ich die Website dann freigebe, kann ich mir immer noch überlegen.

Antonia stand am breiten Eingang zum Ehrenhof des Mannheimer Schlosses und betrachtete das monumentale Gebäude, das den Platz u-förmig an drei Seiten umrahmte. Ihr Blick wanderte an den vielen Fenstern entlang, die sich harmonisch in die steinernen braunrosa Ornamente und Säulen auf dem hellgelben Untergrund des Barockschlosses einfügten.

Merkwürdig, dass ich noch nie zuvor hier war, obwohl ich schon seit einem Jahr in Mannheim wohne, dachte sie. Dabei war es recht nett hier. Viele Menschen gingen einzeln oder in Gruppen quer über den Platz. Es waren vorwiegend junge Leute, die dem historischen Ort auf diese Weise seine Steifheit nahmen. Studenten, nahm Antonia an. Hier waren schließlich große Teile der Uni untergebracht.

Langsam schlenderte sie zum rechten Gebäudeteil hinüber und ging dort unter den Arkaden weiter. Unter all den Leuten, die hier offensichtlich zu tun hatten, kam sie sich irgendwie fremd vor. Das lag nicht nur daran, dass sie älter war als die meisten anderen hier. Vor allem hatten die Studenten ein konkretes Ziel vor Augen, ihre Lehrpläne, ihre Arbeitsthemen. Sie ließen sich nicht so treiben wie sie.

Aber ich habe ja auch ein Ziel vor Augen. Das kann ich nur nicht auf so strukturierte und vorgegebene Art erreichen.

Plötzlich blieb sie erschrocken stehen. Direkt vor ihr traten zwei junge Frauen heftig diskutierend aus einem Durchgang heraus, querten die Arkaden und gingen auf dem Platz weiter. Die eine der beiden trug ein blau-grün gemustertes Kopftuch. Antonia blieb stehen und schaute den Studentinnen hinterher, die sie nicht wahrgenommen hatten. Es kam ihr vor, als erlebte sie eine Begegnung aus einer fernen Welt. In letzter Zeit hatte sie nicht mehr oft an Ayshe gedacht, obwohl sie ihr doch so viel verdankte. Ohne weiter zu überlegen, ging sie hinter den Frauen her.

»Ayshe!«

Die Frau mit dem Kopftuch drehte sich um und kam dann langsam auf Antonia zu. Prüfend schaute sie ihr ins Gesicht. »Die Frau vom Neckar!« Mit einem kaum wahrnehmbaren Lächeln schüttelte sie den Kopf. »Hätte ja nicht gedacht, dich noch einmal wiederzutreffen.«

Die Kommilitonin, mit der Ayshe so lebhaft geredet hatte, trat auch heran.

»Ich muss mich wohl schon hier verabschieden«, sagte Ayshe zu ihr. »Will mich ein wenig mit … dieser Frau unterhalten.«

»Okay, tschüss dann, bis morgen«, sagte die Studienkollegin und wandte sich ab.

Ayshe drehte sich wieder zu Antonia um. »Wie heißt du noch mal?«

»Antonia. Vielleicht hab ich es dir auch nicht gesagt. Es freut mich aber sehr, dass du dich an mich erinnerst.«

Ayshe lächelte warmherzig. »Wie sollte ich dich vergessen? Einen so verzweifelten Menschen, wie du es da am Neckar warst, sieht man schließlich nicht alle Tage.«

»Habe ich wirklich so einen verzweifelten Eindruck auf dich gemacht?«

Ayshe nickte. »Ich hatte Angst, du könntest dir etwas antun.«

»Waaas? Nein! Daran hatte ich nicht gedacht.« Antonia schüttelte heftig den Kopf. Dann seufzte sie. »Aber schlecht ging es mir, da hast du recht.«

»Und jetzt? Wie geht es dir jetzt.«

»Besser.«

»Das sieht man. Du strahlst nicht mehr diese Aussichtslosigkeit aus.« Ayshe sah ihr Gegenüber prüfend an. Antonia wich dem Blick aus.

»Aber richtig gut geht's dir jetzt auch nicht, oder?«

Antonia knabberte an ihrer Unterlippe und schaute auf den Boden. »Nein!«, sagte sie leise.

Die Frau mit dem Kopftuch sah sich um. »Lass uns doch da hinten auf die Wiese setzen.« Sie wies an Antonia vorbei in Richtung des Durchgangs, aus dem sie gerade gekommen war. »Ich hab heute Nachmittag frei und bei dem Wetter draußen zu sitzen, erscheint mir angenehmer als in meinem kleinen Zimmer.«

Antonia drehte sich um und war verwundert, am Ende des kleinen Tunnels durchs Gebäude tatsächlich grünes Gras leuchten zu sehen. Auf dem riesigen gepflasterten Platz, umgeben von den massiven steinernen Gebäuden, wirkte das Stück Natur wie der Ausblick in eine andere Welt.

151

»Da hinten ist die Mensa«, sagte Ayshe, als sie auf dem Weg zwischen den Rasenflächen waren. Sie wies auf ein flaches Gebäude am Ende des Pfads. Dann betrat sie den grünen Teppich, und Antonia folgte ihr.

»Hier lässt es sich gut sitzen, was meinst du?«

Antonia nickte und wunderte sich, wieso sie dieser Frau fast willenlos folgte. Sie hatte auch nicht den Wunsch, dagegen aufzubegehren, wie sie es bei anderen Menschen schnell tat.

Ayshe legte sich auf die Wiese. Antonia setzte sich daneben und kam sich plötzlich ungelenk vor.

»Hast du deine Geldsorgen lösen können?«

»Ich habe tatsächlich ein Grundeinkommen gewonnen. Danke noch mal für den Tipp!«

Ayshe drehte sich auf die Seite und stützte den Kopf mit der Hand ab. »Das ist ja super! Und konntest du deine Ideen dann besser verfolgen?«

Antonia nickte. »Das gab mir einen richtigen Energieschub. Ich habe viel gemalt, und kleinere Ausstellungen habe ich auch schon organisiert. Letzte Woche erst habe ich einige Bilder in einer Physiotherapie-Praxis aufgehängt.«

»Die würde ich gern sehen. Wo ist denn die Praxis?«

»Gar nicht weit von hier, im Lindenhof. Ich kann dir die Adresse gern mailen.«

»Nimm lieber WhatsApp, da schau ich öfter drauf.«

»Ich benutze WhatsApp nicht.«

Ayshes Augen weiteten sich. »Wieso denn nicht?«

»Keinen Bock drauf – und hiermit ...«, Antonia holte ihr altes Nokia-Handy aus dem Rucksack, »geht das sowieso nicht.«

Ayshe schaute auf das Mobiltelefon und dann in

Antonias Gesicht. »Verstehe. Dann kannst du also jetzt von deiner Kunst leben?«, fragte sie.

»Nö.« Antonia zuckte mit den Achseln. »So viele Bilder verkaufe ich nicht.« Sie legte sich auf den Rücken und schaute in den blauen Himmel, über den einzelne weiße Wolken zogen. »Ich mach eigentlich viel zu wenig, um wirklich Geld zu verdienen. Müsste mehr Werbung machen, mich wahrscheinlich auch mal darum kümmern, Kurse zu geben.«

»Und warum machst du das nicht?«

Antonia schloss die Augen und stieß heftig die Luft aus. »Ich könnte jetzt wahrscheinlich viele Gründe aufzählen, aber ich glaube, sie sind alle nur vorgeschoben.«

»Dann sag mir doch, was es wirklich ist.«

Antonia schaute weiter starr in den Himmel. »Wenn ich das nur selbst wüsste. Manchmal denke ich, es läuft alles super, und dann wieder habe ich Phasen, wo ich nichts auf die Reihe bringe. Selbst zum Messi bin ich zwischendrin wieder geworden. Dann ging es irgendwie bergauf, aber eigentlich habe ich ständig Angst davor, dass ich wieder einen Rückfall habe.«

»Du meinst also, du kannst dich nicht auf dich selbst verlassen?«

»Ja, genau!«

»Vielleicht hast du Angst vor dem Erfolg?«

Antonia setzte sich wieder auf. »Vielleicht … kann schon sein.«

»Was wäre denn, wenn du Erfolg hättest?«

»Dann müsste ich mir keine finanziellen Sorgen mehr machen.«

»Das müsste dich doch beflügeln und nicht stoppen, oder?« Ayshe kam auch wieder aus dem Liegen hoch.

153

Antonia nickte.

»Und was wäre noch, wenn du Erfolg hättest?«

Antonia zog die Knie an und umfasste sie mit den Armen. Lange schaute sie Ayshe an, die dem Blick mit entspanntem Gesicht standhielt. Schließlich sagte sie: »Dann könnte ich mich nicht mehr verstecken.«

»Vor wem versteckst du dich?«

»Vor meinem Mann, meinen Kindern, meinen Eltern.«

»Oh! … Wenn du eine Türkin wärst, würde ich jetzt denken, du wärst zwangsverheiratet worden, aber von Deutschen habe ich das noch nie gehört.«

Antonia lachte auf und streckte die Beine aus. »Nein! Das bin ich auch nicht. Ich habe meinen Mann freiwillig geheiratet, weil ich ihn liebte.«

Die Frau mit dem Kopftuch schaute Antonia nachdenklich an. »Wie alt sind deine Kinder?«

Antonia senkte den Kopf. Leise sagte sie: »Maja ist fünfeinhalb und Kalle wird im Oktober vier.«

Ayshe nickte leicht.

»Ich hatte mir das Leben mit ihm und den Kindern einfach ganz anders vorgestellt. Schon bei der Hochzeit hatte ich vor allem den Wunsch, frei malen zu können, dachte, das wäre mit Kindern einfacher als in meinem stressigen Job.«

»Und das klappte nicht«, sagte Ayshe ruhig.

»Nein!«

Antonia erzählte von ihrem Leben im Städtchen, wie sie die Zeit mit den Kindern anfangs genossen hatte, wie Stephan sich veränderte und dass sie sich immer eingesperrter vorgekommen war. »Erst als ich begann, wieder Motorrad zu fahren, konnte ich malen.«

»Du brauchst also das Gefühl von Freiheit, um malen

zu können.«

Antonia seufzte. »Das dachte ich. Deshalb bin ich ja auch weg.«

»Und nun merkst du, dass die Freiheit allein nicht ausreicht.«

Antonias Schultern sackten nach unten und ihre Lippen zitterten, als sie sagte: »Nein, das reicht nicht – jedenfalls nicht immer.«

Ayshe stützte sich mit den Händen nach hinten ab. »Ich stelle mir das auch wirklich schwierig vor. So ganz allein, ohne Familie.«

»Familie! Pah!«, sagte Antonia bestimmt und fühlte sich plötzlich wieder energiegeladen. »Das ist doch nur ein Gefängnis.«

»Sagtest du nicht vorhin, dass du die Zeit mit den Kindern anfangs genossen hast? Liebst du sie denn nicht? Vermisst du sie nicht?«

Antonia dachte an die kleine weiße Baumwollmütze, die sie oft abends im Bett in ihrer Hand hielt. »Doch, ich vermisse sie«, sagte sie leise. Aber dann richtete sie sich auf und sagte bestimmt: »Aber ich kann nicht mit ihnen zusammen sein. Kann nicht zusehen, wie diese Gesellschaft alles Kreative und Starke in ihnen zerstört.«

»So wie das mit dir auch geschehen ist?«

Antonia ballte ihre Hände zu Fäusten. »Ich habe mich zu wehren gewusst! Habe mein eigenes Ding gemacht! Und kreativ bin ich auch geblieben!«

Ayshe schaute sie lange ausdruckslos an. Dann sagte sie: »Aber so ganz scheint das ja nicht zu klappen. Hast du nicht vorhin gesagt, dass du nicht immer malen und kreativ sein kannst? Dich nicht auf dich verlassen kannst?«

»Das werde ich schon auch noch schaffen! Ich denke,

das ist nur eine Phase.«

»Und dass deine Familie dich eventuell kontaktieren könnte, ist dann auch kein Problem mehr?«

Antonia bemerkte unvermittelt, dass sie Durst hatte, und holte ihre Wasserflasche aus dem Rucksack. Sie nahm einen Schluck. »Weißt du eigentlich, dass ich dich vorhin vor allem an deinem Kopftuch erkannt habe? Dasselbe hattest du damals am Neckar auch an.«

Ayshe lachte. »Dann kann ich ja von Glück sagen, dass ich es heute gewählt habe. Ich hatte schon ein anderes in der Hand, aber dann habe ich doch dies hier genommen.«

Antonia schüttelte den Kopf. »Schon komisch, diese Situation. Ich habe dir bereits mein ganzes Leben ausgebreitet, aber von dir weiß ich gar nichts.«

»Mein Leben ist auch nicht so spannend. Kindheit in Ludwigshafen, Schule, Studium. Und da bin ich.«

»Ludwigshafen? Arbeitet dein Vater bei BASF?«

»Ja, genau, und sein Vater auch schon. Mein Großvater ist als Gastarbeiter nach Deutschland gekommen.«

»Das heißt, deine Eltern haben nie in der Türkei gelebt?«

»Genau!«

»Jetzt verstehe ich, warum du so gut Deutsch sprichst – und auch noch mit Pfälzer Akzent.«

Ayshe lachte auf. »Ich hab eben gut gelernt in der Schule. Mit meinen Eltern spreche ich nur türkisch.«

»Du hast bestimmt ein gutes Verhältnis zu deinen Eltern, oder?«

Ayshe schob die Unterlippe vor. »Ja, eigentlich schon. Aber alles verstehen, was ich mache, tun sie auch nicht.«

»Wahrscheinlich gibt's aber auch nicht wirklich Konflikte. Du scheinst ja ziemlich traditionell zu sein.

Immerhin trägst du Kopftuch.«

Ayshe setzte sich gerade hin und rollte die Schultern. »Da hast du einen wunden Punkt getroffen.«

»Wieso? Trägst du es nur deinen Eltern zuliebe.«

Ayshe streckte die Arme hoch und rekelte sich. »Nein. Deren Kritik könnte ich aushalten.«

»Also aus Überzeugung! Du bist eben gläubige Muslimin.«

»Ja und nein.«

Antonia schaute fragend.

»Ich finde vieles am Islam gut, aber diese Kopftuchpflicht nicht. Es benachteiligt die Frauen gegenüber den Männern, die sich so zeigen dürfen, wie sie wollen. Und eigentlich müssen wir es nur tragen, weil die Männer anscheinend ihre Triebe nicht im Griff haben. Durch den Anblick unserer Haare könnten sie sich eventuell nicht zügeln, sagen sie.«

»Jetzt verstehe ich überhaupt nicht mehr, warum du es noch trägst.«

Ayshe runzelte die Stirn. »Ich habe Angst vor Bestrafung. Ich bin sehr streng religiös erzogen worden und kann diese Angst vor der Strafe Allahs nicht ablegen.«

Antonia musste unwillkürlich lächeln. Sie strich ihrer neuen Freundin über den Rücken. »Jetzt verstehe ich, warum wir so gut miteinander klarkommen. Diese Angst kenne ich auch. Ich bin sehr katholisch erzogen worden und habe die Kirche eigentlich schon früh abgelehnt. Und doch hat es lange gedauert, bis ich ausgetreten bin – und da hatte ich ebenfalls ganz stark Angst vor der Bestrafung Gottes. Und manchmal ist sie jetzt noch spürbar.«

»Aber in der Beziehung scheinst du viel stärker zu sein als ich. Du hast dich gelöst, aber ich trage das Kopftuch immer noch.«

»Vielleicht war deine Erziehung ja noch strenger, und außerdem … vielleicht muss ich deshalb mit mehr Angst leben als du.«

9

Nach dem Frühstück schob Antonia den Teller zur Seite und zog ihren silberfarbenen Laptop, auf dessen Oberseite ein angebissener Apfel skizziert war, näher zu sich heran. Sie klappte ihn auf und öffnete ihre Mail-Inbox. Eine Tätigkeit, die sie nun wieder häufiger durchführte, nachdem sie vor zwei Wochen ihre Website samt E-Mail-Adresse online gestellt hatte. Irgendwie erwartete sie, nun mit Nachrichten überschwemmt zu werden, aber die Inbox blieb, wie schon zuvor, meistens leer.

Nach ihrem fluchtartigen Verlassen des Städtchens vor fast zwei Jahren hatte sie sofort ihre damalige E-Mail-Adresse deaktiviert und ihre neue niemandem mitgeteilt. Nur zur Kommunikation mit dem Betreiber der Grundeinkommen-Verlosung und zur Organisation ihrer Ausstellungen und Bildverkäufe hatte sie sie bisher genutzt.

Heute war eine Mail angekommen:

Absender: Roswitha Wenka, der Betreff war leer.

Antonia atmete heftig aus. Das war typisch. Genau das habe ich erwartet, wenn ich meine Adresse ins Netz stelle. Mama wird sich sofort melden – und das hat sie nun auch! Mit meiner Familienabstinenz ist es also wohl vorbei.

Fast automatisch schob sie die Mail zum Papierkorb-Symbol. Ich muss sie ja nicht lesen.

Sie klappte den Computer zu und ging in die Küche. Sie wollte Milch aus dem Kühlschrank nehmen, aber es war keine da. Dabei hatte sie doch gestern erst eine Flasche gekauft. Dann fiel ihr ein, dass sie sie ja zum Frühstück auf den Tisch gestellt hatte.

Sie ging zurück und nahm im Stehen einen Schluck. Dann setzte sie sich wieder hin, öffnete den Laptop sowie den virtuellen Papierkorb und las die dorthin verschobene Mail:

»Liebe Antonia,

gut, dass ich jetzt endlich weiß, wo du bist, und dir mal schreiben kann. Stephan hat mir deine Web-Seite gezeigt. Ich hab ihm ja gesagt, er soll dir auch mal schreiben oder dich anrufen, aber das wollte er nicht. Zuerst wollte ich ja auch anrufen, aber dann ist mir eingefallen, wie sauer du oft warst, wenn ich dich anrief und du gerade mit was beschäftigt warst ...«

Oha! Das waren ja ganz neue Töne. Sie hatte doch nie darauf Rücksicht genommen, wenn Antonia nicht gestört werden wollte. Dann las sie weiter.

»Ich habe mir alle deine Bilder auf der Web-Seite angeguckt. Das waren ja ganz schön viele, und jetzt weiß ich auch, was du die ganze Zeit gemacht hast. Hast wohl immer gemalt, was? Also die Landschaften und die Bilder, wo einfach nur ein Ding drauf ist, finde ich gut. Außer diesen Bierkrug. Wie bist du nur darauf gekommen, einen Bierkrug zu malen? Das Bild, wo der Strand und das Meer drauf ist, gefällt mir besonders. Dabei habe ich an unsere Urlaube in Holland gedacht. Warst du da denn auch mal wieder in den letzten Jahren?

Ich mag aber überhaupt nicht diese Bilder, die ich sehe, wenn ich auf Industrielandschaften klicke. Wer will sich denn den Förderturm von Prosper oder unsere Kokerei ins Wohnzimmer hängen? Und der Bagger hinter dieser beschmierten Wand? So was seh ich doch, wenn ich hier rausgehe, da brauch ich kein Bild von. Meinst du denn, das ist Kunst?

Also, ich will was Schönes auf einem Bild sehen. Dafür ist doch ein Bild da, dass man sich was Schönes in die Bude holt, oder nicht? Ich hätt ja gern eins von deinen Landschaftsbildern, muss nicht unbedingt das vom Meer sein. Aber für so was haben wir grad kein Geld. Ist aber auch nicht so schlimm. Bei uns hängen überall Bilder von Maja und Kalle. Stephan bringt immer mal wieder eins mit. Er schickt mir aber auch welche auf mein Handy mit WhatsApp. Er hat mir dieses WhatsApp extra draufgemacht, damit er mir die Fotos von den Kindern schneller schicken kann. Leider haben wir dich ja nicht bei WhatsApp gefunden, sonst hätte ich dir auch Fotos von den Kindern geschickt ...«

Das hätte mir grad noch gefehlt, dachte Antonia. Jetzt weiß ich umso besser, warum ich kein WhatsApp habe. Da wird man ja ständig nur mit Fotos belästigt.

»Ich weiß, man kann auch mit einer Mail ein Foto verschicken, aber ich weiß nicht, wie das geht. Stephan will es mir bald zeigen. Dann kriegst du bestimmt sofort ein schönes Bild von den Kindern ...«

O nein! Antonia stöhnte auf. Das Veröffentlichen ihrer Website hatte ja schlimmere Auswirkungen, als sie es sich zuvor hatte vorstellen können. Sie wollte nicht mit Fotos bedrängt werden. Ich bestimme, wann ich meine Kinder sehe, und kein anderer! Sie presste ihre Lippen zusammen und las weiter:

»Uns geht es ganz gut. Wir sind nicht krank, aber Papa sagt immer noch kaum was. Jetzt, wo ich auch nicht mehr arbeite, fällt mir schon manchmal die Decke auf den Kopf. Aber zum Glück gibt es ja die katholische Frauengruppe. Da gehe ich immer noch hin, und mit Doris telefoniere ich öfter mal.

Dir geht es ja bestimmt gut. Wo du doch jetzt eine richtige Künstlerin bist, die man sogar im Internet findet.

Melde dich doch mal. Papa würde sich auch freuen.

Viele Grüße

Mama«

Antonia starrte mit düsterem Blick auf den Bildschirm. Das war doch wieder typisch. Sie tat so, als wenn überhaupt nichts vorgefallen wäre. Dass sie bei ihrem letzten Besuch im Streit auseinandergegangen waren, ignorierte sie einfach. Genauso, dass sie seit fast zwei Jahren abgetaucht war. Die Mail klang, als wenn sie gerade in einem längeren Urlaub wäre und nur darauf wartete, von ihr etwas zu hören. Und wie selbstverständlich sie sogar Stephan zur Kontaktaufnahme bewegen wollte. Und dann Fotos von den Kindern schicken …

Antonia schüttelte den Kopf. Nicht einmal gefragt hatte sie, wie es ihr ging, nahm einfach an, dass es ihr wegen der Website ja gut gehen müsse. Sie stand auf, ging zum Fenster und schaute auf die Häuserfront auf der gegenüberliegenden Straßenseite. Und dass sie nur die lieblichen Bilder gut fand, war auch typisch. Sie hörte nur Schlager und sah sich »Rosamunde Pilcher«-Filme an. Alles, was einem eine heile Welt vorgaukelte, fand sie schön. Aber die Welt war nicht so! Und für sie war sie schon gar nicht so gewesen. Und ihre Tochter war auch nicht einfach nur eine Frau, die glücklich war, weil sie selbst gemalte Bilder im Internet zeigte.

Sie sah hinunter auf die Straße, wo gerade einige Menschen auf dem Gehweg unterwegs waren. Zwei Jungen mit Schulranzen auf dem Rücken. Ein grauhaariger Mann, der gebeugt und langsam dahin schlurfte. Ihm kam eine Frau, die einen schwarzen Tschador trug, entgegen. Eine andere Frau mit einem beigefarbenen Kopftuch überquerte die Straße.

Antonia wurde plötzlich so schwindlig, dass sie sich schnell zurück auf den Stuhl setzen musste. Sie schloss die Augen und war gedanklich in ihrer Kindheit. Die Ereignisse in ihrem neunten Lebensjahr, die ihr ganzes Leben verändern sollten, spulten sich wie ein Film vor ihrem inneren Auge ab:

»Antonia!«, rief die Mutter. »Nimm Johannes mit!«

»Oooch, nö«, maulte Antonia. Sie hatte sich so darauf gefreut, mit ihrer Schulfreundin Rike auf ihren Inlineskates zu laufen. Sie wollten auf den Schulhof der Realschule, die auf der anderen Seite der Hauptstraße lag. Johannes würde sie nur stören. Ständig musste sie auf ihn aufpassen, aber jetzt wollte sie einfach nur spielen!

Antonia nahm ihre Inlineskates auf und öffnete die Wohnungstür. »Rike wartet drüben schon auf mich«, rief sie der Mutter zu.

»Mama!«, hörte sie die Stimme ihres vierjährigen Bruders beim Hinausgehen. »Ich will mitgehen!«

Schnell schloss Antonia die Wohnungstür von außen und rannte die Treppe hinunter. Wie sie das Gequengel ihres Bruders hasste.

»Antonia!« Die Stimme der Mutter war streng. »Du wartest jetzt, bis Johannes seine Jacke angezogen hat, und nimmst ihn mit über die Straße!«

Antonia stand schon an der Haustür und stampfte mit dem Fuß auf. Dieser blöde Kerl! Immer kriegte er mit seinem Gejammer die Mutter rum. Sie ließ die Inliner fallen, sodass sie laut scheppernd auf dem Boden auftrafen. »Wenn du die Fliesen kaputt machst, kannst du was erleben!«, rief die Mutter.

Antonia schob die Unterlippe vor und trat gegen die Tür. Dann hörte sie auch schon das Getrappel von Johannes' Füßen auf der Holztreppe. Mit finsterer Miene schaute sie ihn an, als er, die unterste Stufe überspringend, neben ihr auf den Fliesen landete.

»Na, hast du mal wieder deinen Willen bekommen?«, fragte sie höhnisch und nahm die Rollschuhe auf.

Als sie an die Hauptstraße kamen, sah sie Rike auf dem gegenüberliegenden Gehweg schon eine gekonnte Kehre auf ihren Rollschuhen machen. Antonia stellte sich an den Straßenrand und wartete, bis der blaue Kastenwagen von links an ihr vorbeigerauscht war. Von rechts kamen noch zwei Pkw, doch dann war die Straße frei und sie konnte hinüberflitzen. Aus den Augenwinkeln nahm sie wahr, dass Johannes neben ihr herlief. Was blieb ihm auch anderes übrig? Es war ihm streng verboten, die Hauptstraße alleine zu überqueren.

»Da bist du ja endlich!«, rief Rike und stoppte direkt vor ihr, indem sie die Füße quer stellte. »Und was will der hier?« Sie richtete ihren Blick auf Johannes.

»Ich musste ihn mitnehmen!« Schnell setzte sich Antonia auf die niedrige Steinmauer vor dem nächsten Haus und zog die Inliner an. Johannes kletterte auf die Mauer und balancierte mit ausgestreckten Armen.

»Der Schulhof ist ganz leer.« Rike wies auf das große Tor neben dem übernächsten Haus. »Da können wir Pirouetten üben.«

»Super«, sagte Antonia und preschte auf ihren rollenden Schuhen davon. Sie erreichte den Pausenhof als Erste und geriet ins Straucheln. Nur mühsam konnte sie sich auf den Beinen halten. *Was hatte sie denn da gestoppt? Sie betrachtete den Boden. Der ganze Parkplatz war übersät mit kleinen grauen Splittsteinchen.*

»Da können wir unsere Pirouetten ja wohl vergessen«, sagte sie zu Rike, die neben ihr eingetroffen war.

»Mist!«, sagte die.

Einen Moment standen die beiden Mädchen schweigend da, doch dann meinte Antonia: »Komm, wir fegen den Splitt einfach weg!« *Und schon rannte sie auf ein brachliegendes Gelände neben dem Schulhof zu. Aus den trockenen Zweigen der Büsche würden sich prima Besen machen lassen.*

Es dauerte nicht lange, und sie stand wieder auf dem Platz. Den provisorischen Reisigbesen schob sie mit kräftigen Bewegungen über den Boden. Bald half auch Rike mit einem eigenen Besen, und so hatten sie rasch den vorderen Teil des Parkplatzes freigelegt.

»Antonia!« *Johannes' Stimme drang in Antonias Ohren, und sie fegte noch heftiger als zuvor. Wie sie diesen Ausruf ihres kleinen Bruders hasste! Jedes Spiel machte er ihr kaputt!*

»Antonia! Ich muss mal!«

»Dann mach doch!«, *sagte Antonia heftig.*

»Aber ich darf doch nicht alleine über die Straße!«

»Dann mach doch hier!« *Mit kraftvollem Schwung schleuderte sie einen Haufen Splitt an den Rand des asphaltierten Platzes.*

»Das darf ich doch auch nicht!«

»Dann mach halt in die Hose!«

»Bring mich über die Straße!« *Johannes zerrte an ihrer Jacke. Antonia riss sich los.* »Lass mich in Ruhe.«

Johannes schluchzte laut auf. »Wenn ich in die Hose mache, schimpft Mama! Bitte Antonia, bitte!« Dicke Tränen liefen über seine Wangen.

»Mama kannst du vielleicht mit deinem Geheule erweichen, aber mich nicht!«

Antonia fegte mit dem Reisigbesen über Johannes Schuhe und drehte sich um.

»Bitte, Antonia!«, schluchzte Johannes.

Antonia konzentrierte sich auf den Splitt auf dem rechten Schulhof-Teil.

Nach einiger Zeit kam Rike von der anderen Seite herüber. »Wir haben es fast geschafft!«, sagte sie. Antonia schaute hoch. Tatsächlich! Nur noch das kleine Fleckchen am äußersten Rand des Platzes war voll Splitt, sonst war alles glatt und lud regelrecht ein zum Inlineskaten.

»Schau mal«, sagte Rike. »Ich schaff schon eine Umdrehung.« Sie nahm mit dem rechten Bein Schwung und drehte sich auf dem linken Fuß. Doch dann stürzte sie und saß auf dem Boden.

Antonia setzte auch zur Drehung auf einem Bein an, musste aber schnell das andere Bein aufsetzen, um nicht hinzufallen. »Wie machst du das, dass du dich auf dem einen Bein drehst?«, fragte sie.

»Du brauchst genug Schwung. Das ist das Wichtigste.« Rike versuchte es noch einmal und blieb dieses Mal nach einer Umdrehung sogar stehen. Antonia versuchte es auch wieder.

Die beiden Mädchen übten intensiv weiter und verbesserten ihre Inliner-Künste so immer mehr.

Tatütata, Tatütata! Tatütata! Das Sirenengeheul eines Polizeiwagens drang in Antonias Ohren. Zunächst ignorierte sie es. Es kam häufiger vor, dass ein Polizeiwagen mit

Blaulicht über die Hauptstraße raste. Doch dann hörte das Martinshorn abrupt auf und wurde nicht wie gewohnt leiser, weil der Wagen sich entfernte. Antonia lief zum Eingang des Schulhofs und schaute zur Hauptstraße hinüber. Blinkendes Blaulicht kam genau von der Stelle, an der sie immer die Straße überquerte.

Sie raste zur Straße, als wenn sie den Rollschuh-Wettlauf gegen Detlef, den überheblichen Nachbarjungen, gewinnen wollte. Es war merkwürdig ruhig an der Straße. Kein Auto fuhr vorüber. Die Fahrzeuge standen in einer langen Schlange hintereinander, und mitten auf der Straße parkte der grüne Polizeiwagen. Zwei Polizisten standen daneben und schauten sich etwas an, was auf der Straße lag. Antonia musste um eines der Autos herumlaufen, um auch sehen zu können, was die Polizisten betrachteten. Als Erstes sah sie die taubenblaue Jacke von Johannes und dann seine dunkelbraunen Haare. Und dann das dunkelrote Blut in den Haaren und neben dem Kopf auf dem Boden.

Antonia drehte sich um und raste den Gehweg neben der Hauptstraße entlang. Als der Asphalt aufhörte, zog sie die Inliner aus und rannte auf Socken weiter. Immer weiter, immer weiter, bis sie nicht mehr konnte. Dann ging sie langsam weiter bis zum Stadtpark. Dort versteckte sie sich hinter einem großen Busch. Zitternd setzte sie sich hin und presste die Knie an den Körper.

Es war schon lange dunkel, als sie die Stimmen unbekannter Menschen hörte, die ihren Namen riefen. Zunächst reagierte sie nicht, doch dann kroch sie langsam aus ihrem Versteck heraus. Später sagte man ihr, dass ihr Bruder beim Zusammenstoß mit dem Auto sofort tot gewesen sei.

»Blöder Kerl«, sagte Antonia leise. »Warum hast du nicht einfach ins Gebüsch gepinkelt?«

Sie umfasste ihre Oberarme mit den Händen und krümmte den Oberkörper nach vorn. Ihr war kalt. Sie kniff die Augen zusammen und presste die Oberarme so stark, dass es schmerzte. Sie meinte, weinen zu müssen, aber keine Träne wollte aus ihr heraus. Lange blieb sie in dieser verkrampften Haltung sitzen.

Ihre Mutter hatte ihr nie Vorwürfe gemacht. Sie hatte überhaupt nichts dazu gesagt. Anfangs weinte sie häufiger, und Antonia verzog sich dann in ihr Zimmer, das ihr nun ganz allein gehörte. Irgendwann hörte das Weinen auf, Johannes' Sachen wurden weggeschafft, und dann existierte er einfach nicht mehr. Nur das Foto, das ihn mit dem Bagger in der Hand zeigte, blieb über dem Küchentisch hängen. Niemand sprach über ihn. Es wurde insgesamt wenig gesprochen. Die Mutter ging noch häufiger in die Kirche als vorher, und der Vater widmete sich noch intensiver seiner Gewerkschaftsarbeit.

Antonia fuhr nie mehr mit ihren Inlineskates, ging aber oft raus, weil sie das Schweigen der Mutter nicht ertragen konnte. Sie spielte dann nicht wie vorher mit den Nachbarkindern, sondern ging allein in die Stadt. Irgendwann begann sie ihre Fahrrad-Ausflüge zum Kanal, und noch etwas später füllte sie ihre Zeit dort mit Malen aus. Zuerst kritzelte sie in ein Schulheft und nahm später Buntstifte und einen Block mit.

Sie war zur Einzelgängerin geworden. Irgendwie störte das aber niemanden wirklich. Die Lehrerinnen in der Grundschule wussten von dem Unfall und ließen sie in Ruhe. Sie empfahlen sie sogar fürs Gymnasium, obwohl ihre einstmals sehr guten Leistungen stark nachgelassen hatten. Auf dem Gymnasium ging es anonymer zu, sodass ihr eigentümliches Verhalten kaum auffiel. Wenn eine der Mitschülerinnen eine blöde Bemerkung machte, wusste sie sich zu wehren, und so ignorierte man sie schließlich einfach. Antonia funktionierte in der Schule und wurde immer versetzt. Ihr eigentliches Leben aber fand woanders statt: am Kanal, auf der Skateranlage, auf dem Sozius von Florians Moped.

Sie schaute auf den Laptop vor ihr. »Aber du, Mama, hast keine Ahnung gehabt, was ich machte oder wie es mir ging!«, sagte sie mit finsterer Miene. »Dein einziges Interesse war, mich so katholisch zu machen, wie du es warst.« Sie richtete sich auf. »Aber das wollte ich nicht!«

Kurz warf sie nochmals einen Blick auf die Mail. Dann klappte sie den Laptop heftig zu. »Und ich will dir auch kein schönes Bild schicken!«

Sie stand auf und ging wieder zum Fenster, beobachtete die hin und her eilenden Menschen auf der Straße.

»Ich werde Bilder für dich malen!«, sagte sie laut. Ihre Augen verengten sich zu Schlitzen. »Und die werden dir bestimmt nicht gefallen!«

In der Zimmerecke stapelten sich wieder Pizzaschachteln. Daneben stand eine Batterie leerer Milchflaschen. Antonia stellte eine weitere dazu. Immerhin spüle ich die Milchflaschen jetzt aus, dachte sie. Als sie vor einem Jahr Pizzakartons und Flaschen hortete, hatte sie sich gar nicht um Sauberkeit und Ordnung gekümmert.

Na ja ... Sie schaute sich um. Mit der Ordnung war es jetzt auch nicht weit her. T-Shirts, Hosen, Slips lagen überall auf dem Boden verstreut. Da, wo sie sie ausgezogen und einfach fallen gelassen hatte. Auf dem Tisch standen jetzt allerdings keine Essensreste, sondern Becher, die mit farbigem Wasser gefüllt waren und an den Rändern Farbspritzer aufwiesen. Pinsel in unterschiedlichen Größen lagen herum. Ihre Metallbox mit den Aquarellfarben war aufgeklappt. Die ursprünglich weiße Mischpalette war bedeckt mit den unterschiedlichsten Farben. A4-Blätter, die sie zum Ausprobieren von Farbzusammenstellungen oder zum Probemalen genutzt hatte, bildeten die Unterlage.

Auf der Matratze des Betts, die von Decke und Kissen befreit war, lagen Bilder in DIN-A3-Größe nebeneinander. Antonia stellte sich davor und betrachtete ihr Werk.

Das Aquarell ganz links zeigte ein offenes Grab, vor dem ein Mann, ein Kind und eine Frau standen. Das hatte sie als Erstes gemalt. Der Mann trug einen schwarzen Anzug mit schwarzer Krawatte und hatte dunkelbraune, fast schwarze, glatte Haare, die vorn kurz geschnitten und im Nacken länger waren. Er hielt ein etwa neunjähriges Mädchen mit halblangen braunroten Locken an der Hand, das ein weißes Kleid trug. Am Saum hatte es eine breite Spitze. Antonia konnte sich noch gut daran erinnern, dass ihre Mutter darauf bestanden hatte, dass sie ihr Kommunionkleid anzog, obwohl es ihr schon etwas eng geworden war. Das Kind streckte die freie Hand zu der Frau aus, die ebenfalls braunrote, naturkrause Haare hatte, die aber kürzer geschnitten waren. Sie trug ein schwarzes Kostüm und hielt in den Händen ein weißes Tuch. Die Gesichter der Menschen waren unkenntlich. Antonia hatte bei allen einfach hellbraune Farbe in Wasser zerfließen lassen.

Sie ließ den Blick langsam über die Figuren wandern und nickte. Nun war das Bild okay. Es hatte drei Anläufe gebraucht, bis die Menschen auf dem Blatt das ausdrückten, was sie sich vorgestellt hatte.

Das Bild daneben war ihr leichter gefallen. Es zeigte nur die Köpfe des Mannes und der Frau nebeneinander. Sie sahen beide aus wie Kopien der zentralen Figur aus dem berühmten Werk »Der Schrei« von Edvard Munch. Die Hände an den Ohren und die Münder weit geöffnet. Das Bild hatte sie in verschiedenen Brauntönen gemalt. Nur die schwarzen und braunroten Haare der Figuren hoben sich davon ab.

Das dritte Aquarell zeigte eine steinerne Statue in der Gestalt einer Frau. Die Frau trug eine kurzärmlige Bluse und einen leicht ausgestellten Rock, der ihr bis zu den Knien reichte. Die Füße steckten in schmalen Schuhen mit kleinem Absatz. Das gesamte Bild war in Grautönen gehalten. Nur der Schriftzug auf dem Sockel war leuchtend rot: »Mutter«.

Dieses Bild hatte sie in einer Nacht gemalt, als sie nicht schlafen konnte. Es gab vorher keine Überlegung dazu. Fast wie ein Roboter war sie aufgestanden, hatte das Aquarellpapier auf den Tisch gelegt, einen Becher mit frischem Wasser gefüllt und angefangen zu malen. Sie hatte sich ihr Werk zwischendurch nicht mit etwas Abstand angesehen, wie sie es beim Malen anderer Bilder immer mal wieder zu tun pflegte, um einen Gesamteindruck zu erhalten. Erst als sie ganz fertig war, war sie zurückgetreten und hatte dann keinen Pinselstrich mehr gemacht.

Ein Gefühl leichter Panik überkam sie, wenn sie das Bild jetzt betrachtete. Das Atmen fiel ihr schwer. Vielleicht sollte sie es einfach wegpacken, nicht weiter berücksichtigen. Aber das konnte sie nicht. Es rührte etwas ganz tief in ihr an, und sie wusste, dass sie auch das mit ihrer Mutter würde teilen müssen. Es war die Wahrheit, dass sie ihre Mutter gefühlsmäßig immer wie eine Statue

171

wahrgenommen hatte, genauso leblos und kalt.

Das letzte Bild rechts daneben war als einziges bunt. Es zeigte einen kleinen Jungen mit dunkelbraunen Haaren, der auf dem Boden kniete und sich über ein halb fertiges Haus aus blauen, roten, gelben und grünen Bausteinen beugte. In der rechten Hand hielt er einen gelben Stein, den er im Begriff war, auf das Bauwerk aufzusetzen. Er trug ein orangefarbenes, langärmliges Oberteil, das teilweise vom Latz der grün-weiß gestreiften Hose überdeckt wurde. Über die Farben der Kleidungsstücke hatte Antonia nicht lange nachdenken müssen. In ihrer Erinnerung tauchte ihr kleiner Bruder genau darin auf. Ob er die Sachen öfter getragen hatte als andere oder ob sie sich ihr einfach besser eingeprägt hatten, konnte sie nicht sagen. Sein Gesicht war ebenfalls nicht detailgenau ausgemalt, aber man konnte erkennen, dass der Junge lachte. Um diesen Gesichtsausdruck hinzubekommen, hatte Antonia lange gebraucht. Mehrere fast fertige Bilder hatte sie weggeworfen, weil ihr das Gesicht misslungen war. Und auch bei diesem konnte man erkennen, dass das Papier an der Stelle leicht beschädigt war. Sie hatte die Farben zweimal mit einem feuchten Schwamm wegwischen müssen, bevor ihr endlich der Ausdruck gelang, den sie haben wollte.

Das Betrachten dieses Bildes stimmte Antonia merkwürdig ruhig. Es sah so friedlich aus, wie er da saß. Sie lächelte unwillkürlich, als sie daran dachte, dass sie ihren Bruder am meisten gemocht hatte, wenn er sich selbst beschäftigte. Dann konnte sie in Ruhe die Dinge machen, die *sie* wollte und musste nicht befürchten, von ihrer Mutter zu seiner Beschäftigung herangezogen zu werden. Dann erinnerte sich Antonia daran, welches Bild sie als Nächstes malen wollte, und schloss die Augen. Es war das Bild, das sie seit ihrer Kindheit aus Albträumen aufwachen ließ. Auch jetzt hatte sie das Gefühl, ihr Brustkorb würde zusammengepresst, als vor ihrem inneren Auge der leblose Körper ihres Bruders in der Blutlache auftauchte.

Schnell wandte sie sich ab und ging ins Bad.

Ich muss dieses Bild ja nicht heute malen, dachte sie, als sie ihren Slip herunterzog und sich auf die Klobrille setzte. Ich war in den letzten Tagen so fleißig, dass ich mir eine Pause verdient habe.

Als sie aus der Haustür trat, blendete sie die Sonne, und die heiße Luft nahm ihr fast den Atem. In der Wohnung war es recht kühl gewesen, weil die Sonne noch nicht auf ihre Fenster schien, und so war die plötzliche Hitze wie ein Schock. In einem ersten Impuls drehte sie sich wieder um und wollte schon die Haustür aufschließen. Doch dann besann sie sich anders. Drinnen könnte sie es jetzt noch weniger aushalten als draußen. Sie musste sich unbedingt bewegen und etwas anderes sehen. Irgendwie würde sie schon mit der Hitze klarkommen.

Sie ging zum Neckar. Dort schlenderte sie langsam am Ufer entlang und beobachtete die Enten und Schwäne, die sich auf dem Wasser tummelten. Ob da auch ein Elternteil der Entenfamilie dabei war, die sie kürzlich hier ganz in der Nähe entdeckt hatte? Oder waren die damals noch kleinen Küken vielleicht schon ausgewachsen? Unwillkürlich schaute sie die Grasfläche unterhalb des Weges entlang, in der Hoffnung, eventuell wieder kleine Baby-Vögel zu entdecken. Doch sie sah nur, dass der bewachsene Bereich nicht bis zum Wasser reichte, sondern an der darunterliegenden Steinbefestigung endete. Dann tauchte eine steinerne Treppe in ihrem Blickfeld auf, die vom Weg bis zu den grauen Steinen reichte, an denen das Wasser des Neckars leckte, und sie ging hinunter. Hier hatte sie Ayshe kennengelernt. Das musste vor ungefähr einem Jahr gewesen sein. Ihr fiel ein, dass sie damals auch Shorts getragen hatte, so wie jetzt. Sie lächelte, als ihr Ayshes lange Jeans einfielen. Ob sie das jetzt wieder machte? Die Ärmste! Heute schien es sogar noch heißer zu sein. Am liebsten würde ich gleich hier ins Wasser springen, um mich abzukühlen.

Ayshe hatte vermutet, dass sie kurz davor gestanden hatte, sich umzubringen. Das stimmte nicht. Aber sie war schon sehr verzweifelt gewesen und hatte solche Angst vor dem finanziellen Absturz gehabt. Eigentlich war sie finanziell in derselben Situation wie vor einem Jahr, stellte sie überrascht fest. Es war auch jetzt absehbar, dass sie in wenigen Monaten ohne Geldmittel dastehen würde. Das Grundeinkommen lief dann aus, und mit dem Geld von den wenigen verkauften Bildern würde sie auch jetzt nicht viel weiterkommen. Im Unterschied zum letzten Jahr war es ihr aber gerade egal.

Kurz durchzuckte sie der Gedanke, dass sie noch aktiver bei der Vermarktung werden müsste. Vielleicht auch mal schauen müsste, ob sie tatsächlich Malkurse anbieten könnte. Doch das schüttelte sie schnell wieder von sich ab. Die Bilder, die sie jetzt malte, waren wichtiger – und wenn sie deshalb in der Obdachlosigkeit landete, war es auch egal.

Sie starrte aufs Wasser und dachte wieder an das Bild, das sie als nächstes malen wollte. Morgen früh würde sie gleich damit beginnen.

Am nächsten Morgen wachte sie schon mit einem

dumpfen Gefühl in der Magengegend auf, das in Wut überging, als sie feststellte, dass sie weder Kaffee noch Brot im Haus hatte. Eigentlich wollte sie gestern noch einkaufen, hatte es aber ganz vergessen. Wahrscheinlich lag es an der Hitze. Die machte einen ja ganz matschig im Kopf.

Wenigstens war noch eine Flasche Milch da. Aber der Gedanke, den Tag ohne eine große Tasse Kaffee beginnen zu müssen, behagte ihr trotzdem nicht. Ob sie jetzt noch schnell einkaufen sollte? Nein! Dazu hatte sie schon gar keine Lust. Missmutig setzte sie sich mit der Milchflasche an den Tisch und trank sie schnell halb leer. Sie betrachtete das Sammelsurium aus bemalten Blättern, Bechern, Pinseln und Aquarellfarben vor sich. Lange ließ sie ihren Blick darüber schweifen. Dann nahm sie noch einen Schluck Milch und stellte die Flasche neben sich an ein Tischbein. Sie nahm alle Pinsel auf und legte sie zusammen mit der Farbbox neben die Flasche auf den Boden. Dann leerte sie nacheinander die Becher in der Spüle aus und ließ sie dort stehen. Die Blätter knüllte sie zusammen und warf den so entstandenen Ball zum Pizzakastenstapel. Er prallte davon ab und warf zwei der leeren Flaschen um, die danebenstanden.

Dann legte sie ein leeres Blatt Schmierpapier auf den Tisch und davor den aufgeklappten Aquarellpapier-Block. Pinsel und Malkasten ordnete sie neben dem Schmierpapier an. Schließlich füllte sie in der Küche noch zwei der ausgeleerten Becher mit frischem Wasser und stellte sie auch auf den Tisch. Sie setzte sich vor den Block und schaute eine Weile auf das leere Blatt, das oben auflag. Langsam nahm sie einen Pinsel zur Hand, tauchte ihn in einen der Becher und strich mit ihm über die dunkelbraune Farbe des Malkastens.

Völlig versunken machte sie einen Pinselstrich nach dem anderen, dachte nicht weiter darüber nach, welche Farbe wo anzuordnen war. Sie überließ sich ganz ihrer Intuition. Irgendwann spürte sie die schmerzhafte Verspannung ihrer Nackenmuskulatur und richtete sich auf. Ließ ihre Schultern kreisen und streckte dann die Arme nach oben. Erst als sie sie wieder heruntergenommen hatte und ihre Schultern abwechselnd nach oben zog und wieder fallen ließ, betrachtete sie ihr Werk.

Ein Mädchen stand in der Mitte des Bilds und schaute sie an. Sie war nur so groß wie ihr kleiner Finger, doch ihre blauen Augen waren in dem ansonsten leeren Gesicht besonders auffällig. Braunrote krause Haare bedeckten den Kopf und ein schwarzer langer Pullover sowie eine schwarze lange Hose den Körper. Allein befand sich das Mädchen in einer schier endlos erscheinenden Wüste, die in unterschiedlichen Brauntönen gehalten war. Am Horizont verschwammen die braunen Töne der Wüste mit dem dunklen Grau des Himmels.

Antonia knabberte an ihrer Unterlippe, als sie starr auf das Bild vor sich schaute. Dann bemerkte sie, wie ihre Augen sich mit Tränen füllten. Sie wischte sie mit einer Handbewegung fort, doch dann schluchzte sie laut auf. Ein Weinkrampf bemächtigte sich ihres Körpers, und sie überließ sich ihm.

Immer noch leise weinend stand sie schließlich auf und legte sich ins Bett. Sie zog die Decke über den Kopf und war bald darauf eingeschlafen.

Als sie aufwachte, fühlte sie sich völlig ausgelaugt. Nur langsam kam sie wieder in die Realität zurück, und ihr wurde bewusst, dass es schon fast Mittag sein musste. Die

Sonne war schon ums Haus herumgekommen und spähte an einer Ecke durchs Fenster. Antonia bemerkte den hellen Strahl, der sich durchs Zimmer zog.

Sie hatte Hunger und erinnerte sich daran, dass sie nichts zu essen in der Wohnung hatte. Stöhnend setzte sie sich auf und warf einen kurzen Blick auf den Tisch mit den Malutensilien und dem fertigen Werk. Es versetzte ihr einen Stich, als ihr einfiel, dass das Bild, das sie eigentlich malen wollte, immer noch nicht fertig war. Gleich werde ich es machen, versprach sie sich selbst. Aber erst muss ich was essen.

Sie ging ins Bad, pinkelte, putzte die Zähne und wusch ihr Gesicht mit kaltem Wasser. Nachdem sie ihr Haar mit einigen Bürstenstrichen einigermaßen gebändigt hatte, zog sie im Zimmer aus den herumliegenden Sachen ihre blaue Shorts und das schwarze ausgeleierte Top hervor und streifte sie über. Dann schlüpfte sie in ihre roten Flipflops und verließ rasch die Wohnung.

Irgendwie kamen ihr die hin- und herlaufenden Menschen auf der Straße unwirklich vor, und sie beeilte sich zum Supermarkt zu kommen. Dort kaufte sie Kaffee, Butter, geschnittenen Gouda und Milch. Beim Bäcker nebenan drei Brötchen. Eigentlich sollte sie auch Gemüse oder so etwas kaufen, um was Richtiges zu essen, aber schnell vertrieb sie den Gedanken wieder aus ihrem Kopf. Jetzt nicht!

Zurück in der Wohnung saß sie bald mit einem großen Glas Wasser in der Hand an ihrem Tisch. Dort, wo vorhin noch das Bild von dem kleinen Mädchen in der Wüste gelegen hatte, stand ein Teller, auf dem sich zwei Käse-Brötchen befanden. Wie gut das Wasser tat! So nass geschwitzt, wie sie nach dem kleinen Ausflug war, mochte sie keinen

Kaffee mehr trinken. Sie biss ein großes Stück von einem der Brötchen ab und kaute kräftig. Ein so leckeres Brötchen habe ich ja schon lange nicht mehr gegessen, dachte sie und verspeiste beide schnell hintereinander. Mit einem großen Schluck leerte sie das Glas und brachte es zusammen mit dem Teller in die Küche. Im Bad wusch sie sich die Hände und legte dann den Aquarellblock zurück auf den Tisch.

Das zuletzt gemalte Bild war immer noch an den beiden kurzen Seiten am Block befestigt. Vorsichtig löste sie das Blatt an den perforierten Nähten ab und legte es auf den Stapel mit den anderen Bildern neben dem Schrank. Erst jetzt bemerkte sie, dass sie die Pinsel noch gar nicht ausgewaschen hatte und die Farbe eingetrocknet war. Sie weichte sie in einem der Becher ein, die noch auf dem Tisch standen. Einen anderen leerte sie in der Spüle aus und füllte ihn sowie zwei weitere mit Wasser. Als sie diese Gefäße auf den Tisch stellte, störte sie der mit den Pinseln gefüllte Becher und sie brachte ihn in die Küche. Dann schob sie die sauberen Pinsel und den Malkasten etwas weiter in die Mitte des Tisches und setzte sich.

Ohne weiteres Nachdenken malte sie eine verkrümmt daliegende, taubenblaue Kapuzenjacke in die Mitte des Bildes. Bald ragten zwei tannengrüne Hosenbeine daraus hervor, wovon das eine nach hinten gestreckt war und das andere in einem unnatürlichen Winkel nach vorn wies. Dunkelbraune Schuhe waren auch schnell gemalt. Als Antonia die gelblichrosa Farbe anmischte, um eine der sichtbaren Hände zu malen, musste sie schlucken und sie beeilte sich, die Pinselstriche auszuführen. Sie nahm wieder einen anderen Pinsel, um die dunkelbraune Farbe für das Haar auszuwählen. Zitternd strich sie oberhalb der taubenblauen Kapuze übers Papier. Eine Träne tropfte auf die noch feuchte tannengrüne Hose, und sie verwischte sie mit der Farbe. Eine weitere Träne tropfte auf den leeren Teil des Blatts.

Als die Haare so aussahen, wie sie sie haben wollte, lehnte sie sich zurück. Ihre Wangen waren nass von Tränen, doch sie wischte sie nicht weg. Dort, wo Tränen auf die noch feuchte Farbe des Bildes getropft waren, vermengte sie sie mit der Farbe. Lautlos weinend schaute sie sich das Ergebnis an. Ich werde auch den grauen Asphalt malen, dachte sie. Der muss noch unter das Blut. Mit einem dicken Pinsel trug sie die graue Farbe rings um die gekrümmte Figur auf und nutzte die Tränen einfach als zusätzliche Flüssigkeit. Sie wurde sich bewusst, dass das Zittern wieder nachgelassen hatte. Das schien ein Hinweis auf ihre gesamte Gemütslage zu sein. Sie fühlte sich auf einmal ganz ruhig. Tränen liefen ihr über die Wangen, aber das Weinen schien zu dieser Ruhe dazuzugehören.

Sie tauchte einen der sauberen Pinsel in den Wasserbecher, mischte auf der Palette das Rot, das sie brauchte, und verteilte es großzügig neben dem dunkelbraunen Haarschopf. Dann legte sie den Pinsel beiseite, verwischte die letzten Tränen auf dem Blatt, sodass sie sich unsichtbar ins Bild einfügten, und stand auf.

10

Als der Fernbus von der Autobahn herunterfuhr und auf die Verbindungsstraße zwischen Essen und Bottrop einbog, wusste Antonia immer noch nicht, in welcher Reihenfolge sie ihrer Mutter die Bilder zeigen sollte. Sollte sie die »Mutter«-Statue an den Anfang stellen, um sie gleich aufzurütteln? Oder doch lieber das Bild, auf dem Mutter und Vater schrien wie auf Edvard Munchs berühmtem Gemälde? Vielleicht war aber das Friedhofsbild besser?

»Wir sind gleich am Bottroper Hauptbahnhof«, erklang eine Männerstimme aus dem Lautsprecher, und wenig später hielt der Bus. Antonia hob ihren lilafarbenen Tagesrucksack vom Boden zwischen ihren Beinen hoch auf den Schoß und nahm die große weiße Plastiktüte in die Hand, die neben ihrem linken Bein an der Wand gelehnt hatte. Darin befand sich die Mappe mit den Aquarellen. Sie hatte den sowieso schon engen Fußraum weiter verkleinert, aber Antonia war es zu unsicher, die Mappe ins Gepäcknetz zu legen. Sie glaubte zwar nicht, dass jemand solch eine große, unansehnliche Plastiktüte stehlen würde, aber der Inhalt könnte vielleicht durch das Gepäck der Mitreisenden beschädigt werden. Außerdem gab es ihr ein sicheres Gefühl, die Tüte an ihrem Bein zu spüren.

Die große Uhr über der Frontscheibe des Busses zeigte 7:40 Uhr, als Antonia ausstieg. Wir sind sogar fünf Minuten zu früh, dachte sie. Aber das macht nichts. Mama wird das Frühstück bestimmt schon eine Viertelstunde früher fertig haben. Sie hatte ihrer Mutter ihr Kommen per Mail angekündigt, als sie das Fernbusticket gekauft hatte. Es gab nur eine direkte Verbindung nach Bottrop, die schon um 2:25 Uhr am Mannheimer Hauptbahnhof abfuhr. Begeistert war sie nicht davon, in der Nacht zu fahren, aber der Preis war unschlagbar gewesen. Außerdem hätte sie vor diesem schwierigen Besuch bei ihren Eltern eh nicht schlafen können.

Ein gemeinsames Frühstück war bestimmt der beste Einstieg in dieses Treffen, bestätigte sie sich selbst noch einmal, als sie sich draußen den Rucksack auf den Rücken setzte. Und der halbstündige Fußmarsch bis zur Wohnung würde sie richtig wach machen. Dabei war sie eigentlich gar nicht so müde, wie sie zuvor erwartet hatte. Während der Fahrt war sie immer mal wieder eingenickt, aber die meiste Zeit wach gewesen.

Als sie losging, fiel ihr der nasse Asphalt mit ein paar Pfützen auf. Sie warf einen prüfenden Blick zum Himmel. Er war von einem einheitlichen Dunkelgrau und sie beschleunigte ihre Schritte. Das trübe Wetter passt ja gut zu meinem speziellen Besuch, dachte sie, aber ich will jetzt nicht nass werden.

Die Menschen, denen sie unterwegs begegnete, schienen auf dem Weg zur Arbeit zu sein, wenn sie auch nicht genau wusste, was man jetzt eigentlich in Bottrop arbeitete, wo es die Zeche und die Kokerei nicht mehr gab. Um diese Zeit müsste sie auch Schulkinder sehen, aber nicht eines war auf der Straße. Nordrhein-Westfalen hatte wohl schon Sommerferien, anders konnte sie sich das nicht erklären.

Ein Regentropfen fiel auf ihre Nase, als sie das graue Mehrfamilienhaus erblickte, in dem ihre Eltern wohnten, und sie rannte die letzten Meter.

»Ich habe dir Bilder mitgebracht«, sagte Antonia, als sie die

Marmelade vom Tisch nahm und in den Kühlschrank stellte.

»Dat is ja schön«, sagte die Mutter und räumte einen Teller in die Spülmaschine.

Der Vater war zurück ins Wohnzimmer gegangen, als die beiden Frauen begannen, den Tisch abzudecken. Wahrscheinlich nimmt er an, dass wir gleich nachkommen, dachte Antonia. Sie hielt den Spüllappen unter den Wasserhahn, wrang ihn aus und wischte den leeren Tisch ab.

Nachdem sie ihn mit einem Geschirrtuch trocken gerieben hatte, holte sie die große weiße Plastiktüte aus dem Flur.

»Da bin ich ja ma gespannt«, sagte die Mutter und setzte sich mit dem Rücken zur Tür auf ihren Platz.

Antonia zog die lindgrüne Bildermappe aus der Tüte und setzte sich der Mutter gegenüber. Sie drehte die Mappe auf ihrem Schoß so, dass der Pappdeckel beim Öffnen die Sicht für ihre Mutter versperren würde. Dann zog sie die Schleife auf, mit der sie die Mappe mittels der angebrachten breiten Bänder verschlossen hatte.

Der spielende Junge in dem orangefarbenen Oberteil und der grün-weiß gestreiften Latzhose lag obenauf. Antonia zögerte. Sollte sie dieses Bild als erstes nehmen? Ihr Blick wanderte zu dem gerahmten Foto ihres Bruders an der Wand, auf dem er einen Plastikbagger in der Hand hielt. Er trug darauf einen orangefarbenen Pullover und eine grün-weiß gestreifte Latzhose.

Ach, deshalb habe ich ihm auf meinem Bild auch diese Klamotten angezogen, dachte Antonia. So habe ich ihn schließlich während meiner gesamten Jugendzeit gesehen, wenn ich hier am Tisch saß. Ohne weiter nachzudenken, zog sie das zuoberst liegende Bild heraus und legte es vor ihrer Mutter auf den Tisch.

Die zog die Brauen zusammen, als sie wahrnahm, was da gezeigt wurde. Dann schüttelte sie den Kopf. »Wat soll dat? Warum has du Johannes gemalt?«

»Damit wir mal über ihn sprechen«, sagte Antonia leise.

»Wat gibs da zu sprechen!« Die Stimme der Mutter klang hart. »Er ist tot! Dat müsstest du ja wohl am besten wissen.«

Antonias Magen zog sich zusammen. Der indirekte Vorwurf war unüberhörbar. Gab die Mutter ihr tatsächlich nach all den Jahren noch die Schuld am Tod ihres Bruders?

»Du gibst mir immer noch die Schuld an seinem Tod?« Sie zwang sich, der älteren Frau direkt ins Gesicht zu sehen. Die erwiderte ihren Blick kurz, wich dann aber aus.

»Nein! Natürlich nich! Du wars schließlich selber noch ein Kind. Et war ein Unfall, für den niemand wat konnte.« Die Worte schossen wie aus einer Maschinenpistole heraus. Sie klangen wie auswendig gelernt, schon tausendmal gesagt.

»Ja, das ist die rationale Antwort«, sagte Antonia.

Die Mutter zuckte mit den Schultern. »Wat denn sons?«

»Diese Erklärung habe ich schon zigtausendmal gehört, aber sie reicht mir nicht.«

»Wat soll ich denn sons sagen? Dat stimmt doch so.« Die Mutter schüttelte den Kopf und stand auf. »Willse auch 'n Glas Wasser?«

»Nein!«, sagte Antonia laut.

Ihre Mutter zuckte zusammen. »Wat schreiste denn so? Ich hör noch ganz gut.« Sie ging zum Schrank und holte ein Glas heraus.

Währenddessen blätterte Antonia in den mitgebrachten Bildern. Dann zog sie das Beerdigungsbild heraus und legte es auf das schon auf dem Tisch liegende Aquarell.

Die Mutter stellte sich mit dem gefüllten Glas davor. »Und wat soll dat schon wieder? Willse mich ärgern?« Sie schüttelte den Kopf. »Ich dachte, du hättest schöne Bilder für mich, aber dat ...« Sie wies flüchtig auf die Bilder.

»Mama, bitte setz dich hin!«, sagte Antonia. »Mir ist es sehr wichtig, mit dir diese Bilder anzuschauen. Du würdest mir damit sehr helfen.«

»Helfen? Wobei?«

»Vielleicht kann ich dadurch gesund werden. Vielleicht hören die Albträume dann mal auf, die ich seit dem Unfall habe. Und vielleicht bekomme ich dann keine Panikattacken mehr, wenn ich eine Polizeisirene höre.«

Die Mutter zog die Brauen zusammen. »Dat wusste ich ja gar nich.«

Antonia lehnte sich zurück. »Du weißt so vieles nicht. Aber vielleicht erfährst du das ja, wenn du dir mit mir zusammen die Bilder anschaust.«

Die Mutter setzte sich und betrachtete schweigend das Bild.

Nach einer Weile sagte Antonia: »Da hätte ich deine Hand gebrauchen können, aber du hast meine Hand einfach abgewehrt.«

»Ja? Daran kann ich mich gar nicht mehr erinnern.«

»Wahrscheinlich erinnerst du dich auch nicht daran, dass du mich seitdem nie wieder in den Arm genommen hast?«

»Gerade eben, bei der Begrüßung hab ich dich umarmt!«, sagte die Mutter entrüstet.

»Das ist doch etwas anderes. Ich meine, dass du mich

vielleicht mal hättest trösten können, nach dem, was passiert war. Mir zeigen, dass du meinen Kummer verstehst.«

Die Mutter schluckte. »Aber ich hatte doch selber so viel Kummer.« Sie sackte zusammen, ließ den Kopf hängen. »Dat war so eine schlimme Zeit«, sagte sie leise.

Antonia konnte sie kaum verstehen. »Das war für uns alle schlimm!«, sagte sie.

Die Mutter nickte. Dann schaute sie Antonia hilfesuchend an. »Muss du dat wirklich allet hervorkramen? Dat ist doch so viele Jahre her.«

»Ich habe dir gesagt, warum ich das tue. Vielleicht hilft es ja auch dir.«

»Mir? Ich brauch dat nich! Ich hab damit abgeschlossen.«

Antonia überlegte einen Moment, dann blätterte sie wieder in der Mappe und zog ein drittes Bild hervor. Das Aquarell, was sie jetzt auf den Tisch legte, zeigte die graue Frauenstatue mit der roten Inschrift »Mutter« auf dem Sockel.

»Vielleicht hast du für dich damit abgeschlossen, aber für mich bist du seither so kalt wie diese leblose Statue.«

Die Mutter sprang auf. »Jetzt gehse aber wirklich zu weit! Ich hab mich all die Jahre um dich gekümmert, dich versorgt und jetzt kümmer ich mich sogar mehr um deine Kinder als du selbs!«

Antonia verdrehte die Augen. »Das trifft es genau! Du hast dich gekümmert! Immer nur kümmerst du dich, aber du bist nicht wirklich da.«

Die Mutter verschränkte die Arme vor der Brust. »Ich hab allet getan, wat eine Mutter tun kann! Ich weiß wirklich nich, wat du von mir wills.« Dann drehte sie sich abrupt um und verließ die Küche.

Antonia schloss die Augen und seufzte. Wieso kann Mama denn nicht wenigstens einfach mal zuhören, was ich zu sagen habe? Läuft mal wieder weg. Wie immer! Immer, wenn etwas ihr nicht passte, erklärte sie das Gespräch für beendet. So gab es nie einen lebendigen Austausch zwischen ihnen.

Wut kroch in Antonia hoch. Sie schaute auf das Bild, das vor ihr auf dem Tisch lag. Aber was soll man von einer Statue auch anderes erwarten? Einem Impuls folgend schloss sie die Bildermappe auf ihrem Schoß und legte die drei Bilder vom Tisch obenauf. Dann nahm sie alles zusammen in die Hand und ging ins Wohnzimmer.

Ihr Vater saß auf dem Sofa und las in der WAZ. Als sie hereinkam, senkte er die weit auseinandergefaltete Zeitung etwas und schaute sie an.

Die Mutter stand am Fenster und zupfte verwelkte Blätter aus der Topfpflanze. »Ich versteh gar nich, wieso die so viel Blätter verliert, wo ich sie doch regelmäßig dünge«, sagte sie wie zu sich selbst.

Antonia hockte sich vor das Sideboard, auf dem der Fernseher stand, und lehnte die Bilder, die sie der Mutter in der Küche gezeigt hatte, nebeneinander daran. Eine kleine Ausstellung. Dann räumte sie die leere orange-rote Keramikvase, die Fernsehzeitung und den Teil der WAZ, den ihr Vater gerade nicht in der Hand hielt, vom Tisch und setzte sich mit ihrer Bildermappe neben ihren Vater aufs Sofa.

»Kannst du bitte mal die Zeitung weglegen, Papa? Ich möchte euch etwas zeigen.«

Der Vater zog die Brauen zusammen, faltete aber die Zeitung und legte sie neben sich auf die Couch.

»Die Bilder da vorn habe ich gerade Mama in der

Küche gezeigt, aber ich möchte, dass du sie dir auch anschaust.«

Der Vater reckte sich hoch, um über die Tischkante schauen zu können. Nach einer Weile sagte er: »Dat hat er gern gemacht, der Johannes. Mit den Legosteinen spieln.«

»Duplo-Steine waren dat!«, sagte die Mutter. »Die Lego-Steine warn ja noch zu klein für ihn.«

»Bei der Beerdigung hast du mir fast die Hand zerquetscht«, sagte Antonia und schaute zum Vater neben ihr. Der presste die Lippen aufeinander und nickte.

»Aber das war mir egal. Ich war so froh, dass du meine Hand gehalten hast.«

Die Mutter kam hinzu und setzte sich in den Sessel an der Längsseite des Couchtisches. Alle schwiegen, doch dann sagte Antonia: »Das dritte Bild, das mit der Statue, ist eigentlich nur für Mama bestimmt.« Sie zog ein Aquarell aus ihrer Bildermappe und legte es so auf den Tisch, dass ihre Eltern beide gut darauf schauen konnten. Es zeigte ihre Eltern, die im Schrei erstarrt waren.

»Solln wir dat sein?«, fragte der Vater.

»Ja!«

Die Mutter schüttelte den Kopf und lehnte sich zurück. »So haben wir nie geguckt!«

»Nach außen vielleicht nicht, aber ich glaube, dass ihr innerlich immer so geschrien habt und ich das gespürt habe.«

Der Vater betrachtete das Bild mit finsterer Miene. Dann zuckte er mit den Schultern. »Ich weiß nich. Is allet so lange her.«

Antonia legte das Bild, auf dem sie in der Wüste zu sehen war, neben das andere.

Die Mutter beugte sich wieder vor. »Und dat bis du? Ja,

wird wohl so sein. Diese hässlichen schwarzen Sachen hat kein anderes Mädchen getragen.«

»Das ist wieder so typisch!«, sagte Antonia. »Musst mich sofort wieder wegen der Kleidung runtermachen.« Sie warf ihrer Mutter einen wütenden Blick zu. »Aber bei dem Bild geht es um etwas anderes. Siehst du nicht, dass ich da ganz allein in der riesigen Wüste stehe?«

»Ja, aber …« Die ältere Frau mit den braunroten kleinen Locken zuckte mit den Schultern. »Wat soll dat denn sagen? Du wars doch nie allein. Wir warn immer da, und auf deiner Skateranlage hattes du doch Freunde.«

Antonia verdrehte die Augen. »Ja, körperlich wart ihr da, aber im Innern habt ihr euch eigentlich nur mit eurem Schreien beschäftigt.«

»Dat is doch Quatsch!«, sagte der Vater. »Wenn ich innen immer geschrien hätte, hätt ich nich arbeiten können. Malocht hab ich! Und gekämpft für unsere Zechen!« Seine Lippen zitterten. »Bis zum Schluss hab ich gekämpft! Die Kumpels vonne Gewerkschaft konnten sich imma auf mich verlassen.« Er schaute Antonia aus den Augenwinkeln an. »Un jetz sags du, wir wärn nich für dich da gewesen. Dat hab ich doch allet für dich gemacht! Und außerdem hab ich dich so oft mit auf Schalke genommen. War eben nich mehr Zeit da!«

Antonia atmete heftig aus. »Ja, ich weiß doch, dass ihr gemacht habt, was ihr konntet. War eben alles nicht anders möglich. Aber trotzdem ist es so, dass ich mich seit Johannes Tod so allein fühle wie auf diesem Bild. Da spielt es keine Rolle, wer tatsächlich körperlich anwesend war.« Sie zögerte einen Moment, doch dann holte sie das letzte Bild aus ihrer Mappe und legte es auf die anderen: Der verkrümmt auf dem Asphalt liegende Körper in der tannengrünen Hose und der taubenblauen Kapuzenjacke. Der Kopf mit den dunkelbraunen Haaren in der roten Blutlache liegend.

Die Mutter sprang auf und rannte aus dem Zimmer.

»Wisst ihr eigentlich, wie oft ich dieses Bild vor mir sehe?«, sagte Antonia laut, aber mit zitternder Stimme. Sie schluchzte auf. »Nachts werde ich davon wach, und sobald ich eine Polizeisirene höre, ist es da.« Sie zog ein Taschentuch aus ihrer Hosentasche und schnäuzte die Nase. »Ich versuche dann immer, es wegzudrängen. Schnell an was anderes zu denken.« Mit der Hand wischte sie die Tränen aus dem Gesicht, aber es war sofort wieder nass. »Es nützt nichts.« Ihre Stimme erstickte fast. »Es kommt immer wieder.« Mit hängenden Schultern saß sie da und weinte weiter, ließ die Tränen einfach laufen.

Nach einiger Zeit rutschte ihr Vater näher an sie heran und legte den Arm um sie. Nun musste Antonia noch heftiger weinen, aber sie lehnte ihren Kopf in seine Armbeuge.

Irgendwann kam die Mutter wieder herein. Sie sammelte die Bilder vom Boden und die auf dem Tisch zusammen und legte sie mit der Rückseite nach oben vor Antonia.

»Heute Mittach mach ich Apfelpfannkuchen. Den hast du doch immer so gern gegessen«, sagte sie.

Wie heiß es schon wieder ist, dachte Antonia, als sie sich an einen der kleinen runden Tische vor dem Café Marché setzte. Sie schwitzte, obwohl es erst zehn Uhr morgens war und sie nur den kurzen Weg von ihrer Wohnung bis hierher zurückgelegt hatte. Zum Glück spendete ihr jetzt einer der beigefarbenen Sonnenschirme Schatten.

»Einen Kaffee, bitte«, sagte sie dem schlaksigen jungen

Mann mit der schwarzen Kellnerschürze, als er sie nach ihren Wünschen fragte.

Hier ist es immer noch besser auszuhalten als in meiner Wohnung, dachte sie. Nach einigen heißen Tagen und Nächten, die keine Abkühlung brachten, hatten sich ihre Räume immer mehr aufgeheizt.

Sie lehnte sich zurück und wandte ihre Aufmerksamkeit dem vor ihr liegenden Marktplatz zu. Die meisten der vorübergehenden Menschen waren genauso leicht bekleidet wie sie selbst. Bunte Tops, Kleider und Shorts dominierten das Bild, aber es waren auch einige Frauen in dunklen langen Kleidern unterwegs, deren Haare von Kopftüchern bedeckt wurden. Die Armen, dachte Antonia. Wie halten sie es bei dem Wetter nur unter diesen Roben aus?

Doch dann stutzte sie plötzlich. Was war denn mit dem Denkmal geschehen? Weiße Planen verdeckten den unteren Bereich und ließen es wie eine Baustelle aussehen. Wurde es renoviert?

Der Kellner stellte den Kaffee vor ihr ab und ihr wurde mit einem Mal bewusst, wie lange sie nicht mehr hier gewesen war. In den letzten Wochen hatte sie weder ihr Lieblingscafé besucht, noch war sie mit offenem Blick über den Marktplatz gegangen. Als sie die Bilder für ihre Eltern gemalt hatte, war sie höchstens mal für Spaziergänge an Neckar und Verbindungskanal draußen gewesen. Aber auch nach ihrer Rückkehr aus Bottrop vor zwei Wochen hatte sie nichts hierhergezogen. Sie hatte sich danach so energiegeladen gefühlt, dass sie aktiv sein musste. Es war fast wie ein Zwang gewesen, im Internet nach weiteren Ausstellungsmöglichkeiten zu schauen und einige anzuschreiben. Sie hatte sogar recherchiert, wo sie eventuell Malkurse geben könnte.

Siedend heiß fiel ihr ein, dass sie heute Morgen eigentlich sofort bei der Abendakademie anrufen wollte. Aber dann war sie nach der Nacht in ihrem überhitzten Zimmer so zerschlagen gewesen, dass sie ihren Frühstückskaffee nicht dort hatte trinken wollen und hierhergegangen war.

Dann ruf ich halt später da an, dachte sie und riss die kleine Zuckertüte auf, die auf der Untertasse gelegen hatte. Langsam ließ sie die weißen Körnchen in die Tasse rieseln und schaute wieder zum Denkmal hinüber. Nun stand neben den Planen eine Frau, die eine weiße Gummischürze sowie gelbe Gummistiefel trug. In der Hand hielt sie einen langen Stab, in den unten ein Schlauch mündete und aus dessen oberem Ende ein Wasserstrahl hervorschoss. Gemächlich ließ sie den Strahl über die steinernen Figuren wandern.

Sie reinigte das Denkmal. Deshalb die Plane. Es wurde nicht renoviert! Sie war irgendwie erleichtert, schüttelte aber den Kopf. Es kann mir doch eigentlich egal sein, was mit dem Denkmal geschieht. Versonnen beobachtete sie die Reinigungskraft bei ihrem Tun und freute sich darauf, die steinerne Figurengruppe bald ohne Vogelkot sehen zu können.

Sie nahm den Kaffeelöffel auf und rührte damit in ihrer Tasse. Dann legte sie ihn zur Seite und trank den ersten Schluck. Wie gut der tat! Und wie gut es war, wieder hier zu sitzen und das vertraute Bild des Marktplatzes vor Augen zu haben. Sie schlug die Beine übereinander und lächelte entspannt.

Doch dann wurde ihr Blick plötzlich starr. Sie konnte ihre Augen nicht von dem Paar abwenden, das sich gerade auf Höhe der putzenden Frau befand. Thomas und eine schlanke Frau gingen Hand in Hand quer über den

Marktplatz. Sie unterhielten sich lebhaft und nahmen ihre Umgebung offensichtlich nicht wahr.

In einem ersten Impuls wollte Antonia aufspringen und zu ihnen hinüberlaufen, aber sie blieb sitzen. Neugierig betrachtete sie die Frau neben Thomas. Sie war fast so groß wie er, hatte lange dunkelbraune Haare und trug ein Trägerkleid mit schwarz-weißem Leopardenmuster. Hübsch sieht sie aus, dachte Antonia.

Dann war Thomas also erfolgreich gewesen! Bei ihrem letzten Treffen hatte er davon gesprochen, dass er sich in Dating-Portalen umschauen würde. Er sei sehr traurig, keine Freundin zu haben, hatte er gesagt, und sähe das Internet als einzige Chance, jemanden kennenzulernen. Wie schön, dass es geklappt hatte, dachte sie und beobachtete, wie das Paar den Platz verließ und über die angrenzende Straße ging. Sie schienen zu seiner Wohnung zu wollen.

In dieser Wohnung war sie bei ihrem letzten Treffen mit Thomas auch gewesen. Wann war das denn eigentlich? Jedenfalls bevor Mama mir diese erste Mail geschrieben hat. Ach ja! Nun fiel es ihr ein. Sie hatte ihm ihre Website gezeigt, bevor sie sie veröffentlicht hatte. Und Thomas hatte ihr seine gezeigt, auf der er sich als Coach anbot. Er hatte sogar schon Coachings durchgeführt, und als Trauerredner wurde er häufiger gebucht, weil ihn ein Bestattungsunternehmen regelmäßig empfahl.

Antonia wippte mit ihrem Fuß, und eine Taube hüpfte erschrocken davon. Wie sehr sich Thomas und sie damals gemeinsam darüber gefreut hatten, dass es bei ihnen beiden beruflich aufwärtsging. Sie hatte ihm bei dem Treffen auch von ihrer Ausstellung in der Physiotherapie-Praxis erzählt und dass sie bereits zwei der ausgestellten Bilder verkauft hatte.

Es war schon merkwürdig, dass sie sich seitdem nicht mehr gesehen hatten. Davor hatte es doch regelmäßige Treffen gegeben. Na ja! Sie zuckte mit den Schultern. Mir haben sie aber auch nicht wirklich gefehlt. Thomas hätte mich beim Malen der Bilder für meine Eltern nur gestört und ich bin eigentlich froh, dass er sich nicht gemeldet hat.

Auf der Straße, die Thomas und seine Freundin gerade überquert hatten, fuhr ein Polizeiwagen vorbei. Sein Blaulicht blinkte, und nun drang die laute Sirene des Wagens in Antonias Bewusstsein. Unwillkürlich legte sie die Hände an die Ohren, aber statt wie sonst die Augen zu schließen, schaute sie dem Wagen hinterher. Ihr war etwas beklommen zumute, aber die Panik, die sie sonst immer befallen hatte, blieb aus. Sie nahm die Hände herunter und horchte auf den Klang der Polizeisirene, bis er nicht mehr zu vernehmen war. Was war das denn? Sie war ja jetzt völlig ruhig! In sich hineinhorchend trank sie ihren Kaffee in großen Schlucken aus. Keine Angst, keine Panik war zu spüren.

Sie setzte sich aufrechter hin und schaute sich nach dem Kellner um. Als sie ihn erblickte, sagte sie: »Bitte bringen Sie mir einmal das Schlemmer-Frühstück!«

11

Der große, helle Raum im Erdgeschoss des Hinterhauses hatte eine Tür zum Hof. Sie stand offen, und so war Antonia einfach eingetreten. Um elf Uhr hatte sie hier einen Termin, aber es war niemand da, obwohl es schon fünf nach elf war. Als Erstes fiel ihr der lange Tisch aus dunkelbraunem Holz in der Mitte des Zimmers auf. Er hatte unzählige Macken und war mit Farbklecksen bedeckt. In einem Regal an der linken Wand befanden sich Becher mit Pinseln und Stiften, Papierstapel und Kisten, die vorn beschriftet waren. »Acrylfarben« stand auf einer, auf einer anderen »Aquarell«, »Lineale usw.« auf noch einer anderen. Eine dunkelgrüne Tür, die der gegenüberlag, durch die sie hereingekommen war, führte wahrscheinlich in die weiteren Räume der Künstlergruppe.

Als Antonia gerade überlegte, dort anzuklopfen, öffnete sie sich. Eine Frau, die ihre blonden, glatten Haare zu einem Pferdeschwanz gebunden hatte, trat ein. Sie trug ein weißes, langes Hemd und eine ockerfarbene, weite Hose. Antonia schätzte ihr Alter auf Ende vierzig.

»Du bist Antonia, nehme ich an?« Sie kam um den Tisch herum und streckte Antonia die Hand entgegen.

Antonia ergriff sie. »Und du Bettina?«

Die Ältere ignorierte die Frage. »Deine Aquarelle gefallen mir. Ich hab lange Zeit auch nur Aquarelle gemalt, aber jetzt bin ich auf Acryl umgestiegen. Ganz selten, dass ich noch mal meine Aquarellfarben raushole.«

»Ich hab mir auch mal Acrylfarben gekauft, wollte damit experimentieren, aber bisher haben die Aquarelle immer noch lauter geschrien.«

Bettina nickte kurz, drehte sich dann aber zum Tisch und öffnete ihre Arme zu einer ausladenden Geste. »Dies ist also unser Schulungsraum«, sagte sie. »Eigentlich war er als reiner Gemeinschaftsraum gedacht, wo wir uns treffen, zusammen was essen oder Feste feiern.« Sie zog einen der Stühle hervor, die an der Längsseite des Tisches standen, und setzte sich.

Antonia nahm das als Einladung, sich ebenfalls zu setzen, und wählte den Stuhl am Kopfende.

»Irgendwann haben wir gemerkt, dass der Raum eigentlich meistens leer steht. Spontan treffen wir uns hier kaum, weil jeder einen anderen Tagesrhythmus hat. Manchmal verabreden sich Einzelne hier zum Essen, und einmal in der Woche haben wir Gruppentreffen. Das war's. Und so hatten wir die Idee, den Raum für Schulungen zu nutzen. Axel und Katja machen hier jetzt öfter Workshops, aber Harald und ich haben keinen Bock darauf.«

»Und darum vermietet ihr den Raum jetzt an andere Künstler, die Kurse geben wollen?«

»Genau! Aber das muss natürlich passen – von der Chemie her, meine ich.«

»Ja klar«, sagte Antonia. »Wahrscheinlich würde ich euch dann immer mal begegnen. Oder, wenn ich Fragen habe ...«

»Dafür bin ich dann weiterhin da.«

»Ach so.«

»Also, was hast du dir denn so vorgestellt, einen Kurs oder mehrere? Erwachsene? Frauen? Kinder?«

Antonia beugte sich vor. »Ich dachte, ich biete zum Einstieg erst einmal einen Anfängerkurs für Erwachsene an. Einen Kurs speziell für Kinder fände ich auch interessant,

195

aber dafür muss ich wohl erst noch ein wenig Pädagogik lernen.«

»Vielleicht kannst du ja mal bei Katjas Kinderkurs mitmachen, um zu sehen, wie das so läuft.«

»Das ist eine gute Idee, würd ich gern machen.«

»Wir müssen Katja natürlich vorher fragen.«

»Jetzt will ich mich sowieso erst einmal auf den Erwachsenenkurs konzentrieren.«

»An welchen Wochentag hast du denn gedacht?«

»Da bin ich flexibel.«

»Das ist gut. Du müsstest dich nämlich an den bestehenden Kursterminen orientieren.«

»Ja, klar!« Antonia nickte heftig. »Eine Frage habe ich aber noch: Würdet ihr meinen Kurs dann auch auf eurer Website anbieten, oder bin ich ganz allein für die Werbung zuständig?«

Bettina schürzte die Lippen. »Gute Frage. Darüber hab ich mir, ehrlich gesagt, noch gar keine Gedanken gemacht.« Sie schaute Antonia gedankenverloren an. »Das kann ich auch nicht allein entscheiden.« Dann setzte sie sich gerade hin. »Weißt du was? Komm einfach am nächsten Donnerstag zu unserem Gruppentreffen. Da können wir solche Fragen klären, und du lernst alle anderen auch kennen.«

»Das heißt, du bist damit einverstanden, dass ich hier Kurse anbiete?«

»Ja, auf jeden Fall! Das passt schon.«

Antonia ging mit einem Hochgefühl zurück zu ihrer Wohnung, die nur zwei Straßen entfernt von den Künstlerateliers lag. Das ließ sich ja wirklich gut an. Wenn sie da tatsächlich Kurse gab, dann würde sie nicht nur Geld verdienen, sondern hätte auch gleich Kontakt zu anderen

Künstlern, was bestimmt nicht schlecht war.

Bald stand sie vor dem altrosa Mehrfamilienhaus, doch als sie den Schlüssel hervorholte, überlegte sie es sich anders. Ließ den Schlüssel wieder in den Rucksack fallen und ging weiter. Sie wollte jetzt nicht allein sein, wollte jemandem von ihrem Erfolg erzählen. Vielleicht war Thomas ja zu Hause.

Thomas musste neben dem Schalter für die automatische Türöffnung gestanden haben, denn Antonia löste kaum den Finger vom Klingelknopf, als auch schon das erwartete Summen ertönte. Immer zwei Stufen auf einmal nehmend eilte sie die Treppen bis zum vierten Stock hinauf. Thomas stand in der Tür.

»Komm rein!«

»Hast du denn etwas Zeit, oder musst du gleich los?«

»Das passt schon. Habe erst um fünf ein Coaching-Gespräch.«

Antonia ging gleich auf den großen, mattgrünen Plüschsessel in Thomas' Wohn- und Arbeitszimmer zu und ließ sich hineinfallen. »Ziemlich heiß hast du's hier.«

»Tja, was soll man machen? In einer Dachgeschosswohnung!« Der Ex-Priester stand noch am Türrahmen. »Soll ich dir ein Wasser bringen?«

»Ja, gerne.«

Schnell war er mit zwei großen Gläsern, die bis an den Rand gefüllt waren, zurück. Er stellte sie auf den kleinen, runden Tisch zwischen Sessel und Sofa und setzte sich Antonia gegenüber.

»Wir haben uns ja lange nicht gesehen. Schön, dass du mich besuchen kommst.«

»Ich hatte gerade ein Bewerbungsgespräch, und

wahrscheinlich klappt's«, sprudelte es aus Antonia heraus.

»Oh.« Thomas' Augen weiteten sich.

»Hier im Viertel, gar nicht weit entfernt. Eine Künstlergruppe vermietet einen Raum für Malkurse. Und jetzt soll ich zu ihrem wöchentlichen Treffen kommen, um Details zu klären.«

Thomas lächelte sie freundlich an. »Das freut mich. Dann wirst du also bald Malkurse geben?«

»Ja, genau! Und drei Bilder habe ich in den letzten Wochen auch verkauft und eine Galerie bietet mir an, meine Bilder dort auszustellen.«

»Darauf müssen wir anstoßen.« Er hob sein Wasserglas und Antonia lachte. »Mit Wasser habe ich auch noch nie angestoßen, aber da wir wohl keinen Sekt da haben …« Sie nahm ebenfalls ihr Glas und stieß es an seines. Wasser schwappte über und landete auf dem Tisch. Schnell zog Thomas ein weißes Stofftaschentuch aus der Hose und tupfte den Fleck weg.

»Du hast ja immer noch diese altmodischen Taschentücher«, sagte Antonia. Sie beugte sich vor und schaute auf den Boden vor Thomas' Füße. »Aber jetzt ist kein Kondom hinterhergefallen.«

Thomas lachte laut auf. »Das wirst du wohl nie vergessen, was?«

»Nö, das war so witzig, wie verlegen du deshalb warst.«

»Dabei gab es wirklich gar keinen Grund dazu.« Ein Grinsen breitete sich auf dem Gesicht des dunkelhaarigen Mannes aus. »Jetzt habe ich meine eigenen Kondome. Sie liegen in meinem Nachttisch.«

»Die brauchst du natürlich, wo du doch wieder eine Freundin hast«, sagte Antonia bestimmt.

Der stattliche Mann sah sie erstaunt an. »Du weißt von

Marina?«

»Ach, Marina heißt sie. Sie sieht hübsch aus.«

»Du hast uns gesehen!«

Antonia lachte. »Schon vor ein paar Wochen.«

»Und da hast du nicht mal ›Hallo‹ gesagt?«

Antonia zuckte mit den Schultern. »Wo hast du sie denn kennengelernt?«

Thomas grinste. »Bei einem Leichenschmaus. Hört sich ganz schön makaber an, was?«

Antonia kuschelte sich tiefer in den gemütlichen Sessel und lächelte. »Das hört sich nicht makaber an. Ich freue mich für dich! Wie lange seid ihr denn schon zusammen?«

»Vier Wochen.«

Antonia schaute verträumt an die Zimmerdecke. »Ihr seid also noch voll verliebt«, sagte sie sanft und schloss die Augen. »Ein wundervolles Gefühl, nicht wahr?«

»Das ist es«, sagte Thomas.

Der Klang seiner Stimme brachte Antonia schnell aus ihrem schwärmerischen Gefühl heraus. Sie setzte sich aufrechter und sah ihn an. »Warum bist du denn jetzt so cool?«, fragte sie.

»Bin ich doch gar nicht!«

»Doch, das bist du!«

»Du nimmst das vielleicht so wahr, aber ich selbst spüre meine Verliebtheit schon.«

»Davon kommt bei mir aber nicht viel an. Hoffentlich bist du bei deiner Marina anders.«

»Das lass mal meine Sorge sein.«

»Okay, okay.« Sie lehnte sich wieder an. »Darüber will ich mit dir nicht streiten. Ich freu mich wirklich für dich und denk einfach, dass man dir die Verliebtheit mehr anmerken müsste.«

Thomas schwieg und sah Antonia direkt an.

Sie wich seinem Blick aus und sagte: »Ist ja wirklich viel passiert, seitdem wir uns das letzte Mal gesehen haben. Nicht nur, dass du eine Freundin hast. Auch dein Coaching-Vorhaben scheint ja inzwischen gut zu laufen. Dabei meine ich, dass es noch gar nicht so lange her ist, seitdem wir uns das letzte Mal getroffen haben.«

»Oh doch, das ist es. Das muss so Anfang Mai gewesen sein. Da hatte ich gerade den Sessel neu, in dem du jetzt sitzt, und hatte das zum Anlass genommen, dich in meine Wohnung einzuladen.«

Antonia riss die Augen auf. »Waas? So lange ist das her? Jetzt haben wir August … das sind ja drei Monate!«

Thomas nickte leicht. »Ich habe mich schon gefragt, ob du weggezogen bist, weil ich dich nicht mal mehr im Café Marché getroffen habe. Dabei hast du wohl an deiner Karriere gearbeitet, was? Da scheint's ja ziemlich aufwärtsgegangen sein. Du hast also die Website veröffentlicht, die du mir beim letzten Mal gezeigt hast.« Das war mehr eine Feststellung als eine Frage.

»Ja, und dadurch ist einiges in Gang gekommen.« Antonia musste plötzlich an die Bilder denken, die sie für ihre Mutter gemalt hatte, und an ihren Besuch in Bottrop.

»Nicht nur beruflich, was?«, fragte Thomas.

Antonia zuckte zurück. »Kannst du Gedanken lesen?«

Thomas lachte auf und schüttelte den Kopf. »Nein! Aber die Art deines Lächelns kann nicht nur von beruflichem Erfolg herrühren.«

Antonia wusste nicht, was sie sagen sollte. Wie hatte sie denn gelächelt? Sagte das so viel über sie aus? War ihre Veränderung für andere so gut zu spüren? Sie selbst merkte schon, dass sie sich seit dem Besuch in Bottrop verändert hatte. Es war, als ob eine schwere Last von ihr abgefallen war, auch wenn ihre Mutter sich nicht so verhalten hatte, wie sie es sich gewünscht hätte. Sie hatte gehofft, dass ihre Mutter beim Anblick der Bilder ihre Maske ablegen und echte Gefühle zeigen würde. Das hatte sie aber nicht wirklich getan. Anfangs war sie deswegen sehr enttäuscht gewesen. Inzwischen dachte sie aber, dass ihre Mutter sich nicht von einem Moment auf den anderen ändern könnte. Sie hatte sie regelrecht überfallen, und sie hatte den Prozess, den sie selbst beim Malen durchlaufen hatte, nicht durchlebt.

»Hast du vielleicht deinen Mann wegen des Motorrads kontaktiert und ihr seid euch wieder nähergekommen?«, fragte Thomas.

Antonia brauchte einen Moment, um die Worte aufzunehmen. Dann schüttelte sie heftig den Kopf. »Nein!« Sie lachte. »An das Motorrad habe ich in den letzten drei Monaten überhaupt nicht gedacht.«

»Aber deinen Mann hast du getroffen?«

Antonia musste weiter lachen.

»Steckt ein anderer Mann dahinter?«

»Nein!«, sagte Antonia bestimmt und grinste. »Durch deine eigene Verliebtheit musst du wohl einen Tunnelblick bekommen haben. Meinst wohl, man könne nur durch eine Beziehung glücklich sein.«

Thomas öffnete den Mund, sagte aber nichts.

»Da bin ich aber froh, dass es mit deiner Hellseherei anscheinend doch nicht so weit her ist.«

Thomas zuckte mit den Schultern und schwieg weiter.

Antonia wusste nicht, was sie sagen sollte. Sollte sie ihm von den Bildern für ihre Mutter erzählen? Dann müsste sie auch über Johannes und den Unfall sprechen. Thomas sah sie weiterhin unverwandt an, und ihr war unbehaglich zumute.

»Ich muss mal«, sagte sie und sprang auf.

Als sie zurückkam, fiel ihr zuerst auf, dass Thomas die Wassergläser wieder aufgefüllt hatte. »Hast du vielleicht auch Milch?«, fragte sie.

»Nein. Tut mir leid.«

Antonia lachte auf und ließ sich in den Plüschsessel fallen. »Und ich dachte schon, du hättest dir das Entschuldigen abgewöhnt. Aber immerhin hat es bis zur ersten Entschuldigung dieses Mal lange gedauert.«

»Tja, vielleicht habe ich mich ja auch geändert.«

Antonia schaute ihn nur kurz irritiert an, rückte dann aber zurück an die Sessellehne und umfasste mit der linken Hand ihren rechten Daumen. »Ich war wieder in Bottrop«, sagte sie. »Habe meine Eltern besucht.« Ihr Blick war gesenkt.

»Bist du deiner Mutter nicht mehr böse wegen dieser Sache vor Weihnachten?«

Antonia zog die Brauen zusammen. »Daran habe ich jetzt gerade nicht gedacht.« Sie stockte. »Das war wirklich ganz weg für mich. Genauso wie die Frage, wo mein Motorrad geblieben ist.«

»Dann gab es anscheinend Wichtigeres für dich in den letzten Monaten.« Thomas lehnte sich entspannt zurück und schlug die Beine übereinander.

»Das kann man wohl sagen.« Antonia nickte. »Ich weiß nur nicht, wie ich anfangen soll.«

»Am Anfang?«

Antonia sah ihn versonnen an. Was war eigentlich der Anfang, fragte sie sich. Johannes Unfall? Oder doch eher die Mail von ihrer Mutter?

»Meine Mutter hat mir eine Mail geschrieben, kurz nachdem ich die Website veröffentlicht hatte.«

Thomas saß ruhig da und hörte ihr zu, während sie von der Wut auf ihre Mutter wegen der Art dieser Mail berichtete. Sie erzählte ihm von ihrem Entschluss, Bilder für sie zu malen, und auch, wie diese Bilder aussahen. Sie ließ nicht aus, wie es ihr beim Malen gegangen und wie der Besuch in Bottrop verlaufen war. Das Sprechen fiel ihr überraschenderweise recht leicht. Nur bei den Geschehnissen rund um Johannes' Tod konnte sie die Tränen nicht zurückhalten und machte eine Pause.

Das war der einzige Moment, in dem Thomas etwas sagte: »Bin ich der Erste, dem du davon erzählst?«

Sie nickte.

»Dann hast du ja all die Jahre eine unerträgliche Last mit dir herumgeschleppt.«

Antonia dachte daraufhin an die Erleichterung, die sie seit dem Besuch in Bottrop verspürte, und konnte sie nun noch besser verstehen.

Einige Minuten, nachdem sie mit dem Abschied von ihren Eltern nach dem gemeinsamen Pfannkuchenessen ihren Bericht beendete, fragte Thomas: »Kann ich die Bilder auch mal sehen?«

»Ich habe sie bei meinen Eltern gelassen.«

»Ach so. Macht nichts.«

»Vielleicht fahre ich mal wieder hin. Dann könnte ich sie mitbringen.«

Thomas schüttelte heftig den Kopf. »Nein, nein. Ist wirklich nicht nötig!« Er stand auf und reckte sich. »Bin ganz steif geworden vom langen Sitzen, aber ich danke dir für dein Vertrauen.«

Antonia betrachtete den schlanken Mann, der ein

dunkelblaues, verwaschenes T-Shirt und kurze schwarze Shorts trug. So konnte sie ihn sich überhaupt nicht mehr als Priester vorstellen.

»Bereust du manchmal, dass du dein Priesteramt aufgegeben hast?«, fragte sie.

Thomas senkte die Arme. »Bereuen? Nein! Das ist das falsche Wort.« Er setzte sich wieder hin. »Vielleicht sollte ich auch mal Bilder malen.«

»Dann komm doch in meinen Kurs.«

Thomas strich langsam mit den Fingern über den schwarzen Lack des kleinen Tisches. »Für die Bilder, die ich meine, brauche ich keinen Kurs.«

»Wieso?«

»Ich möchte meine Last auch so gerne loswerden, und vielleicht klappt es ja bei mir mit Bildern ähnlich wie bei dir.«

»Du meinst deine Schuldgefühle, weil du das Zölibat gebrochen hast?«

Thomas nickte.

Antonia sah ihn nachdenklich an. Dann sprang sie plötzlich auf. »Vielleicht kann ich dafür ja doch einen Kurs geben. So etwas wie Maltherapie. Das machen andere ja auch.«

»Aber bräuchtest du dafür nicht eine psychologische Ausbildung?«

»Mmh, stimmt!« Antonias Schultern sackten herab. »Wahrscheinlich könnte ich mit den seelischen Problemen der Leute nicht wirklich umgehen.« Sie kniff die Lippen zusammen und schaute Thomas an. Plötzlich erhellte sich ihr Gesicht. »Ich nicht! Aber du!«

Thomas sah sie fragend an.

»Na, du bist doch ein Seelenklempner. Sonst könntest

du ja nicht deine Coachings machen.«

»Na und? Was hat das mit deiner Maltherapie zu tun?«

»Wir könnten die doch gemeinsam anbieten. Ich steuere das Malen bei, du das Psychologische.«

»Mmmh. Ich weiß nicht!«

»Zum Üben könnten wir ja mit den Bildern zu deinen Schuldgefühlen beginnen.«

Thomas verschränkte die Arme hinter dem Kopf und schaute zur Zimmerdecke. Nach einer Weile sagte er langsam: »Vielleicht ist das gar nicht so eine schlechte Idee. Ich hatte eh schon mal darüber nachgedacht, Kurse zur seelischen Problembewältigung anzubieten, zum Umgang mit Gefühlen und so. Das mit Malen zu verbinden gefällt mir.«

Antonia umarmte ihren Freund stürmisch. »Prima! Das machen wir! Das ist toll! Auch, dass du dann mein Partner bist!«

Thomas nahm ihre Arme von seinen Schultern, hielt die Hände seiner Freundin fest und schob sie etwas von sich weg. Ernst sah er sie an: »Ich würde mich auch sehr freuen, mit dir gemeinsam zu arbeiten. Ich kann mir keine bessere Partnerin vorstellen.«

Antonia saß auf ihrer Lieblingsbank am Verbindungskanal gegenüber dem großen grauen Bagger mit dem dicken roten Streifen auf seinem Rumpf. Es war noch weit vor der Mittagszeit, und so lag die Bank noch im Schatten. Sie hatte schon bei ihrer Ankunft bemerkt, dass der Schatten sogar recht lang war für die Uhrzeit.

Wahrscheinlich liegt es daran, weil die Sonne Anfang September schon wieder recht tief steht, dachte Antonia. Die heißen Tage des Sommers waren dann wohl bald vorbei. Am Himmel über den runden Silos, die links in ihrem

Blickfeld lagen, entdeckte sie eine schwach leuchtende, breite Mondsichel. In ein paar Tagen war Neumond. Sie legte den Kopf in den Nacken. Der Himmel über ihr war ungetrübt blau. Sie sollte vielleicht mal nachts hierherkommen, um den Sternenhimmel zu betrachten.

Wann habe ich das eigentlich zum letzten Mal gemacht? Sie senkte den Kopf wieder und beobachtete, wie sich der an langen Seilen hängende Greifer des Baggers langsam über das Wasser bewegte. Antonia fielen die lauen Sommernächte während ihres Studiums ein, in denen sie oft allein an der Ruhr oder an einem der kleineren Bäche im Süden von Essen gesessen und in den Himmel geschaut hatte. Sie war dorthin gefahren, um der Lichtverschmutzung in der Stadt zu entgehen. Mit der Sternkarte auf dem Schoß und einer Taschenlampe in der Hand konnte sie Stunden damit zubringen, Sternbilder oder Planeten am Nachthimmel zu identifizieren. Wo war ihre Sternkarte eigentlich jetzt? Weggeworfen hatte sie sie bestimmt nicht, dazu war sie ihr zu wichtig, auch wenn sie sie lange nicht mehr gebraucht hatte. Aber sie hatte sie Stephan am Anfang ihrer Beziehung mal gezeigt.

Sie lächelte, als ihr einfiel, wie oft sie Stephan anfangs mit ihrem Wissen beeindruckt hatte. »Da schau, die Wega«, sagte sie schon mal, wenn sie bei sternenklarem Himmel abends noch unterwegs waren. Oder: »Die Nördliche Krone kann man heute wirklich sehr gut erkennen, aber den Herkules sieht man kaum.« Nachdem sich das Erstaunen bei Stephan ob ihres Wissens gelegt hatte, sagte er dann auf eine solche Äußerung etwa: »Kein Wunder, dass man die Nördliche Krone so gut sieht. Ihre Sterne leuchten ja sehr hell, aber bei Herkules eben nicht.« Antonias Verwunderung über seine astronomischen Kenntnisse war nicht weniger groß. Niemals zuvor hatte sie jemanden kennengelernt, mit dem sie sich über ihre Sternenhimmelbetrachtungen hatte austauschen können. Bald schon hatten sie manche ihrer Motorradausflüge in die Nacht verlegt, um dann auf einer Wiese liegend in den Himmel zu schauen und gemeinsam Sternbilder auszumachen.

Antonia schaute versonnen auf den wild bewachsenen Grünstreifen zwischen Weg und Kanal, der ihr die freie Sicht aufs Wasser nahm. Wie lange das her war. Doch dann durchfuhr sie ein anderer Gedanke wie ein Blitz. So lange war es noch gar nicht her. Sie waren ja erst vor sechs Jahren ins Städtchen gezogen und bis dahin hatten sie diese Ausflüge noch regelmäßig gemacht. Was sind schon sechs Jahre, dachte sie. Und doch erschienen ihr die zwei Jahre mit Stephan in München und die gemeinsamen Ausflüge heute weiter weg als das Universum.

Plötzlich sehnte sie sich nach dieser ersten Zeit mit ihm zurück. Nein, sie sehnte sich nach dem Stephan, wie er damals war. Enthusiastisch beim Diskutieren von Themen, die ihn interessierten, wobei das Schöne war, dass es meistens auch die Themen waren, die sie selbst begeistern konnten. Nicht nur das Interesse für Astronomie teilten sie, auch wenn es um philosophische oder politische Themen ging, konnten sie sich manchmal nächtelang die Köpfe heißreden. Aber dann gab es auch wieder die Stunden, in denen er seine Gitarre rausholte und Musikstücke spielte, die ihm gerade einfielen. Sie konnte sich nicht mehr an einzelne erinnern, aber sie wusste noch, dass ihr das Zuhören nie langweilig wurde. Sie hätte ihm ewig zuhören und zusehen können, wie er selbstvergessen seine Hände über die Saiten führte. Dieselben Hände, die auch beim Sex so unvergleichlich zärtlich sein konnten.

Antonia umfasste ihre Oberarme mit den Händen und beneidete plötzlich Thomas, der eine neue Freundin hatte. Und ich? Sie lachte auf und schüttelte den Kopf. Jetzt lebe *ich* zölibatär. Aber eigentlich habe ich seit dem Weggang aus dem Städtchen auch kein Bedürfnis nach körperlicher Nähe gehabt.

Sie stand auf, ging auf die rechts gelegene Teufelsbrücke und stützte sich mit den Ellbogen auf dem Geländer ab, als sie mitten über dem Kanal war. Sie war einfach mit so vielen anderen Dingen beschäftigt gewesen, da war gar kein Platz geblieben für engere Beziehungen oder Sehnsüchte. Einmal hatte sich im Café Marché ein Mann zu ihr gesetzt und ihr zu verstehen gegeben, dass er gern mit ihr nach Hause gegangen wäre. Aber sie hatte ihn brüsk abgewiesen. Er war nicht ihr Typ, aber in den letzten Jahren hätte sich wahrscheinlich sogar Brad Pitt um sie bemühen können, sie hätte abgelehnt.

Sie beobachtete ein Entenpaar, das den Kanal querte. Die haben wahrscheinlich nie solche Probleme wie ich und freuen sich einfach daran, zusammen zu sein, dachte sie. Na ja, die haben auch keine Angst davor, keine Wohnung oder kein Essen zu haben. Irgendetwas finden sie immer zum Fressen, und eine Wohnung brauchen sie auch nicht, wenn sie nicht gerade Junge haben.

Antonia machte schnalzende Geräusche, und das Entenpaar schwamm auf sie zu. Den Enterich mit dem dunkelgrün schimmernden Kopf fand sie besonders schön. Wahrscheinlich wollten sie nun gefüttert werden. »Ich habe nichts dabei!«, rief sie den Enten zu und dachte daran, dass Brot für sie schlecht sein sollte. Ob die ganzen Enten im Bottroper Stadtpark an dem Brot gestorben waren, das sie ihnen in ihrer Kindheit gegeben hatte?

Sie löste sich von dem Geländer und ging zurück zur Promenade, schlenderte an der luxussanierten Mühle und der Popakademie vorbei. Im Moment musste sie sich auch nicht viele Gedanken ums Überleben machen. Der Erlös der verkauften Bilder und die Einnahmen aus dem Malkurs würden sie über die ersten Monate nach dem Ende des Grundeinkommens bringen. Und bald würde sie mit Thomas zusammen maltherapeutische Kurse anbieten. Sie lächelte unwillkürlich, als sie an ihre gemeinsamen Vorbereitungstreffen dachte. Ihr Freund hatte einige Bücher zum Thema besorgt, und sie hatten ein paar der dort genannten Beispiele ausprobiert. Jeder hatte sie genutzt, um persönliche Themen zu bearbeiten.

Sie blieb abrupt stehen und schaute aufs Wasser hinunter. Wie hatten sie gelacht, als sie feststellten, dass sie sich beide im Grunde mit demselben Problem beschäftigten. Es ging um die Verarbeitung von Schuld. Zunächst war sie überrascht gewesen, dass sie das Thema immer noch beschäftigte. Sie dachte, es mit den Bildern für ihre Eltern endgültig abgeschlossen zu haben. Nein, es war noch da! Aber es fiel ihr jetzt leichter, sich mit Johannes' Unfall und ihrer Rolle dabei zu beschäftigen.

Über Thomas hatte sie bei den Vorbereitungstreffen auch viel gelernt. Das Priesteramt hatte ihm viel bedeutet, auch das Zölibat hatte er immer für richtig gehalten. Sein Leben stand seit seiner Jugendzeit unter der Prämisse, innerhalb der katholischen Kirche ausschließlich für Gott und andere Menschen da sein zu wollen. Und so musste er nicht nur verarbeiten, dass er das öffentlich gegebene Enthaltsamkeitsversprechen nicht eingehalten hatte. Genauso stark belastete ihn, die katholische Kirche verlassen zu haben, die für ihn Heimat gewesen war.

Ein ICE fuhr auf der anderen Seite des Verbindungskanals vorbei, und Antonia schaute ihm hinterher. Sie hatte den Eindruck, dass ihrem Freund das Malen wirklich half. Plötzlich fiel ihr die alte Frau ein, die sie in seiner ehemaligen Kirche getroffen hatte, und sie bekam eine Gänsehaut. Hatte die nicht gesagt, dass ich ihm helfen könne? Nachdenklich sah sie zu der Stelle, wo der ICE ihren Blicken entschwand. Erst als dort ein roter Nahverkehrszug aus der anderen Richtung auftauchte, wurde sie sich wieder bewusst, wo sie sich befand.

Sie drehte sich um und ging weiter. Noch in diesem Winter würden sie den neuen Kurs anbieten, hatten Thomas und sie sich vorgenommen. Das würde bestimmt Spaß machen, und Geld kam dadurch auch rein. Wie gut sich doch insgesamt ihre finanzielle Situation entwickelt hatte.

Ich werde weiterhin sehr sparsam leben müssen, aber ich werde bestimmt auch weiterhin irgendwie von meiner Kunst und den Kursen leben können. Bei diesem Gedanken spürte sie freudige Erregung in sich hochsteigen und sie begann zu hüpfen. Ich habe es geschafft, dachte sie. Juchhu! Endlich kann ich von meiner Kunst leben, kann das malen, was ich möchte, und muss keine blöden Werbe-Designs für Produkte entwerfen, die ich für total sinnlos halte. Wie frei ich bin! Nicht reich, aber frei! Beschwingt sprang sie auf den Steg aus hölzernen Planken und breitete die Arme aus.

Ein junger Mann, der vom Studentenwohnheim auf den Steg zulief, schaute von seinem Handy hoch, und Antonia ließ die Arme sinken. Gemessenen Schrittes ging sie an ihm vorbei, doch die überschwänglichen Gefühle blieben.

Wenn doch nur Stephan hier wäre, dachte sie. Ich möchte ihm so gern von meinem Erfolg berichten. Doch im nächsten Moment wurde ihr bewusst, dass sie an den Stephan dachte, den sie in München kennengelernt hatte, nicht an den, der er im Städtchen geworden war. Sie ließ die Schultern hängen. Was war sie doch immer noch für eine unverbesserliche Träumerin. Den Stephan aus München gab es nicht mehr ... Aber den aus dem Städtchen auch nicht. Er würde sich inzwischen schon wieder total verändert haben, wenn er mit den Kindern allein in Köln lebte. Ob sie ihn jetzt überhaupt noch lieben könnte? Wer weiß, wie er geworden war?

Gedankenverloren ging sie bis zum Ende des Stegs und setzte sich dann an seinen Rand. Sie würde Stephan so gern wiedersehen. Und auch die Kinder. Aber was, wenn er eine Freundin hatte? Und wenn die Kinder »Mama« zu ihr sagten?

12

»Hast du noch Lust auf ein Bier?«, fragte der einzige Mann in ihrem Malkurs.

Antonia schaute von der Mappe hoch, in die sie die Bilder einsortierte, die sie beim heutigen Kursabend als Inspiration für die Teilnehmerinnen benutzt hatte. Der Schwarzhaarige mit dem dunklen Teint stand ihr auf der anderen Seite des großen Holztisches gegenüber. Antonia wunderte sich etwas, dass er noch da war. Sie hatte angenommen, dass er den Raum soeben mit den anderen Teilnehmerinnen verlassen hatte. Nun blickte er sie mit seinen tiefbraunen, fast schwarzen Augen intensiv an.

»Mmh«, sagte Antonia und senkte den Kopf wieder, um das Aquarell, das sie gerade in der Hand hielt, an der richtigen Stelle in die Mappe zu legen. Auf diesen Überfall war sie nicht vorbereitet, und sie wusste nicht, was sie machen sollte. Harun hatte sich an den beiden Unterrichtsabenden sehr interessiert gezeigt, viel mehr Fragen gestellt als seine Mitschülerinnen. Er sei Syrer und studiere hier Informatik, hatte er bei der kurzen Vorstellungsrunde des ersten Abends gesagt und dass das Malen ihm als Ausgleich beim Verfassen seiner Masterarbeit dienen solle.

Antonia schaute wieder hoch und direkt in das ernste Gesicht des jungen Mannes. Sie spürte ein aufgeregtes Flattern in ihrer Magengegend. Er ist viel zu jung, dachte sie und sagte: »Ja, gerne. Kennst du denn eine gute Kneipe hier in der Nähe?«

»Im ›Eight to Eight‹ bin ich häufiger. Da gefällt's dir bestimmt auch.«

Antonia hatte die Kneipe schon gesehen, war aber noch nie drin gewesen.

»Ich muss erst noch Ordnung schaffen«, sagte sie und wies auf die Blätter, Pinsel und Wasserbecher auf dem Tisch. Die Teilnehmerinnen hatten zwar ihre eigenen Sachen weggeräumt, aber die Dinge, die Antonia benutzt hatte, waren noch da.

»Ich helfe dir schnell«, sagte Harun und schüttete auch schon einen Becher im Spülbecken aus. Antonia sammelte die Pinsel auf und brachte sie ihm. Als sie ihn dabei berührte, durchfuhr es sie wie ein elektrischer Schlag, und sie zuckte zurück.

Harun wusch die Pinsel aus. »Wo sollen sie hin?«

»Leg sie hier auf das Bord zum Trocknen.«

Antonia räumte derweil die Blätter in das für ihren Kurs vorgesehene Regalfach.

Schon bald standen sie draußen, und Antonia schloss die Tür ab.

»Dein Kurs ist genauso, wie ich ihn mir gewünscht habe«, sagte Harun. »Ich habe schon letzte Woche so viel gelernt, dass ich zu Hause ohne Probleme ein paar einfache Bilder malen konnte. Ich hätte sie dir gern gezeigt, aber habe mich nicht getraut.«

Antonia wandte sich zum Hof und zeigte auf seinen Rucksack. »Hast du sie dabei? Dann kann ich sie mir ja gleich ansehen.«

»Nein, leider nicht, aber beim nächsten Mal bringe ich sie mit.«

Oder du zeigst sie mir gleich in deinem Zimmer, dachte Antonia.

Sie gingen durch die Unterführung des Vorderhauses und gelangten zum Gehweg.

»Wir müssen hier rechts und später links in eine Straße einbiegen«, sagte Harun.

Antonia nickte. Auf der gegenüberliegenden Straßenseite lehnte ein Mann an der Hauswand, löste sich aber davon, als die beiden aus der Unterführung kamen. Antonia nahm ihn im schummrigen Licht der Straßenlaternen nur vage wahr.

»Ich weiß, wo das ›Eight to Eight‹ ist, aber ich war noch nie drin«, sagte Antonia.

»Schön, dass ich dir etwas Neues zeigen kann.«

Antonia schaute zu dem Mann neben sich, wandte sich dann aber schnell wieder ab. Er war nicht viel größer als sie, bemerkte sie und spürte wieder das Flattern in der Magengegend. Wieso fühlte sie sich jetzt wie ein Teenie beim ersten Date? Ich sollte mich wirklich zusammenreißen. Außerdem weiß ich gar nicht, ob er wirklich etwas von mir will.

»Ich hab mir deine Website angeschaut«, sagte Harun. »Du bist hier in Mannheim ja quasi auch eine Ausländerin.«

Antonia lachte. »Das kann man wohl sagen. Wenn ich die Einheimischen miteinander reden höre, komme ich mir tatsächlich so vor. Der Dialekt ist für mich schwer zu verstehen.«

»Für mich auch! Das war ein großes Problem, als ich hierherkam. Dabei dachte ich, ich hätte gute Deutschkenntnisse.«

»Du hast schon in Syrien Deutsch gelernt?«

»Ja, im Goethe-Institut in Damaskus.«

»War das denn möglich?« Antonia stockte. »Äh, ich meine … äh, da ist doch jetzt schon so lange Krieg.«

»Ja«, sagte Harun leise. »Ich konnte den letzten Kurs

auch nicht zu Ende führen. Das Goethe-Institut machte wegen dem Krieg Anfang 2012 zu. Zum Glück hatte ich dort schon während meiner Schulzeit einige Deutsch-Kurse gemacht.«

»Das heißt, du wolltest schon vor dem Krieg nach Deutschland?«

»In Deutschland studieren. Das war immer mein Traum.«

»Und der ist ja auch in Erfüllung gegangen.« Antonia lächelte ihren Begleiter an. Der aber machte ein ernstes Gesicht.

»So habe ich es mir allerdings nicht vorgestellt. Nicht ein einziges Mal konnte ich meine Eltern besuchen – und immer die Angst …«

Sie überquerten die Straße, um zur links gelegenen Seitenstraße zu gelangen. Als sie den gegenüberliegenden Gehweg betraten, versperrte ihnen ein Mann den Weg.

»Hey, was soll das?«, sagte Antonia und wollte sich an ihm vorbeischieben. Er war größer als sie, und so nahm Antonia vor allem die giftgrüne Outdoorjacke wahr, die er trug, aber nicht sein Gesicht.

»Antonia!«

Beim Klang seiner Stimme blieb sie abrupt stehen. Die kannte sie zu gut. Sie schaute ins Gesicht des Mannes, und wusste trotz der schwachen Straßenbeleuchtung sofort, wen sie vor sich hatte.

»Stephan?«

»Wie schön, dass du dich noch an mich erinnerst.«

Antonia sah ihren Mann nur kopfschüttelnd an. Sie konnte nichts sagen.

»Die Überraschung scheint mir ja gut gelungen zu sein«, sagte er.

»Das ...«, Antonia räusperte sich. »Das kann man wohl sagen.«

Stephan ging einen Schritt zurück. »Du siehst gut aus«, sagte er.

Antonias Herz klopfte bis zum Hals. Sie starrte stumm in Stephans Gesicht, das ihr so vertraut war und hier in dieser Umgebung doch so fremd.

»Ich möchte mit dir reden«, sagte Stephan. »Aber ...« Er deutete mit dem Kopf zu Harun. »Da komme ich wohl gerade ziemlich ungelegen.«

Erst jetzt fiel Antonia wieder ein, dass sie nicht allein war. Sie schaute zu Harun, der ruhig neben ihr stand und mit keiner Miene zu erkennen gab, was er von der kleinen Szene hielt, die er gerade beobachtete. Antonia verschränkte die Arme vor der Brust und wandte sich wieder ihrem Mann zu. Sie dachte an das ernste Gespräch, das sie gerade mit Harun begonnen hatte und wie schlecht sie sich fühlen würde, es einfach so zu beenden. Passt es dir morgen Abend?, wollte sie zu Stephan sagen, aber als sie ihn in der giftgrünen Jacke vor sich stehen sah, konnte sie es nicht.

»Verschieben wir unser gemeinsames Bier um eine Woche?«, sagte sie zu Harun.

Der musterte den älteren Mann kurz. »Ja. Was bleibt mir anderes übrig?« Und schon drehte er sich um und ging.

»Bring deine Bilder nächste Woche mit!«, rief Antonia ihm hinterher. Dann schaute sie ihrem Mann ins Gesicht, der nicht minder ernst dreinblickte als Harun. Vielleicht will er sich scheiden lassen, schoss es Antonia durch den Kopf und dabei schnürte sich ihre Kehle zu.

»Gibt es hier in der Nähe eine Kneipe, in der man ungestört reden kann?«, fragte Stephan.

»Hier im Jungbusch? Um diese Uhrzeit? Nein! Da kenne ich keine.«

»Ich habe auf dem Weg vom Bahnhof hierher ein paar Gaststätten gesehen, aber ich weiß natürlich nicht, wie sie sind.«

Antonia dachte an die eine oder andere Kneipe, die sie dort auch schon bemerkt hatte, aber in keine würde sie jetzt mit Stephan gehen wollen.

»Ich weiß nicht.« Sie knabberte an ihrer Unterlippe. Am liebsten würde sie mit ihm draußen sitzen, vielleicht am Verbindungskanal, aber dazu war es jetzt zu kalt.

»Wir können zu mir gehen«, sagte sie. »Ist nur drei Minuten von hier.«

»Okay«, sagte der Mann in der giftgrünen Jacke.

Auf dem Weg überlegte Antonia, dass sie froh sein konnte, die Messi-Zeit hinter sich gelassen zu haben. In die damals so vermüllte Wohnung wäre sie mit Stephan nicht gegangen. Aber sie hätte sich zu der Zeit wahrscheinlich noch nicht einmal bereit erklärt, mit ihm zu reden.

»Hier malst du also all die tollen Bilder, die ich im Internet gesehen habe«, sagte Stephan, als er ihr kleines Domizil betrat.

»Nein! Nicht alle. Viele sind auch unterwegs entstanden.« Antonia hängte ihre Jacke an den neuen Garderobenhaken neben der Tür, und Stephan tat es ihr mit seiner giftgrünen gleich.

Er ist mein erster Gast hier, dachte sie plötzlich. Ich habe noch nie Besuch gehabt, obwohl ich nun schon weit über ein Jahr hier wohne. Vielleicht wäre Harun ja Stephan heute zuvorgekommen. Ein schwindelregendes Gefühl von Unwirklichkeit überfiel sie, als sie sich des merkwürdigen Zufalls bewusst wurde, dass Stephan genau in dem Moment aufgetaucht war, als sie zum ersten Mal mit einem anderen Mann ins Bett gehen wollte. Das Universum war wohl doch mächtiger, als sie wahrhaben wollte.

Stephan stand unschlüssig vor dem kleinen Tisch, auf dem sich ein paar Skizzen und ihre blaue Lieblingstasse befanden.

»Setz dich doch.« Antonia wies auf den einzigen Stuhl am Tisch. »Ich hab noch einen zweiten.« Schnell nahm sie die Hosen und Shirts vom Stuhl neben dem Kleiderschrank und stellte ihn auch an den Tisch.

Dann nahm sie die benutzte Tasse in die Hand. »Was möchtest du trinken? Ich hab Milch und Kraneberger.«

Stephan lachte. »Kraneberger! Das Wort habe ich ja schon ewig nicht mehr gehört.«

Antonia lachte ebenfalls. »Und ich habe das Wort schon ewig nicht mehr gesagt.« Sie erinnerte sich daran, dass sie mit Stephan zusammen die Herkunft des Begriffs ganz am Anfang ihrer Beziehung recherchiert hatte. Er kannte das andere Wort für Leitungswasser auch, aber hätte es nie aktiv verwendet, wie er sagte.

»Ja, bring mir bitte ein Glas Kraneberger«, sagte Stephan und Antonia ging in die Küche.

Schnell kam sie zurück und stellte das gewünschte Getränk vor ihren Mann und eine halb volle Milchflasche vor den leeren Stuhl. Sie rückte den Stuhl etwas herum, damit sie Stephan besser ansehen konnte, und setzte sich.

»Hast du tatsächlich mein Motorrad verkauft?«, fragte sie.

Stephan runzelte die Stirn. »Ist das deine drängendste Frage, nachdem wir uns fast zwei Jahre lang nicht gesehen haben?«

»Ich habe sicher noch eine Menge anderer Fragen, aber die hat mich tatsächlich am intensivsten beschäftigt.«

Stephan lehnte sich zurück und musterte Antonia eingehend. »Dann habe ich dich damals tatsächlich richtig eingeschätzt. Ich wollte etwas tun, womit ich dir so richtig wehtue. Und da fiel mir zuerst dein Motorrad ein, an dem du immer so gehangen hast.«

»Du hast es nur verkauft, um mir wehzutun?«

»Ja!« Trotzig schaute er sie an. »Was denkst du denn, wie es mir ging, als du so mir nichts dir nichts gegangen bist? Plötzlich stand ich allein da mit den Kindern. Und meine Frau ist über alle Berge, verabschiedet sich nicht einmal, sagt noch nicht einmal, wo sie ist. Nur eine SMS, dass es ihr gut gehe. Wie ein Depp stand ich da!«

»Das war also das größte Problem? Dass du wie ein Depp dastandest?«

Stephan kniff die Augen zusammen. »Was willst du jetzt damit sagen? Dass ich mal wieder nur meinem Vater gefallen wollte?«

Antonia war irritiert. Sie hatte mehr allgemein an die Leute im Städtchen gedacht.

»Es hörte sich so an, als wenn dir die Meinung der anderen wichtiger war als deine eigenen Gefühle. Als wenn du mich nicht wirklich vermisst hättest.«

»Vermisst! Vermisst!«, spie Stephan aus. »Natürlich hab ich dich vermisst! Aber vor allem war ich stinksauer, weil du mir nicht einmal eine Chance gegeben hast, etwas zu verstehen.«

Antonia nickte leicht. »Für dich muss das wirklich schlimm gewesen sein. Aber daran habe ich damals überhaupt nicht gedacht. Ich wollte einfach nur weg, fühlte mich wie eingesperrt.«

Stephan senkte den Kopf. »Und das habe ich nicht gemerkt«, sagte er leise. »Ich dachte, deine gelegentliche Unzufriedenheit würde schon vorübergehen.«

Nachdenklich schaute Antonia ihn an. »Wir haben in zwei Welten gelebt. Du warst immer nur in der Firma, hast kaum Interesse an den Kindern gezeigt. Und ich musste zusehen, wie ich mit den beiden und deiner Mutter klarkam – und mit all den Anforderungen, die heutzutage an eine Mutter gestellt werden.«

»Was meinst du denn da?«

»Na, diese ständige Fragerei der anderen Mütter, ob ich denn schon diesen oder jenen Förderkurs für die Kinder belegt habe. Und die Diskussionen bei den Elternabenden des Kindergartens, ob das Sprachangebot denn wirklich ausreichend sei. Ich habe mich dadurch nur bedrängt gefühlt. Auch deine Mutter hat mir deshalb ständig Druck gemacht. Dabei wollte ich diese Art von Erziehung für die Kinder nicht. Ich denke immer noch, dass sie vor allem ein liebevolles Umfeld brauchen, in dem es verschiedene Anregungen für sie gibt. Aber sie sollen selbst entscheiden, was sie von den Anregungen annehmen. Es soll ihnen nichts aufgezwungen werden.«

Stephan hörte leicht nickend zu und sagte dann: »Ich erinnere mich gut, dass du mir das damals oft gesagt hast.«

»Ja, genau«, sagte Antonia heftig. »Aber du bist überhaupt nicht darauf eingegangen. Hast gemeint, dass meine Unzufriedenheit mit der Situation wahrscheinlich nur von der Feindseligkeit deiner Mutter gegenüber herrührt. Dass ich nur etwas Zeit zum Eingewöhnen brauche.« Sie verdrehte die Augen. »Zeit zum Eingewöhnen! So unverstanden wie bei diesem Satz habe ich mich niemals zuvor gefühlt.«

Stephan atmete heftig aus. »Ich glaube, ich wollte einfach nur meine Ruhe haben. Mein Job hat mich so viel Zeit gekostet, und dabei wollte ich ihn noch nicht einmal wirklich. Anfangs war es ja nur die Abneigung, in einem großen Unternehmen arbeiten zu müssen, aber durch den Abgasskandal in der Autoindustrie kam dann noch hinzu, dass ich in dieser Branche nicht arbeiten wollte. Mir war klar geworden, dass die deutsche Autoindustrie, auch schon ohne Abgasskandal, eine der Hauptverantwortlichen für Umweltverschmutzung und Klimaerwärmung ist – und sie die Politiker lenkt, nicht umgekehrt.«

Antonias Augen weiteten sich. »Solche Gedanken hast du dir gemacht? Das wusste ich ja gar nicht.«

Stephan zuckte mit den Schultern. »Was hätte es denn geändert, dir davon zu erzählen? Ich war nur *noch* unzufriedener mit meinem Job, sah aber weiterhin keine Möglichkeit, da rauszukommen.« Er schüttelte den Kopf. »Ich hatte das Gefühl, mich in eine Sackgasse manövriert zu haben. Wenn man für Frau und Kinder aufkommen muss, kann man nicht mehr so einfach seinen Träumen folgen.«

»Dabei habe ich dich immer ermuntert, deinen Plan weiter zu verfolgen: bei BMW zu kündigen und dich selbstständig zu machen.« Sie stockte. »Jedenfalls so lange, wie ich noch mit dir reden konnte.«

Stephan stand auf und wies Richtung Flur. »Das Klo ist da vorne, nehme ich an?«

Als ihr Mann aus dem Zimmer ging, spürte Antonia Wut in sich hochsteigen. Das ist ja genau wie damals, dachte sie. Immer wenn es ungemütlich wurde, verschwand er einfach oder kam von der Arbeit erst nach Hause, wenn sie schon im Bett war. Sie nahm einen Schluck aus ihrer Milchflasche, wischte den Milchbart mit dem Handrücken ab und wartete mit düsterer Miene auf Stephans Rückkehr.

»War es dir schon wieder zu schwierig?«, fragte sie, kaum dass er wieder im Zimmer erschien. Sie funkelte ihn an.

Stephan blieb abrupt stehen. Mit zusammengezogenen Brauen starrte er seine Frau an. »Was ist schwierig? Ich versteh nicht. Was ist denn los? Warum bist du auf einmal so wütend?«

Antonia spürte, dass er ehrlich erstaunt war, und schämte sich etwas ob ihrer heftigen Reaktion. »Ich dachte, du wolltest mit deinem Klogang dem schwierigen Gesprächsthema ausweichen.«

»Ich musste einfach ganz dringend und wollte vielleicht auch meine Gedanken etwas sortieren.« Langsam setzte er sich wieder hin. »Eigentlich hattest du von Anfang an recht. Ich habe immer nur nach der Pfeife meines Vaters getanzt und mich nie getraut, das zu machen, was ich wollte, wenn es seinen Wünschen zuwiderlief. Dass ich wegen Frau und Kindern nicht aus dem Job herauskönnte, war nur vorgeschoben. Das war mir aber nicht bewusst! Das musst du mir glauben!« Fast flehentlich schaute er Antonia an. »Ich glaube, ich habe mir die Angst vor meinem Vater nie eingestanden.«

»Und als du es dann getan hast, konntest du endlich kündigen und selbst etwas aufbauen?«

»Ja, so ähnlich. Aber den endgültigen Schubs hat mir eigentlich meine Mutter gegeben, als ich mitbekam, wie schofelig sie sich verhielt. Sie hat dich vor den Kindern schlechtgemacht, ihnen gesagt, dass du eine böse Mutter seist.«

»Davon hat mir meine Mutter erzählt …«

Stephan ignorierte den Einwand. »So etwas habe ich nie gemacht. Ich konnte noch so sauer auf dich sein, aber zu den Kindern habe ich nie schlecht über dich gesprochen. Habe Maja gesagt, du hättest plötzlich verreisen müssen und würdest bestimmt bald zurückkommen. Kalle war ja eh noch so klein, dass er nicht fragte.«

»Das freut mich. Aber jetzt erinnern sie sich ja wahrscheinlich gar nicht mehr an mich, oder?«

»Das weiß ich nicht. Sie fragen nicht nach dir. Dafür bist du wirklich zu lange weg. Aber was da noch in ihrem Kopf gespeichert ist, kann ich natürlich nicht sagen.«

Antonia überlegte, ob man das wohl jemals rausbekommen könnte. »Vielleicht müsste ich sie treffen, um das in Erfahrung bringen zu können«, sagte sie.

Darauf erwiderte Stephan nichts. Er schaute sie nur an, und Antonia war nicht in der Lage, diesen Blick zu deuten. War sie zu weit gegangen? Wollte er ihr eigentlich sagen, dass sie ihre Kinder nun für immer vergessen sollte? Dass er mit ihnen jetzt eigentlich sehr gut zurechtkam ohne sie? Dass sie keine Unruhe in ihre Idylle bringen sollte?

Stephan saß weiterhin still da und sah sie unverwandt an. Ihr wurde unbehaglich, aber sie nahm seine ausdrucksvollen blauen Augen wahr, die sie damals so fasziniert hatten.

Unvermittelt stand sie auf. »Jetzt muss ich mal.« Schnell ging sie zur Toilette.

Als sie zurückkam, saß ihr Mann noch genauso da, wie sie ihn verlassen hatte.

»Du hast gesagt, du wolltest mit mir reden?«, sagte sie, als sie wieder auf ihrem Platz saß. »Was willst du denn mit mir besprechen?«

Er verzog das Gesicht. »Besprechen! Besprechen ist

nicht das richtige Wort. Das hört sich so nach Meeting und Büro an.«

»Und so etwas Förmliches ist es also nicht?« Antonia fühlte sich erleichtert. Dann konnte es nicht um Scheidung gehen.

Stephan schüttelte den Kopf. Er nahm einen Schluck Wasser und richtete dann seine blauen Augen wieder auf Antonia.

»Ich habe die Bilder gesehen.«

Antonia brauchte nur einen kurzen Moment, um zu begreifen, um welche Bilder es sich handelte. »Die, die ich für meine Eltern gemalt habe?«

Er nickte. »Maja hat sie gefunden, als wir bei deinen Eltern zu Besuch waren.«

»Waaas?«, rief Antonia entsetzt. Sie dachte an das Bild ihres verunglückten Bruders. Das war nun wirklich nichts für ihre Tochter.

»Ja, sie wollte eigentlich nur das Spielzeug holen, was im Schrank in deinem alten Zimmer ist. Und da waren wohl auch die Bilder.«

»Oh, Mama!«, rief Antonia. »Kannst du denn nicht einmal was richtig machen!« Gleichzeitig ärgerte sie sich über sich selbst, die Bilder nicht mitgenommen zu haben.

»Na ja, so einfach waren die wohl auch wieder nicht zu finden. Sie lagen nicht direkt beim Spielzeug, sondern auf der Ablage über der Kleiderstange. Eigentlich hat Maja da nichts zu suchen, aber ihr war wohl das weiße Plastik der Tüte aufgefallen, und sie wollte wissen, was da drin war. Sie kam dann damit zu uns und fragte Roswitha, ob sie die Bilder gemalt habe.«

»Und die sagte natürlich, dass ich das war, nicht wahr?«

Stephan nickte langsam. »Genau! Maja meinte dann,

dass das komische Bilder seien. Das Bild, auf dem der kleine Junge spielt, fand sie noch am besten.«

»Und das, auf dem der tote Junge in seinem Blut liegt, muss schrecklich für sie gewesen sein.«

»Ich glaube, sie hat gar nicht wahrgenommen, dass er tot sein soll. Sie fragte nur, ob der sich wehgetan habe.«

Antonia biss sich auf die Lippen. »Na, ich weiß nicht!«

»Jedenfalls ließ sie sich schnell ablenken und hat später nie mehr danach gefragt.« Stephan lehnte sich zurück. »Dein Vater hat gut reagiert. Er schlug vor, mit Maja und Kalle auf den Spielplatz zu gehen. Wahrscheinlich hat er gespürt, dass ich einige Fragen zu den Bildern habe, die die Kinder nicht unbedingt mitbekommen mussten.«

»Dann sitzt er nicht mehr nur depressiv herum?«

»Depressiv?« Stephan wirkte erstaunt. »Das ist er eigentlich schon lange nicht mehr. Jedenfalls nicht, wenn ich mit den Kindern da bin.«

»Dann scheinst du aber einen ganz anderen Mann zu sehen als meine Mutter.« Antonia schürzte die Lippen. »Andererseits ... Mit Kindern ist mein Vater eigentlich immer gern umgegangen. Und als ich das letzte Mal da war, war er auch nicht mehr ganz so apathisch wie vor Weihnachten.«

Stephan nickte leicht, sagte aber nichts. Ernst schaute er Antonia an. »Ich habe erst durch die Bilder erkannt, wie schwierig deine Kindheit für dich gewesen sein muss. Eltern zu haben, die nicht richtig da sind, die ständig trauern.«

»Wenn sie mal getrauert hätten«, warf Antonia ein. »Ich glaube, sie haben nie wirklich getrauert, haben ihre Gefühle nur verdrängt.«

Stephan nickte. »Warum hast du mir nie etwas davon

erzählt?«

»Warum sollte ich?« Antonia zuckte mit den Schultern. »Das war doch alles längst vorbei.« Sie lächelte ihn an. »Und außerdem wollte ich einfach nur mit dir glücklich sein, nicht an Probleme denken.«

Stephan beugte sich vor. »Und darum hast du mir auch nicht erzählt, welche Rolle du bei dem Unfall gespielt hast?«

Antonia holte tief Luft. »Ich konnte nicht. Es war schon schlimm genug, dir erzählen zu müssen, dass mein Bruder bei einem Verkehrsunfall gestorben war … aber, dass es meine Schuld war …« Sie schüttelte heftig den Kopf. »Das konnte ich nicht.«

»Ich glaube, ich habe etwas gespürt«, sagte Stephan. »Deine Panik bei Polizeisirenen und die Albträume. Irgendwie fand ich das übertrieben nach all den Jahren.«

»Davon hast du aber auch nichts gesagt!«

Stephan zuckte mit den Schultern. »Was sollte ich denn sagen? Ich habe doch gemerkt, dass das ein Problem ist, das sich nicht mit dem Verstand lösen lässt. Und dann dachte ich wahrscheinlich, dass die Kinder dir helfen könnten, darüber hinwegzukommen.«

Antonia kämpfte mit den Tränen. »Wahrscheinlich glaubte ich das auch«, sagte sie leise.

Beide schwiegen eine lange Zeit.

»Wie geht es den Kindern eigentlich?«, fragte Antonia schließlich.

»Gut! Sie haben den Umzug nach Köln gut verkraftet. Das lag wahrscheinlich auch daran, dass ich schnell Plätze für sie in einer Kita bekommen habe. Und natürlich auch, weil sie oft deine Eltern besuchen können.«

»Und die Kita ist natürlich katholisch«, sagte Antonia

schnippisch.

»Nein! Sie ist städtisch. Das war mir auch wichtig. Und die Kindergartenleiterin hat mir beim ersten Gespräch versichert, dass die Kinder bei ihr Kinder sein können und sie nichts von diesem ganzen Frühförderungswahnsinn hält.«

»Darauf hast du geachtet?«, rief Antonia aus. »Du bist doch damals nie auf meine Ideen dazu eingegangen.«

Stephan grinste. »Tja, aber hängengeblieben ist doch etwas, wie du siehst. Letztendlich waren es deine Kritik an den üblichen Kindergärten und deine Vorstellungen von guter Kindererziehung, die mich in Köln nach einem geeigneten Kindergarten suchen ließen.«

Antonia schüttelte den Kopf und lächelte ihren Mann an. »Wie sehr du dich verändert hast. Ich kann es kaum glauben.«

Auch Stephan lächelte, sagte aber nichts.

»Was meinst du? Kann ich die Kinder mal besuchen?«

»Ja, natürlich, aber es sollte nicht bei einem Mal bleiben. Ich würde mir wünschen, dass sie ihre Mutter regelmäßig sehen.«

Antonias Brustkorb wurde von unsichtbaren Mächten zusammengequetscht, als sie das hörte, und sie sprang auf. »Das geht mir aber jetzt zu schnell!« Sie stellte sich ans Fenster. »Bist du deshalb gekommen? Willst du wieder einen auf heile Familie machen?«

»Nein! Ich will überhaupt nicht auf irgendetwas machen.« Stephans Stimme klang fest. »Ich wünsche mir einfach nur für die Kinder, dass sie ihre Mutter öfter mal sehen.« Er stand auf und stellte sich neben sie. »Möchtest du sie denn gar nicht sehen? Fehlen sie dir nicht?«

Antonia blickte starr nach draußen. »Natürlich fehlen sie mir. Jeden Tag denke ich an sie. Aber mir ist auch klar, dass ich keine gute Mutter sein kann. Dass ich meine Kunst nicht fürs Muttersein aufgeben kann.«

»Aber das müsstest du doch gar nicht, wenn sie bei mir leben und du sie nur besuchen kommst … oder sie dich mal besuchen.«

Antonias Anspannung lockerte sich. »Dazu wärst du bereit? Dass ich quasi so eine Besuchsmama bin – und sonst nichts?«

»Ja.«

Antonias Gedanken wirbelten durcheinander. Warum machte er das? Wirklich nur für die Kinder? Oder hatte er doch eine Freundin, die ihn gern mal für sich haben wollte und Mama-Besuche als gute Gelegenheit dafür empfand? Dann aber konnte sie sich das auch wieder nicht vorstellen. Stephan hatte sich wirklich sehr verändert. Irgendwie fühlte sie sich trotzdem überrumpelt. Wollte sie wirklich nur eine Wochenendmama sein? Wollte sie nicht doch mit den Kindern zusammenleben? Irgendwie schon. Aber dann konnte sie wahrscheinlich nicht mehr malen und musste das ganze Künstlerleben, das sie sie sich gerade mühsam aufgebaut hatte, wieder aufgeben.

»Schau mal, der Himmel ist sternenklar«, sagte Stephan. »Vielleicht sollten wir ein wenig spazieren gehen nach dem anstrengenden Gespräch. Kennst du einen guten Park in der Nähe?«

Das war eine wirklich gute Idee, fand Antonia. So könnte sie erst einmal wieder etwas zur Ruhe kommen.

»Einen Park nicht, aber der Neckar ist nicht weit.«

Als sie hinter ihrem Mann die Treppe hinunterging, fiel ihr auf, dass in seinem immer noch dichten schwarzen Haar einige graue Strähnen hervorleuchteten.

Schweigend gingen sie durch die schmalen Straßen, die nun am späten Abend noch recht belebt waren. Vor allem Jugendliche und junge Erwachsene, als Paare oder in Gruppen, waren unterwegs.

»Im Dunkeln war ich hier noch nie«, sagte Antonia, als sie das Neckar-Ufer erreichten. »Und es war anscheinend auch keine gute Idee hierherzukommen. Jedenfalls ist der Weg da vorn, den ich mit dir gehen wollte, nicht beleuchtet.«

Stephan ging trotzdem auf den Weg zu. »Lass uns doch wenigstens etwas vortasten. Ich mag den Blick auf den Fluss. Schau, die Lichter der Hochhäuser da drüben spiegeln sich darin.«

Antonia folgte ihm und lief auf ihn auf, als er plötzlich stehen blieb. »Hey, pass doch auf«, sagte sie. Dann bemerkte sie, dass Stephan den Kopf in den Nacken gelegt hatte.

»Und den Sternenhimmel kann man hier auch viel besser sehen«, sagte er.

Antonia schaute auch hoch.

»Da, guck! Den Kleinen Wagen sieht man sehr gut«, sagte er.

»Und der Polarstern kommt mir heute besonders hell vor«, sagte sie.

»Ich kann sogar die Eidechse ganz erkennen«, sagte Stephan begeistert.

Antonia brauchte einen Moment, doch dann entdeckte auch sie das Sternbild. »Ja, ich seh's auch – und guck mal, wie hell Deneb daneben leuchtet.«

»Und die Wega leuchtet so hell, dass man den Rest der Leier kaum erkennen kann.«

Antonia senkte den Blick auf die giftgrüne Jacke neben

sich, die selbst bei der schwachen Beleuchtung noch zu erkennen war, und lachte schallend.

»Was ist?«, fragte Stephan.

»Wir sind so komisch«, prustete sie und lachte weiter. »Da sehen wir uns nach zwei Jahren zum ersten Mal wieder und haben nichts Besseres zu tun, als Sternbilder zu suchen.«

»So lustig find ich das gar nicht«, sagte Stephan, und sein Ton ließ auch Antonia schnell wieder ernst werden. »Ich freue mich, dass ich endlich wieder mit dir über Sternbilder reden kann.«

»Ich find's auch schön«, sagte Antonia.

Antonia saß im Zug und betrachtete das Titelblatt der Broschüre, die die Galerie *Runer* zu ihrer Ausstellung herausgegeben hatte. In roter Schrift auf hellblauem Grund stand im oberen Teil: »Antonia Heise – Mannheim unverfälscht – Aquarelle«. Darunter war ihr Aquarell, das sie zu Beginn des Sommers vom Großkraftwerk gemacht hatte, zu sehen. Stolz war sie auf diese Broschüre und die Ausstellung. Sie blätterte weiter und schaute sich die abgebildeten Gemälde an, die nach und nach während ihres Aufenthalts in Mannheim entstanden waren. Das Bild »vom großen Bagger« war dabei, ein »Containerschiff im Hafen«, die »Schoko-Fabrik« und dergleichen mehr. Wie froh sie gewesen war, dass die Galeristin sofort großes Interesse vor allem an diesen Bildern gezeigt hatte. Wahrscheinlich hatte sie gespürt, dass Antonia von den Motiven wirklich fasziniert war.

Antonia lächelte unwillkürlich, als sie an die Vernissage am letzten Sonntag dachte. Sie war sehr gut besucht gewesen. Auch Thomas war mit seiner Freundin gekommen. Sogar Ayshe war da gewesen, wenn Antonia sie auch nicht gleich erkannt hatte. Sie stellte sich dazu, als sie mit Thomas und seiner Freundin im Gespräch war, doch Antonia nahm sie gar nicht richtig wahr. Es schien eine fremde Frau zu sein, doch als sie sagte »Herzlichen Glückwunsch, Antonia«, erkannte sie ihre muslimische Helferin sofort an der Stimme. »Du hast ja gar kein Kopftuch auf«, entfuhr es Antonia. Ayshe grinste nur, und Antonia umarmte sie spontan. »Herzlichen Glückwunsch zu deiner Befreiung«, hatte sie ihr ins Ohr geflüstert.

»Ist hier noch frei?«

Antonia fuhr zusammen und sah zu der jungen Frau hoch, die im Gang stand und auf ihren Nachbarplatz wies.

»Ja, natürlich!« Schnell stellte sie den Rucksack herunter.

Die Frau setzte sich und nahm ihr Handy in die Hand.

Antonia schaute nach draußen und erblickte im Vorbeifahren soeben noch das blaue Bahnhofsschild mit der weißen Aufschrift »Koblenz«. Lange würde es nun nicht mehr dauern, bis sie in Köln war. Ihr Magen flatterte aufgeregt bei diesem Gedanken, und sie klappte die Broschüre zu.

Gleich würde sie ihre Kinder wiedersehen. Stephan hatte gesagt, dass er sie zum Bahnhof mitbringen werde. So könnten sie mit eigenen Augen sehen, dass ihre Mutter von einer Reise zurückkehrte. Schließlich hatte er ihnen immer gesagt, dass sie hatte verreisen müssen.

Sie verstaute die Broschüre im Rucksack und zerrte ihren Laptop heraus. Die weiße Babymütze steckte daneben und drohte, beim weiteren Ziehen auf den Boden zu fallen. Antonia nahm sie in die Hand und legte den Laptop auf ihren Schoß. Kurz blickte sie auf das kleine Baumwollteil mit den Bändern und stopfte es dann zurück. Du hast mir so oft geholfen, wenn meine Sehnsucht nach Maja und Kalle zu stark schmerzte, dachte sie, aber nun brauche ich dich hoffentlich nicht mehr.

Sie klappte den Laptop auf und schaute sich die Bilder an, die Stephan ihr von den Kindern geschickt hatte. Sie sahen so anders aus, als sie sie in Erinnerung hatte. Majas braunrote, naturkrause Haare waren zu lockeren Zöpfen gebunden. Selbstbewusst schaute sie in die Kamera und wirkte schon wie ein Schulkind. Dabei wurde sie erst im Dezember sechs und erst im nächsten Jahr eingeschult. Beim Anblick ihres Sohnes war sie kurz panisch geworden. Er war jetzt genauso alt wie Johannes, als er starb, und seine dunklen Haare waren ähnlich geschnitten wie die ihres kleinen Bruders damals. Ein zweiter Blick ließ sie aber schnell die Unterschiede erkennen. Kalles Haare waren nicht dunkelbraun wie Johannes', sondern tiefschwarz und dicht wie die von Stephan. Auch seine Gesichtszüge ähnelten Stephan sehr stark.

Antonia atmete heftig aus. Hoffentlich wollten die Kinder überhaupt noch etwas von ihr wissen. Stephan hatte zwar gesagt, dass er sie gut auf dieses Wiedersehen vorbereitet hatte und sie sich freuen würden. Aber wie es dann tatsächlich für die beiden sein würde, konnte er auch nicht vorhersehen.

»Da, schau mal! Das muss der Drachenfels sein«, rief eine Frau und riss damit Antonia aus ihren Gedanken. Auch sie schaute hinaus und erkannte den berühmten Berg schnell wieder, zu dem sie früher mal mit der Schulklasse einen Ausflug gemacht hatte.

Ob Maja und Kalle auch mal einen Schulausflug hierher machen werden, fragte sie sich. Wenn sie in Köln zur Schule gingen, bestimmt. Aber vielleicht zogen sie ja vorher noch um. Sie dachte an das Telefongespräch, in dem Stephan anklingen ließ, dass es eigentlich schöner wäre, wenn sie in einem Ort wohnen würden und dass er mit seinem Online-Geschäft ja örtlich nicht gebunden war. Antonia hatte das zunächst erschreckt. Sie hatte sich überfallen und bedrängt gefühlt. Ja, sie konnte mit Stephan inzwischen fast wieder so unbefangen sprechen wie am Anfang ihrer Beziehung, und es war wieder wunderschön gewesen, mit ihm zu schlafen ... an diesem ersten Abend, als er vor vier Wochen so unerwartet aufgetaucht war, und auch bei seinem zweiten Besuch vor einer Woche. Antonia musste unwillkürlich lächeln, als sie daran dachte. Aber sie konnte sich noch nicht vorstellen, wieder mit ihm zusammenzuwohnen. Dazu waren die negativen Erfahrungen im Städtchen zu heftig gewesen. Sie müssten ja auch nicht gleich in eine gemeinsame Wohnung ziehen, hatte Stephan gemeint. Doch ein gemeinsamer Wohnort habe schon große Vorteile.

Inzwischen gewöhnte sie sich etwas an den Gedanken. So eine schlechte Idee war das schließlich nicht. Das Pendeln zwischen Mannheim und Köln wäre auf Dauer schon ziemlich aufwendig. Und sie würde ihren Mann gerne wieder öfter sehen und auch die Kinder. Aber Stephan müsste es mit der Verantwortung für die beiden wirklich ernst meinen. Auf keinen Fall will ich mein Leben als Malerin wieder aufgeben, dachte sie. Aber etwas mehr Zeit musste sie wahrscheinlich schon für die Kinderbetreuung aufbringen. Ihr stockte der Atem. Würde sie das schaffen? Oder würde sie schon bald nicht mehr malen können, wenn sie wieder mehr für die Kinder zuständig wäre? So wie es im Städtchen war? Wäre dann alles wieder weg, was sie sich gerade aufgebaut hatte?

Antonia schloss die Augen. Ruhig, ganz ruhig, sagte sie zu sich selbst. Stephan hat sich verändert und ich habe mich verändert. Und jetzt geht es erst einmal nur darum, in einer Stadt zusammenzuleben.

Vielleicht war es ja ganz praktisch, wenn Stephan in Mannheim wohnen würde. Sie hatte sogar schon wegen Kitas und Schulen recherchiert und entdeckt, dass es einige gab, die ihr zusagten.

Aber vielleicht könnte sie ja auch nach Köln ziehen. Malkurse würde sie dort auch geben können und sie hätte viele neue Motive für ihre Bilder. Allerdings wäre Thomas nicht dort. Es gab ihr einen Stich, als sie an ihren gemeinsamen Kurs dachte, den sie dann wohl nicht geben könnten. Sie seufzte.

Und Bottrop wäre in der Nähe. Sie spürte so etwas wie Freude bei der Vorstellung, ihre Eltern häufiger zu sehen, und wunderte sich darüber. Seit ihrer Kindheit hatte sie nur mit Groll an ihre Mutter denken können und wollte dort weg.

Sie schüttelte den Kopf. Dann warf sie einen langen Blick auf die Fotos ihrer Kinder und klappte den Laptop zu. Sie verstaute ihn wieder in ihrem Rucksack, lehnte sich zurück und schloss die Augen. Leise drangen Geräusche aus den Kopfhörern der jungen Frau auf ihrem Nachbarsitz in ihre Ohren. Es gab Tage, an denen sie solche undefinierbaren Töne von Mitfahrern massiv störten. Sie hatte auch schon mal den Platz deswegen gewechselt, aber jetzt war es ihr egal. Ihre Gedanken und Gefühle waren so intensiv, dass sie die Geräusche schon bald nicht mehr wahrnahm.

Sie dachte an die freudige Erregung, mit der sie zwei Jahre zuvor das Flugzeug nach New York bestiegen hatte.

Als sie nur einen einzigen Gedanken gehabt hatte: »Weg!«
Weg von allem, was sie einengte, was ihr das Leben so
schwer gemacht hatte. Und das war nicht vornehmlich ihre
Schwiegermutter gewesen. Es war dieser ganze Ort mit den
überwiegend wohlhabenden oder gut verdienenden Menschen, die keine Ahnung davon hatten, was es hieß, körperlich zu schuften. Zudem schien für die meisten dort der
Begriff »Solidarität« ein Fremdwort zu sein.

Plötzlich durchströmte sie ein immenses Glücksgefühl,
als sie daran dachte, wie gut sich doch alles gefügt hatte.
Stephan war auch nicht mehr im Städtchen und sie konnte
mit ihren Kindern zusammen sein, ohne dorthin zurück-
zumüssen.

»Meine Damen und Herren! In wenigen Minuten erreichen wir Köln Hauptbahnhof«, sagte die freundliche
Stimme des Ansagen-Sprechers.

Antonias Magen zog sich zusammen. Nun war es also
soweit. Gleich würde sie ihre Kinder wiedersehen. Sie
nahm ihre Jacke vom Haken und schaute hinaus. Eine
Siedlung mit Einfamilienhäusern zog vorbei. Wahrscheinlich ein Vorort von Köln, dachte sie.

Dann blickte sie wieder auf den Rhein, der hier schon
viel breiter war als in Mannheim, und musste unwillkürlich an den »Rhein« ihrer Kindheit und Jugend denken.
Bei den Ausflügen an den Rhein-Herne-Kanal hatte ihr
kein Fluss gefehlt. Es war einfach angenehm und tröstlich
gewesen, an seinem Ufer zu sitzen. Ich werde mit den Kindern mal einen Ausflug dorthin machen, dachte sie. Zumal
es dort ja jetzt noch schöner war als früher. Die unweit des
Kanals fließende Emscher stank nicht mehr. Sie war rena-
turiert worden, und es gab einen wunderbaren Grüngürtel
mit Wald und Wiesen zwischen den beiden Gewässern.

Ihre Eltern hatten ihr das Gebiet stolz gezeigt, als sie nach dem Pfannkuchenessen letztens noch zusammen spazieren gegangen waren.

Während sie sich durch den schmalen Gang zum Türbereich drängte, fiel ihr die Frage nach einem eventuellen Umzug wieder ein und sie dachte: Bottrop wäre eigentlich auch nicht schlecht.